北京文化书系
红色文化丛书

北京红色文艺

中共北京市委宣传部
中共北京市委党史研究室　组织编写

孟繁华　主　编

北京出版集团公司
北京出版社

图书在版编目（CIP）数据

北京红色文艺 / 中共北京市委宣传部，中共北京市委党史研究室组织编写；孟繁华主编. — 北京：北京出版社，2020.4
（北京文化书系. 红色文化丛书）
ISBN 978-7-200-15121-3

Ⅰ. ①北… Ⅱ. ①中… ②中… ③孟… Ⅲ. ①文艺—文化史—北京—现代 Ⅳ. ①I209.91

中国版本图书馆CIP数据核字（2019）第193315号

北京文化书系　红色文化丛书
北京红色文艺
BEIJING HONGSE WENYI

中共北京市委宣传部
中共北京市委党史研究室　组织编写
孟繁华　主编

*

北京出版集团公司
北京出版社　出版
（北京北三环中路6号）
邮政编码：100120

网　　址：www.bph.com.cn
北京出版集团公司总发行
新华书店经销
北京华联印刷有限公司印刷

*

787毫米×1092毫米　16开本　19印张　285千字
2020年4月第1版　2020年4月第1次印刷
ISBN 978-7-200-15121-3
定价：168.00元
如有印装质量问题，由本社负责调换
质量监督电话：010-58572393

"北京文化书系"编委会

主　　　任　杜飞进

副 主 任　赵卫东

顾　　　问　（按姓氏笔画排序）
　　　　　　于　丹　刘铁梁　李忠杰　张妙弟　张颐武
　　　　　　陈平原　陈先达　赵　书　宫辉力　阎崇年
　　　　　　熊澄宇

委　　　员　（按姓氏笔画排序）
　　　　　　王杰群　王学勤　刘军胜　李　良　李春良
　　　　　　杨　烁　余俊生　宋　宇　张　维　张　淼
　　　　　　陈　冬　陈　宁　陈名杰　赵靖云　钟百利
　　　　　　唐立军　谈绪祥　康　伟　韩　昱　程　勇
　　　　　　舒小峰　翟立新

"红色文化丛书"编委会

主　　　编　李忠杰

执 行 主 编　李　良　刘　岳

执行副主编　陈志楣　范登生　张恒彬　运子微

编　　　委　邵维正　柳建辉　关海庭　黄如军　包国俊
　　　　　　杨凤城　王树荫　公方彬　周良书　赵小卫
　　　　　　李　方　秦德占　陈洪玲　刘晓宝　林小波
　　　　　　胡献忠　曹　英　张春丽　黄延敏　孙希磊
　　　　　　张守连　孟繁华　高杨文　张　彬

编委会办公室
　　　　　　主　任　刘　岳（兼）
　　　　　　副主任　曹　楠　宋传信
　　　　　　成　员　方东杰　黄迎风　高俊良
　　　　　　　　　　王桂环　祁　霄

本 书 作 者　孟繁华　李云雷　卢　曦　柴　莹　项筱刚
　　　　　　于　洋　於俊杰　胡　伟　李　扬

组 织 实 施　北京市文学艺术界联合会

"北京文化书系"
序言

文化是一个国家、一个民族的灵魂。中华民族生生不息绵延发展、饱受挫折又不断浴火重生，都离不开中华文化的有力支撑。北京有着三千多年建城史、八百多年建都史，历史悠久、底蕴深厚，是中华文明源远流长的伟大见证。数千年风雨的洗礼，北京城市依旧辉煌；数千年历史的沉淀，北京文化历久弥新。研究北京文化、挖掘北京文化、传承北京文化、弘扬北京文化，让全市人民对博大精深的中华文化有高度的文化自信，从中华文化宝库中萃取精华、汲取能量，保持对文化理想、文化价值的高度信心，保持对文化生命力、创造力的高度信心，是历史交给我们的光荣职责，是新时代赋予我们的崇高使命。

党的十八大以来，以习近平同志为核心的党中央十分关心北京文化建设。习近平总书记作出重要指示，明确把全国文化中心建设作为首都城市战略定位之一，强调要构建涵盖老城、中心城区、市域和京津冀的历史文化名城保护体系，更加精心保护好世界遗产，加强对"三山五园"、名镇名村、传统村落的保护和发展，加强对文物、优秀近现代建筑、工业遗产、非物质文化遗产的保护，凸显北京历史文化的整体价值，强化"首都风范、古都风韵、时代风貌"的城市特色。习近平总书记的重要论述和重要指示精神，深刻阐明了文化在首都的重要地位和作用，为建设全国文化中心、弘扬中华文化指明了方向。

2017年9月，党中央、国务院正式批复了《北京城市总体规划（2016年—2035年）》。新版北京城市总体规划明确了全国文化中心建设的时间表、路线图。这就是：到2035年成为彰显文化自信与多元包容魅力的世界文化名城；到2050年成为弘扬中华文明和引领时代潮流的世界文脉标志。这既需要修缮保护好故宫、长城、颐和园等享誉中外的名胜古迹，也需要传承利用好四合院、胡同、京腔京韵等具有老北京地域特色的文化遗产，还需要深入挖掘文物、遗迹、设施、景点、语言等背后蕴含的文化价值。

组织编撰"北京文化书系"，是贯彻落实中央关于全国文化中心建设决策部署的重要体现，是对北京文化进行深层次整理和内涵式挖掘的必然要求，恰逢其时、意义重大。在形式上，"北京文化书系"表现为"一个书系、四套丛书"，分别从古都、红色、京味和创新四个不同的角度全方位诠释北京文化这个内核。丛书共计48部。其中，"古都文化丛书"由20部书组成，着重系统梳理北京悠久灿烂的古都文脉，阐释古都文化的深刻内涵，整理皇城坛庙、历史街区等众多物质文化遗产，传承丰富的非物质文化遗产，彰显北京历史文化名城的独特韵味。"红色文化丛书"由12部书组成，主要以标志性的地理、人物、建筑、事件等为载体，提炼红色文化内涵，梳理北京波澜壮阔的革命历史，讲述京华大地的革命故事，阐释本地红色文化的历史内涵和政治意义，发扬无产阶级革命精神。"京味文化丛书"由10部书组成，内容涉及语言、戏剧、礼俗、工艺、节庆、服饰、饮食等百姓生活各个方面，以百姓生活为载体，从百姓日常生活习俗和衣食住行中提炼老北京文化的独特内涵，整理老北京文化的历史记忆，着重系统梳理具有地域特色的风土习俗文化。"创新文化丛书"由6部书组成，内容涉及科技、文化、教育、城市规划建设等领域，着重记述新中国成立以来特别是改革开放以来北京日新月异的社会变化，描写北京新时期科技创新和文化创新成就，塑造北京人民勇于创新、开拓进取的时代风貌。

为加强对"北京文化书系"编撰工作的统筹协调，成立了以"北京文化书系"编委会为领导、四个子丛书编委会具体负责的运行架构。"北京文化书系"编委会由中共北京市委常委、宣传部部长杜飞进同志担任主任，中共北京市委宣传部常务副部长赵卫东同志担任副主任，由相关文化领域权威专家担任顾问，相关单位主要领导担任编委会委员。原中共中央党史研究室副主任李忠杰、北京市社会科学院研究员阎崇年、北京师范大学教授刘铁梁、北京大学文化资源研究中心主任张颐武分别担任"红色文化""古都文化""京味文化""创新文化"丛书编委会主编。

在组织编撰出版过程中，我们始终坚持最高要求、最严标准，突出精品意识，把"非精品不出版"的理念贯穿在作者邀请、书稿创作、编辑出版各个方面各个环节，确保编撰成涵盖全面、内容权威的书系，体现首善标准、首都水准和首都贡献。

我们希望，"北京文化书系"能够为读者展示北京文化的根和魂，温润读者心灵，展现城市魅力，也希望能吸引更多北京文化的研究者、参与者、支持者，为共同推动全国文化中心建设贡献力量。

"北京文化书系"编委会

2019年9月

"红色文化丛书"
序言

北京是千年古都，有着丰厚的文化积淀。1949年伴随着中华人民共和国成立的脚步，北京获得新生。改革开放以来，北京文化得到新的更大发展。党的十八大以后，以习近平同志为核心的党中央进一步明确了北京作为全国政治中心、文化中心、国际交往中心、科技创新中心的战略定位，不仅为整个首都建设，也为北京的文化建设指明了方向、增强了动力。

为了深入挖掘北京文化内涵、推进全国文化中心的建设，中共北京市委决定编纂"北京文化书系"。书系包括"古都文化、红色文化、京味文化、创新文化"4个系列。按照市委要求和市委宣传部部署，由市委党史研究室负责，由我当主编，组织有关部门和单位的专家学者编纂了"红色文化丛书"。这是整个书系的一个重要组成部分。

对本套丛书，首先需要做几点总体上的说明和介绍。

一、北京红色文化的内涵和外延

编纂"红色文化丛书"，首先要界定北京红色文化的内涵和外延，这样才能确定写什么、怎样写。

文化，作为人类改造客观世界和主观世界的活动及其成果的总和，始终伴随着人类的活动而生成、发展，从而不断展现出五彩斑斓的色彩。当代中国文化，源自于中华优秀传统文化，熔铸了中国共产党领导人民在革命、建设、改革中创造的革命文化和社会主义先进文化，到当代，本质上成为中国特色社会主义文化。如果以颜色作为象征，总体上可以说是一种以红色为基调的文化；而中国共产党培育、形成和展现的文化，则是一种比较完全意义上的红色文化。这是广义上的红色文化。

但在本套丛书中，我们对红色文化做了狭义上的界定，即将红色文化限定于主要在1949年前由中国共产党培育、形成和展现的革命文化。这样界定，主要是为了尊重文化自身内容的多样性和复杂性，避免过于宽泛造成内容上的庞杂，也为了更加突出不同时期文化的主要特点。否则，北京红色文化就会像一个硕大无比的筐子，什么都能往里装了。

因此，本套丛书所说的北京红色文化，主要是指1921年中国共产党成立至1949年中华人民共和国成立之间，中国共产党在北京地区领导人民群众为争取民族独立、人民解放而斗争所培育、形成和展现的革命文化。往前，回溯到五四运动前后红色文化的萌发；往后，延伸到新中国成立后到1966年前所创作的反映新民主主义革命的主要作品、建筑，如人民英雄纪念碑等。

无论广义还是狭义，红色文化都是中国共产党"为中国人民谋幸福、为中华民族谋复兴"的初心和使命的重要体现，都是在实现这一初心和使命的历程中培育、形成、发展和完善起来的重要成果。而北京红色文化，则是这一初心和使命在北京区域内的体现和反映。

北京红色文化与中共北京历史有着紧密的联系。北京红色文化，是中国共产党在北京的活动、工作、斗争中培育、形成和展现出来的。因此，写北京红色文化，当然要写中共北京历史。但党史又不能完全等同于文化。所以，本套丛书安排几本书梳理和介绍了北京地区党的组织和活动，展示了党在北京地区英勇和复杂的斗争。但撰写这些历史，不是简单地写历史，而是重在反映这些历史中的文化和精神，努力体现贯串其中的北京红色文化。因此，这些历史与标准的党史著作是有区别的。

二、北京红色文化的特殊地位

北京红色文化不是孤立的地域文化,而是党和国家整个红色文化中一个特殊的重要组成部分。

中国共产党这艘红船,在上海制造,在南湖起航。追根溯源,首先是在北京孕育的。北京地区的党组织,是中国共产党的地方组织,但在某些时期也超出了地方的范围。如李大钊领导的北方区委,曾负责当时北方十几个省、区、市党的工作。北京发生的许多事件,如五四运动、一二·九运动等,都对全国产生了重大影响,起到了引领作用。

特别是1949年1月北平和平解放后,中共中央决定定都北平,随即"进京赶考",从西柏坡迁驻香山,9月正式入驻中南海。在此期间,党中央、毛泽东运筹帷幄,指挥夺取了中国革命的最后胜利;筹备和召开中国人民政治协商会议,建立了中华人民共和国。北京的历史翻开了新的一页,中国的历史也翻开了新的一页。所以,从1949年初起,北平就实际上发挥了首都的作用。新中国成立之后,北京作为中华人民共和国的首都,围绕大局,服务中央,一直到今天,都发挥着特殊的作用。

所以,北京是地方的北京,但也是全国的北京。北京的红色文化,既具有地域性,也具有全局性。北京的红色文化,在党和国家整体的红色文化中,发挥着一定程度上全局性的作用;对全国的红色文化建设,也在一定程度上发挥着典型、示范和引领的作用。

所以,我们撰写"红色文化丛书",既坚持立足于北京,又坚持着眼于全党全国,把北京红色文化放在全局中来认识和撰写,不仅充分反映党中央对于北京党组织和北京地区革命斗争的领导,而且反映党中央在北京对于全国革命斗争的领导和指挥。同时,又充分反映北京地区革命斗争的实际,充分反映北京地区革命斗争在全局中发挥的特殊作用,从而正确地反映北京红色文化与党和国家整体红色文化的关系。

三、北京红色文化的形态和表现

文化有物质和非物质两类基本形态。所以，北京红色文化，既包括精神领域的红色文化，也包括物质形态的红色文化。这种物质形态的红色文化，就是指蕴含在这些物质形态之中，以物质形态表现出来的红色精神文化。比如中共中央在香山的办公旧址，表现为物质形态，但包含有丰富的文化内容。所以，我们将北京的红色遗存、红色地标等均纳入了北京红色文化的范围。

物质形态的北京红色文化，主要有3类。

第一类，是红色地标。在本套丛书中，我们提出了"红色地标"的概念。所谓红色地标，就是指北京区域内具有地标性的红色遗址遗迹和纪念建筑。一般来说，每个城市都会有自己的地标性建筑。但很多北京的地标，不仅是北京的地标，而且是全国性的地标。如北大红楼、卢沟桥、天安门广场、国家博物馆、毛主席纪念堂等，它们有些是原先就有的，有的是1949年之后建立起来的。这些地标性建筑，都具有特别重大的意义，甚至从某个角度可以代表中国共产党、代表中华人民共和国。

第二类，是红色遗址遗迹。主要是除红色地标外反映革命斗争历史和精神的大量遗址遗迹。红色地标不少也是遗址遗迹，但因为其特别重要，就单列出来了。除此之外的大量红色遗址遗迹，也蕴含着丰富的红色文化。所以我们也在本套丛书里做了研究、介绍和展示。其中不少已经被列入不同级别的文物保护名录，有的还没有被列入。北京党史部门曾对这些遗址遗迹做过调查，特别是曾按中共中央党史研究室的统一部署，做过一次大规模的全面普查，这次在本套丛书里进一步加以反映。所有这些遗址遗迹，都是北京红色文化的重要载体。

第三类，是可移动红色文物。包括红色文献，如党创办的很多杂志、出版的各种书籍；红色艺术品，如木刻、标语、宣传画、摄影作品等。1949年及之后设计的国旗、国徽也是红色艺术品。它们具有可移动性的物质形态，也是北京红色文化的重要载体。

其实还有一类，兼具物质形态和非物质形态。主要是红色的文学作品、音乐作品、戏剧作品、舞蹈作品、电影作品、民间文艺等。就其内容和表现形式而言，应该属于非物质文化形态，但它们也以一定的物质形态存留于世。其中有的是原生态的历史作品，也有的是1949年后创作的反映1949年前革命斗争的作品。

精神领域的北京红色文化，主要是指在长期革命斗争中表达和反映的思想、理论、路线、政策、主张、观点、口号、精神、规范、要求、价值取向、道德要求等等。它们总体上都可以归入红色文化的范畴。如果直接在北京区域内形成和表现出来的，就是北京红色文化。

这类北京红色文化，也是非常丰富的。本套丛书主要展示和论述了一系列革命精神，用以集中反映北京在精神领域的红色文化，如五四精神、抗战精神等。每一本书都有从不同侧面的展示，在《北京红色文化概述》里又做了集中的分析论述。

四、北京红色文化的作用和价值

文化是一个国家、一个民族的灵魂。文化的发展繁荣与国家民族的命运紧紧联系在一起。北京的文化建设不仅与北京的发展紧紧联系在一起，而且在全国的文化建设和中国特色社会主义的建设中都起着重要的作用。

北京红色文化是北京文化的重要组成部分，同样具有十分重要的作用和价值。

从时间长度上来说，北京红色文化，既在新民主主义革命的过程中具有重要的价值，发挥了重要的作用，又对1949年后的革命、建设、改革具有基础性、延续性、灵魂性的价值和影响，一直发挥并将继续发挥重要的作用。

从空间维度上来说，北京红色文化既对北京地区的革命、建设、改革有着重要的价值，发挥着重要的作用，又因为其居于首都地位，所以对党和国家的全局发挥着重要的作用，对全国的红色文化建设起着引领和示范的作用。

对于历史而言，本套丛书将北京红色文化的作用概括为：传播马列主义，解答中国问题；认知基本国情，选择革命道路；加强政治宣传，动员鼓舞群众；团结进步力量，壮大统一战线；引领革命洪流，助推全国胜利。

对于现实而言，本套丛书将北京红色文化的时代价值概括为：传承红色基因，弘扬社会主义核心价值观；挖掘红色文化，助力全国文化中心建设；厘清历史真相，反击历史虚无主义；开发红色资源，促进地区经济社会发展。

这些提炼和概括，是在《北京红色文化概述》作者和编委会认真研究的基础上形成的，代表了我们整个团队对北京红色文化作用和价值的认识。

五、北京红色文化与其他文化的关系

"北京文化书系"包括"古都文化、红色文化、京味文化、创新文化"4个系列4套丛书。因此，编纂"红色文化丛书"，除了界定北京红色文化的定义和范围之外，还必须厘清和处理好其与古都文化、京味文化、创新文化的关系。

古都文化，是一种传统文化，而且是一种以古都为特点的传统文化。古都文化当然不是红色文化。但是红色文化多少也吸收和传承了古都文化的某些因子。作为京城、古都，北京长期居于国家政治、文化的中心地位。因此，那种天下观念、家国情怀、宽广视野，对于许多革命家在北京出发、许多历史事件在北京发生、中国共产党在北京孕育、新中国在北京诞生，都起了重要的作用。作为中华人民共和国的首都，北京不仅是全国的政治中心，也是全国的文化中心。北京文化是首都文化。长期形成的都市建设理念，对北京红色地标的规划、布局和建设也产生了深刻的影响。所以，北京红色文化在很多方面传承了中国传统文化的精华，也包括古都文化中的某些思想养分。

京味文化，是兼具都城性、生活性和民间性的一种文化。北京红色文化，运用了京味文化的很多形式，如戏剧、书画、礼仪、节庆、服饰、民俗、工艺、饮食等。中国共产党在革命、建设、改革中都利用其从事宣传、动员、教育（如统一战线、党的建设、武装斗争），产生了明显的效果。比如，党中央、毛泽东在到达北平的第一天，就会见了民主党派负责人和其他民主人士，并在颐和园设宴招待和餐叙，这既是饮食，也是礼仪，既是生活，也是政治。北京红色文化，在相当程度上渗入、影响和改造了京味文化。比如，1949年，中国共产党接管北平之后，在忙于一系列重大政治、军事事务的同时，立即着手整理市容、收容乞丐、封闭妓院，从而初步清除了传统京城的糟粕，改造了某些低俗的城市文化。

创新文化，是改革开放以来提出和突出强调的新型文化。作为中国共产党提出和确立的战略要求，创新文化甚至在广义上也是一种红色文化。两者在很多方面有着内在的联系、内在的共性。红色文化应该是一种富于创新的文化，创新文化也包含着红色文化的基因。但同时，我们也懂得，文化是一种庞大的社会历史现象，具有非常明显的多样性和复杂性。其中包含着非常众多的子文化、亚文化，也会有非常众多和不同的色彩。没有必要给所有的文化都贴上一个红色或非红色的标签。所以，北京红色文化与北京创新文化是并行不悖的。两者互相促进、互相交融，共同丰富和发展着北京文化，共同构成全国文化中心建设的重要内容，共同为北京"四个中心"与国际一流的和谐宜居之都建设发挥重要作用。

六、"红色文化丛书"的框架和特点

基于上述观点、分析和考虑，"红色文化丛书"一共包含12本著作，分别是《北京红色文化概述》《北京的红色觉醒》《北平抗战的红色脊梁》《迎接北平的红色黎明》《新中国在这里诞生》《北京红色先驱》《北京学府的红色文化》《北京红色地标》《北京红色遗存》《北京红色文艺》《北京红色出版》《北京红色设计》。

这12本书所写的内容和角度并不完全一样。《北京的红色觉醒》《北平抗战的红色脊梁》《迎接北平的红色黎明》《新中国在这里诞生》，主要按时间顺序，分4段介绍了不同时期党在北京的活动及其形成和发展的红色文化。今年是中华人民共和国成立70周年，这几本书连贯回答了中华人民共和国从何而来的问题。特别是《新中国在这里诞生》，集中介绍了中共中央在香山及到中南海筹划建立中华人民共和国的主要过程，对我们重温中共中央在香山的历史，从中汲取力量和智慧很有帮助。这4本书，均是以北京党史为基础，但又着重从文化的角度切入和贯通。党史叙事是研究和介绍北京红色文化的前提和基础。如果不说明党在北京的活动和工作，就无法说明北京的红色文化。当然，如果简单地重复党史而忽略红色文化的形成和发展，那就是党史而不是红色文化了。

《北京红色先驱》分别介绍了在北京革命斗争中涌现的著名人物和英烈模范。没有以他们为代表的共产党人和志士仁人，北京红色文化就无从产生。这些先驱，既有个体，也有群体，都是北京红色文化的创造者、体现者和代表者。

《北京学府的红色文化》集中介绍和展示了北京大、中、小学校中党的活动及其体现的红色文化。北京是学校特别是高校最集中的地区。北京学府在中共党史和中国革命史上发挥了特殊的作用。以往介绍各个学校的革命斗争史，都是一个一个学校单个研究和介绍的。但这次，我们首先把各个学校打通和整合起来，从整体上介绍北京学府红色文化的形成、发展、内容和特点。这种写法虽然要困难得多，但体现了北京学府红色文化的整体性和统一性。

《北京红色地标》《北京红色遗存》反映的是红色物质文化遗产。它们代表了北京红色文化的一个重要类别，着重介绍了具有地标意义的红色遗址遗迹、重要建筑和纪念设施。不仅介绍了有关这些建筑设施的红色历史，还从建筑学和美学的角度介绍和分析了建筑设计上的特点。突出红色地标，这是红色文化研究的一个创新，也是北京红色文化的一个重要特色。

《北京红色文艺》《北京红色出版》《北京红色设计》分别展示了北京红色文化的几个重要领域和类型。其中的红色出版和红色设计在党史研究中是个创举。迄今的党史著作，都是在叙述党史过程时提到这种或那种杂志、报纸或书籍。但它们的具体情况如何，中国共产党到底出版过哪些报纸、杂志和书籍，均语焉不详。《北京红色出版》首次做了集中研究和介绍。虽然只是北京地区的出版物，但仍然具有开创性的意义。《北京红色设计》更是一种新的探索和突破。它从艺术设计的角度介绍了一批建筑、雕塑、书刊、纪念物品、徽章标识中的红色文化，令人耳目一新，具有很强的知识性。

在这些单项著作的基础上，《北京红色文化概述》一书从整体上概述了北京红色文化的形成和发展、土壤和条件；物质形态的北京红色文化、精神层面的北京红色文化、北京红色文化的本质特点、北京红色文化的传承和发展、北京红色文化的时代价值、通过弘扬北京红色文化推进新时代新北京的建设等。这本书兼具历史概述和理论分析，集中回答了"北京红色文化是什么、有哪些"的基本问题。

所有这12本书，由于内容、角度不同，体例和风格上也有不同。我们一直努力保持体例和风格的统一，但很难完全统一，只能从实际出发，发挥各自的特色。不同角度、不同写法、不同风格，正好可以起到互补和整合的作用。

七、"红色文化"工程的实施和推进

编纂"红色文化丛书"，是北京市委的决定和部署，是贯彻落实习近平总书记对于北京首都建设和文化建设重要指示的重要举措。丛书编委会和所有作者，特别是负责单位市委党史研究室，都不断增强"四个意识"、坚定"四个自信"、做到"两个维护"，从政治和大局的高度对待这项工作，勇于担当负责，积极主动作为，努力完成市委交代的任务。

从接受任务开始，编委会就制订了严密的工作计划，以钉钉子精神抓工作落实，一环紧扣一环、一步紧跟一步，稳步有序地把这项工程推向前进。从设计方案到选择作者，从确定选题到拟订提纲，从写出初稿到反复修改，从多次审议到最后统稿，从专家审核到编辑

介入，每一个环节都召开专门会议，提出要求，落实措施，明确要求，规定时间，有布置、有检查、有落实。市委党史研究室从主任到有关人员，全程参与和负责，及时推进工程，及时请示汇报，及时解决问题；为每一本书都确定了联络员，随时沟通联系。各位作者深入研究，认真写作，准时完成了不同阶段的写作和修改任务。编委会成员和有关专家多次审核每一本书，认真把关，提升质量。邵维正将军年事已高，但仍坚持参加了几乎每一次会议，并审稿把关。北京出版集团全程参与，及时配备了责任编辑，提前介入图书的审阅、编辑工作。正由于所有同志的共同努力，才使得这项工程按照市委的要求及时完成。全书形成第二、第三稿后，我们还专门将全套丛书报送给十几位有名望的学者型省部级领导，请他们审阅把关、提出意见。

"红色文化丛书"具有鲜明的政治性。所以，我们首先坚持正确的政治导向，坚持以党的两个历史决议的精神为准绳，在重大历史事实、基本观点和重大结论上，与党中央保持高度一致。同时，确保史实的准确性。尽力运用原始资料，认真核对比较，吸收最新成果，深入挖掘拓展，要求作者最大限度减少错漏和不准确之处。

"红色文化丛书"也具有很强的学术性。市委明确要求打造成精品工程。所以，本套丛书从一开始就把打造精品作为基本标准，一切按精品要求来设计、写作、审核、研究、修改、编辑，不断消除与精品不符的问题。每一本书都大改了3～5次，小改更多。都是希望全方位展示北京红色文化研究的成果，努力为北京人民提供内容丰富、权威准确的北京红色文化读物，也为北京红色文化建设提供一个重要的工作基础。当然，最后完成的书稿与精品工程可能还有一定的差距，这是我们深感遗憾的地方。

"红色文化丛书"也兼顾了读者的需求，力求增加一定的生动性、可读性。根据每本书的内容和任务，我们要求语言文字上形象一点、生动一点。但实现的情况不完全一样，生动性、可读性各有差异。除了语言文字外，每本书还配了适当的照片资料。

我们希望，"红色文化丛书"能够成为向中华人民共和国成立70

周年献上的一份礼物，能够从红色文化的角度清晰展示中国共产党在领导北京地区革命斗争过程中的初心和使命，也为全党和北京市开展"不忘初心、牢记使命"主题教育提供有益的参考读物。

作为主编，我根据这套丛书研究和编纂的实际情况，对上述7个方面作出说明和介绍。希望各方面领导、群众和广大读者看了这些说明和介绍后，能够更加准确地理解北京红色文化，理解这套丛书的内容和特点。

感谢参与这套丛书、以不同方式支持这套丛书的所有人员。

李忠杰

2019年6月7日

目　录

导语　　1

第一章　北京红色文学　　1
　　第一节　概述　　3
　　第二节　重要作品评介　　11

第二章　北京红色电影　　41
　　第一节　概述　　43
　　第二节　重要作品评介　　54

第三章　北京红色戏剧　　69
　　第一节　概述　　71
　　第二节　重要作品评介　　80

第四章　北京红色音乐　　97
　　第一节　概述　　99
　　第二节　经典作品评介　　101

第五章　北京红色美术　　123
　　第一节　概述　　125

  第二节　重要作品评介　　　　　　　　　　　138

第六章　北京红色摄影　　　　　　　　　　　155
  第一节　概述　　　　　　　　　　　　　　157
  第二节　重要作品评介　　　　　　　　　　　176

第七章　北京红色舞蹈　　　　　　　　　　　191
  第一节　概述　　　　　　　　　　　　　　193
  第二节　重要作品评介　　　　　　　　　　　206

第八章　北京红色民间文艺　　　　　　　　　223
  第一节　概述　　　　　　　　　　　　　　225
  第二节　重要作品评介　　　　　　　　　　　229

结语　　　　　　　　　　　　　　　　　　　256

附录　　　　　　　　　　　　　　　　　　　258

后记　　　　　　　　　　　　　　　　　　　277

导　语

　　北京红色文艺是以讴歌中国共产党领导的新民主主义革命历史为主题的革命文艺，是为人民群众喜闻乐见、特色鲜明的一种艺术形式，是在北京这片红色沃土上绽放的一朵朵奇葩，在革命、建设、改革的伟大历史进程中，发挥着不可替代的重要作用。

　　北京是新文化运动的主阵地，在民主与科学这面旗帜引领下，诞生了《青春》《狂人日记》《孔乙己》等一批进步文学作品，成为全民族思想解放运动的重要引擎；北京是全民族抗战的爆发地，中华人民共和国国歌《义勇军进行曲》从这里响彻长城内外，《没有共产党就没有新中国》的激昂旋律从这里飞向神州大地，凝聚着中华儿女救亡图存的坚定意志；北京是红色文艺的富集区，一大批文艺巨匠在这里汇聚，一大批文艺精品在这里诞生，小说《骆驼祥子》《青春之歌》、歌剧《长征》《江姐》、电影《野火春风斗古城》《地道战》等，已经成为广大人民群众心中的永恒记忆。

　　基于北京红色文艺地位独特、内容丰富、门类众多，我们在编写《北京红色文艺》这本书时，主要围绕文学、电影、戏剧、音乐、美术、摄影、舞蹈、民间文艺等八种艺术形式，精选84部具有广泛影响力的代表作品，从诞生背景、主题内容、艺术特色、历史意义等层面进行翔实介绍，比较完整地展现作者丰富的精神世界，挖掘背后鲜为人知的故事，彰显北京红色文艺的独特魅力。

　　红色文艺是时代前进的号角，蕴含着红色基因，展现着时代风貌，引领着时代风尚。北京红色文艺是加强全国文化中心建设不可或缺的重要内容,是培育和弘扬社会主义核心价值观的重要载体。要求我们必须把红色文艺这一精神财富挖掘好、传承好、利用好,不断创造新形式、丰富新内容、搭建新舞台,使之真正注入广大人民群众的心灵深处,注入全国文化中心建设的生动实践,注入实现中华民族伟大复兴中国梦的坚实脚步。

第一章

北京红色文学

红色文学是指马克思主义指导或影响下的进步文学或革命文学，北京红色文学是指在北京地区或由北京籍作家创作的红色文学作品。它发端于1917年文学革命，伴随着新民主主义革命斗争逐步发展，继承了五四文学、左翼文学、延安文学的传统，发挥了革命号角的作用。新中国成立后，北京广大文学工作者用自己的作品，教育和鼓舞人民投身社会主义革命和建设事业，书写时代华章。

红色文学包括诗歌、散文（杂文、报告文学）、小说（短篇、中篇和长篇）等体裁。这里主要评介李大钊的《青春》（散文）、老舍的《骆驼祥子》（小说）、杨沫的《青春之歌》（小说）、贺敬之的《回延安》（诗歌）、魏巍的《谁是最可爱的人》（报告文学）等16部代表性作品，展示不同时期红色文学的艺术特色和历史作用。

第一节　概述

一、五四文学的传统

1915年9月，陈独秀在上海创办杂志《青年》（第2卷起改名《新青年》），并在创刊号登载《敬告青年》一文，吹响了新文化运动的号角。1917年1月，陈独秀被蔡元培聘为北京大学文科学长，《新青年》即随其北上，他租居的箭杆胡同9号同时也就成了《新青年》编辑部新址。以北京大学为依托，编辑部聚集了一批思想文化先驱，掀起了更为猛烈的新文化运动。

1917年1月，胡适发表《文学改良刍议》，大力倡导白话文，提出文章八事：须言之有物，不模仿古人，须讲求文法，不作无病呻吟，务去滥调套语，不用典，不讲对仗，不避俗字俗语。2月，陈独秀发表《文学革命论》，正式提出文学革命的口号，主张"推倒雕琢的阿谀的贵族文学，建设平易的抒情的国民文学"，"推倒陈腐的铺张的古典文学，建设新鲜的立诚的写实文学"，"推倒迂晦的艰涩的山林文学，建设明了的通俗的社会文学"。这样，就把提倡民主与科学的反封建斗争与反对文言文和八股文、进行文学革命结合起来了，开辟了中国文学的新局面。

1918年5月，鲁迅在《新青年》第4卷第5期上发表了他的第一篇白话小说《狂人日记》，深刻揭露了封建社会的"仁义道德"不过是"吃人"礼教。这篇小说，和他后创作的小说《孔乙己》《药》《阿Q正传》等，将文学革命的内容和白话文的形式结合起来，树立了新文学的典范。

1920年1月，李大钊在《星期日》周刊发表《什么是新文学》一文，阐述了新文学的标准，"是为社会写实的文学，不是为个人造名的文学；是以博爱心为基础的文学，不是为好名心为基础的文学；是为文学而创作的文学，不是为文学本身以外的什么东西而创作的文学"。文章还指出新文学的土壤和根基是"宏深的思想、学理,坚信的主义,优美的文艺,博爱的精神"。他尝试用马克思主义来指导文学,但在当时尚未形成大的影响。

在北京发生的文学革命很快传遍全国,开启中国文学由旧到新的伟大转折,它宣告了承传几千年的中国旧文学的终结和一个新时代的民族文学的开始。

在文学革命的影响下,文学社团纷纷成立,文学创作与评论风起云涌。1921年1月,文学研究会在北京正式成立,这是五四新文学运动中成立的第一个纯文学社团,也是继《新青年》之后第一个主张文学革命的团体。1924—1925年,语丝社[①]、莽原社、未名社等相继成立,鲁迅或为中坚或为发起人、指导者。社团在译介外国特别是俄国文学作品方面做出很大贡献。

初步具有共产主义思想的知识分子,则以文学为武器,深入民众活动。比如,1921年初,邓中夏到长辛店举办劳动补习学校期间写下表现工人阶级气概的诗歌:"如今世界不太平,重重压迫我劳工,一生一世作牛马,思想起来好苦情。北方吹来十月的风,惊醒了我们苦弟兄。无产阶级快起来,拿起铁锤去进攻。红旗一举千里明,铁锤一举山河动,只要我们团结紧啊,冲破乌云满天红!"[②]

文学革命向纵深发展,文学革命的倡导者与复古派之间进行了一场场进步与落后的思想论争。随后,《新青年》迁往上海、广州,成为党组织早期的机关刊物,以及国民党政府定都南京,北京改为北平等事件,北京作为全国文化中心的地位开始衰落,但是发轫于北京的文学革命却极大地影响着中国文学的进程。

[①] 因孙伏园创办的《语丝》杂志而得名。
[②] 《北方的红星》,作家出版社1960年版,第69页。

二、左翼文学的传统

1927年大革命失败后,北平左翼文化思潮虽然受到国民党反动当局的封杀,但始终存在。中国共产党在领导工农武装进行土地革命的同时,重视对国民党统治区文化战线的领导。1929年下半年,中共中央文化工作委员会成立,下设社会科学、文学、出版三个组。中共顺直省委和北平市委也先后成立负责文化工作的机构。北平地下党组织团结爱好文学、追求进步的青年学生,举办读书会、文学研究会等团体,探讨进步文学和革命理论。

这一时期,民族矛盾和阶级矛盾在北方表现得十分尖锐。日本帝国主义在中国东北等地频频制造事端,推行其"征服满洲,进而占领全中国"的侵略政策。国内各派军阀在帝国主义列强的指使下,混战不已。1930年4月开始的蒋冯阎战争,给北平民众造成深重的灾难。广大群众尤其是青年学生对国民党政权的幻想趋于破灭,越来越倾向革命,为左翼文化的发展创造了条件。

同时,革命文学论争传播了马克思主义文艺理论,提高了革命作家的思想理论水平。在论争过程中,革命文学倡导者的观点逐渐接近,提倡和发展普罗文学①成为他们的共同要求。资产阶级文艺家对于革命文学的攻击,也促使革命作家认识到必须联合起来才能有力地进行文艺思想斗争。在中国共产党的努力下,1930年3月2日,中国左翼作家联盟在上海中华艺术大学成立。在成立大会上,鲁迅先生作了题为《对于左翼作家联盟的意见》的讲话,第一次提出了文艺要为"工农大众"服务的方向,指出左翼文艺家一定要和实际的社会斗争接触。

1930年七八月间,在中共北平地下党组织领导下,由中国左联派去的段雪笙、郑吟涛等人,与北平文艺界的潘漠华、谢冰莹等,共

---

① "普罗"是法语proletarian(普罗列塔利亚)的简称,原为法国地名,后引申为无产阶级的。在中国近代文学领域率先使用该词,左翼作家在第二次国内革命战争时期为避免反动派注意而采用"普罗"的译名。此词源自法国,兴起于苏联,并增添丰富了"大众"的含义。普罗文学来源于20世纪现实主义文学,强调文学为政治服务,文学是政治经济的产物,受到俄国普列汉诺夫、中国老舍等作家推崇,左联也宣传其政治功能。

同筹备北平的左联组织，取名为"中国左翼作家联盟北方部"，简称北方左联。北方左联的筹备工作，得到了中国左联和鲁迅的热情关怀和直接指导。北平左翼文化运动迅速兴起，成为北平反帝反封建斗争和全国革命文化斗争的重要组成部分。

1930年9月18日，北方左联在北平大学法学院召开成立大会，到会的有段雪笙、潘漠华、孙席珍、张璋、刘尊棋、杨刚等30余人。北方左联是中共北平党组织领导成立的第一个左翼文化团体。它团结了一批爱好文学、要求进步的青年学生，运用文学这种形式，宣传马克思主义和中国共产党的主张，为此后各左翼文化团体的建立起到了示范作用。

北方左联成立后，盟员拿起手中的笔杆，揭露帝国主义的侵略，抨击国民党的腐朽，歌颂共产党及其领导下的工农红军，介绍苏联社会主义革命和建设的小说、诗歌、杂文。他们邀请鲁迅演讲，翻译介绍苏联文艺作品与思潮，并与埃德加·斯诺、史沫特莱等国际左翼人士接触，在国统区扩大了左翼文学的影响。

1936年民族危机日益严重之时，根据形势发展需要，北方左联和中国左联一起，按党组织的安排自行解散。北方左联在传播马克思主义文艺理论、扩大左翼文学影响、培养青年作家等方面发挥了重要作用。

三、延安文学的传统

1937年卢沟桥事变后不久，北平成为沦陷区，众多进步作家逐步迁往共产党领导的各抗日根据地或国民党统治区的大后方，北平的文化地位一落千丈，反映北平革命斗争的红色文学作品极少。最有代表性的是燕京大学国文系教授董鲁安在《晋察冀日报》上连载发表的长篇报告文学——《人鬼杂居的北平市》。作者以耳闻目睹的大量事实，深刻揭露了日军和汉奸在北平所犯下的种种罪行，热情歌颂了北平人民爱国主义的英雄行为。该文后来被延安的《解放日报》部分转载，受到解放区和国统区广大人民欢迎。

1938年3月，中华全国文艺界抗敌协会在武汉成立，老舍[①]被推选为总务部主任，从事抗战文学运动。之后，老舍随"抗敌文协"西迁重庆。他想写抗战题材的小说，但苦于缺乏合适的题材而一度搁置。直到1944年，抗战进入反攻阶段，老舍从其夫人的经历中构思一个完整的小说框架，开始在陪都重庆书写。《四世同堂》的第一部《惶惑》从1944年11月10日起就在《扫荡报》上开始连载，1945年9月2日载毕；第二部《偷生》从1945年5月1日起在重庆《世界日报》上开始连载，同年12月5日载毕；第三部《饥荒》是1948年老舍赴美讲学期间创作完成的。至此，这部长达百万字的巨著才宣告完成。

全民族抗日战争时期，大批文艺青年和红军中的文艺工作者会聚延安，为延安文艺带来了生机盎然的局面。为了培养革命文艺干部和研究革命文艺，1938年4月，由毛泽东、周恩来、林伯渠、徐特立、成仿吾、艾思奇、周扬发起，在延安成立鲁迅艺术学院（以下简称鲁艺），1940年后改校名为"鲁迅艺术文学院"。

为了革命文艺的正确发展，1942年5月2—23日，中共中央在延安召开文艺座谈会。毛泽东在座谈会上发表讲话，总结五四运动以来中国革命文艺发展的历史经验，系统地阐述党的文艺思想。这个讲话如同一声春雷，在中国革命文艺界引起空前的巨大反响。从此，中国文学沿着"民族的科学的大众的"方向发展，逐渐形成了一种新的"人民文学"。

随着解放战争节节胜利，北平在和平解放后被中共七届二中全会拟定为新中国的首都。1949年7月2日，中华全国文学艺术工作者第一次代表大会在北平开幕。来自解放区的作家与来自国统区的作家会聚一堂，共谋中国文学未来发展的大计。

---

① 老舍（1899—1966），原名舒庆春，字舍予。满族正红旗，北京人。中国现代著名作家，新中国第一位获得"人民艺术家"称号的作家。著有长篇小说《骆驼祥子》《四世同堂》，话剧《龙须沟》《茶馆》等。老舍擅长描写北京市民的生活，文学语言通俗简易，朴实无华，幽默诙谐，具有较强的北京韵味。

会上，郭沫若作题为《为建设新中国的人民文艺而奋斗》的总报告，总结解放区和国统区的文艺工作，明确指出新中国的文艺事业必须服从中国共产党的领导，必须表现工农兵生活，为工农兵服务。大会产生全国性的文艺机构——中华全国文学艺术界联合会，并成立中华全国文学工作者协会（简称文协）等各下属专业协会，标志着中国新民主主义文艺运动的基本结束和社会主义文艺的开始。

1949年10月1日，中华人民共和国成立。北京作为首都，重新成为中国的政治文化中心。大批优秀作家会聚于此，他们继续沿着"民族的科学的大众的"方向前进，创作出大量的红色文学经典作品。同时，形成了与之相适应的创作体制、文艺观念、审美特点与传播途径。

四、北京文联的成立

1950年，北京市文学艺术界联合会（以下简称北京市文联）成立。北京市文联是中共北京市委领导的由全市各文学艺术家协会、各区县文学艺术界联合会和文学艺术工作者联合会组成的人民团体，是党和政府联系文艺界的桥梁和纽带。北京市文联历任主席有老舍、曹禺、杨沫[①]、管桦[②]等。

北京作家协会（以下简称北京作协）的前身为1950年成立的北

[①] 杨沫（1914—1995），当代女作家，原名杨成业，笔名杨君默、杨默。祖籍湖南湘阴，生于北京。七七事变后，到冀中参加八路军，曾任《晋察冀日报》副刊编辑。新中国成立后，曾任北京作协副主席、全国人大常委等。作品主要有长篇小说《青春之歌》《东方欲晓》《芳菲之歌》《英华之歌》，长篇报告文学《不是日记的日记》《自白——我的日记》等。

[②] 管桦（1922—2002），原名鲍化普，河北丰润人。1940年入华北联合大学文学系学习，曾为随军记者，1943年调到冀东军区尖兵剧社从事文艺创作。新中国成立后，在中央音乐学院和中央乐团从事歌词创作；1963年调入北京市作家协会任驻会作家。代表作有中篇小说《小英雄雨来》、长篇小说《将军河》等，由他作词的儿童歌曲《听妈妈讲过去的事情》《我们的田野》《快乐的节日》等，传唱至今。

京市文联文学创作组。1963年2月，北京作协筹备委员会成立，"文化大革命"开始后停止工作。1978年9月，该筹委会重新恢复工作。1980年6月29日，召开中国作家协会（简称中国作协）北京分会第一次会员代表大会，制定协会章程，选举产生由47人组成的第一届理事会，著名诗人阮章竞[①]当选为主席，标志着北京作协正式成立。

《北京文学》的前身是《北京文艺》和《说说唱唱》。《北京文艺》由北京市文联主办，创刊于1950年9月，是新中国成立后创刊较早的一份文艺月刊。第一任主编为老舍，汪曾祺[②]任编辑部主任（又称"编辑部总集稿人"）。《说说唱唱》创刊于1950年1月，主编是赵树理。

1951年1月，根据中国文联常委会关于调整北京文艺刊物的决定，《北京文艺》停刊，其编辑人员与《说说唱唱》编辑部合并，老舍任主编。1955年3月，《说说唱唱》终刊。同年4月，《北京文艺》重新创刊，老舍仍担任主编。

1966年"文化大革命"开始后，《北京文艺》一度停刊。1971年复刊为《北京新文艺》，共试刊5期，成为当时全国复刊最早的文学刊物。1973年，恢复《北京文艺》的刊名。从复刊后到1981年的10年中，未任命过主编，而称"主要负责人"，张志民[③]、谭谊、李清

[①] 阮章竞（1914—2000），笔名洪荒，广东香山人，著名诗人、戏剧家。1935年，在冼星海、吕骥指导下，参加抗日救亡歌咏活动，从此走上革命文艺之路。新中国成立后，曾任华北局宣传部文艺处处长，中国作家协会党组成员、青年作家工作委员会主任、北京市文联副主席、北京作家协会主席、全国第五届政协委员等。

[②] 汪曾祺（1920—1997），江苏高邮人。当代作家、散文家，京派作家代表人物。1939年夏，考入西南联大中国文学系。1950年，任《北京文艺》编辑。1996年，在中国作家协会第五次全国代表大会上被推选为顾问。代表作有《受戒》《大淖纪事》《晚饭花集》《逝水》《晚翠文谈》等。

[③] 张志民（1926—1998），河北宛平（现北京市门头沟区）人。1938年参加八路军，做过教员、指导员。1940年入中国人民抗日军政大学四分校学习。1941年加入中国共产党。1951年参加志愿军，赴朝鲜前线，写有战地通讯《英雄的报告》。1955年毕业于中央文学讲习所。现代诗人，曾任群众出版社副总编辑、《北京文艺》主编、北京作家协会副主席、《诗刊》主编等。

泉、苏辛群曾任此职。1980年10月，《北京文艺》更名为《北京文学》，杨沫、王蒙①、林斤澜、李陀、浩然②、赵金九、刘恒、杨晓升等先后担任主要领导。

---

① 王蒙，出生于1934年，祖籍河北南皮，1934年生于北京，当代作家。1948年加入中国共产党。新中国成立后，曾任文化部部长、中国作协书记处书记、《人民文学》主编等。代表作有《青春万岁》《活动变人形》《布礼》《春之声》等。

② 浩然（1932—2008），原名梁金广，祖籍河北宝坻（今属天津），生于河北唐山。现代作家。1948年加入中国共产党。1954年起任《河北日报》、北京《友好报》（俄文版）记者。1964年为北京市文联专业作家。后任中国作家协会北京分会副主席、《北京文学》主编等职。代表作有《喜鹊登枝》《金光大道》《苍生》《乐土》《活泉》《圆梦》等。

第二节　重要作品评介

一、《青春》(李大钊)

鸦片战争后中国的屈辱遭遇，让有志之士痛心疾首，他们不断呐喊。1894年，孙中山第一次喊出"振兴中华"。能够担负振兴中华重任的必定是青年，因为青年才最具有活力。1900年，梁启超写下著名的《少年中国说》。1915年，陈独秀创办《新青年》。

1916年5月，年仅27岁的李大钊结束了在日本的留学生活回到祖国，暂居上海。此时，在反袁斗争中威望空前提高的进步党人在北京创办《晨钟报》，邀请李大钊主持编辑工作。7月11日，李大钊启程北上。8月15日，《晨钟报》面世。李大钊在创刊号上发表《晨钟之使命——青春中华之创造》。这是李大钊第一次正式提出"青春中华"的宣言，号召青年人为青春中华而自觉奋斗。随后，他又陆续在《晨钟报》发表十余篇短文，大都围绕激发青年自觉这一主题。

其实，李大钊阐述"青春中华"思想最早的文章，并不是这篇《晨钟之使命——青春中华之创造》，而是后来广为传诵的经典之作——《青春》。《青春》创作于1916年春，当时李大钊还在日本。只是发表的时间稍晚了些——刊于1916年9月1日出版的《新青年》第2卷第1号。

李大钊在《青春》中指出，中华民族在人类历史上巍然屹立数千年，创造了辉煌灿烂的古代文明，但是到了今天，中华文明已趋于衰老僵化，需要重振活力。那么如何再造青春中华呢？李大钊认为，中华是否能回春再造，衰老的民族是否能变成青春的民族，关键"系乎青年之自觉如何耳"，由此对青年提出了希望。

《青春》第一段以时序变化展示自然之生机盛衰与青春之无限美好。第二段谈宇宙之青春，李大钊认为，"宇宙无尽，即青春无

李大钊创作《青春》（於俊杰 绘）

尽，即自我无尽。此之精神，即生死肉骨、回天再造之精神也"。第三段谈地球之青春，"吾人之青春一日存在，即地球之青春一日存在。吾人有现在一刹那之地球，即有现在一刹那之青春，即当尽现在一刹那对于地球之责任"，青春之责也。第四段谈人类之青春，"斯则人类之寿，虽在耄耋之年，而吾人苟奋自我之欲能，又何不可返于无尽青春之域，而奏起死回生之功也？"第五段谈中国之青春，提出再造青春中国之说，指出青春中国的希望在青年。第六段谈人生之青春，"青年之自觉，一在冲决过去历史之网罗，破坏陈腐学说之囹圄"。

在《青春》中，作为中国共产主义运动的先驱，李大钊从哲学与历史的高度阐述其青春哲学，呼吁中国青年再造中国青春。他认为，青年应当摆脱各种观念的束缚，保持无拘无束的青春活力，才能有"回天再造之精神"，有"拔山盖世之气魄"。在撰写《青春》时，李大钊还没有成为马克思主义者，但他提出"创造青春中华"的理论和主张，在广大青年读者群中产生了极大的影响，对于中国革命具有不可低估的意义。从青春哲学走向马克思主义，是时代精神发展之必然。

2016年7月1日，习近平总书记在庆祝中国共产党成立95周年大会上，引用李大钊的话勉励全国青年人，号召青年要"为世界进文明，为人类造幸福，以青春之我，创建青春之家庭，青春之国家，青春之民族，青春之人类，青春之地球，青春之宇宙，资以乐其无涯之生"。

二、《骆驼祥子》（老舍）

《骆驼祥子》是老舍的代表作之一，创作于1936年，1937年1月在《宇宙风》杂志连载，1939年由人间书屋正式出版。连载过程中恰逢七七事变，在山东大学（青岛）任教的老舍匆忙把妻女安置在济南，自己奔赴武汉抗战。

小说主要以洋车车夫祥子的故事为线索，以20世纪20年代末期的老北京的生活为背景，以祥子的坎坷悲惨的生活遭遇为主要情节，深刻揭露了旧中国的黑暗，表达了作者对劳动人民的深切同情。

小说中的祥子来自乡村，是一个破产的青年农民，他勤劳善良，却再也不愿意回到农村去。从农村来到城市的祥子，渴望以诚实劳动买一辆属于自己的洋车，做个独立的劳动者。凭着吃苦耐劳和省吃俭用，祥子用三年时间实现了梦想，成为自食其力的上等车夫。但刚拉了半年，他的车就在兵荒马乱中被逃兵掳走，祥子失去了洋车。但祥子没有灰心，倔强地从头开始，更加辛苦地拉车攒钱。可是，还没等他再买上车，所有积蓄又被侦探洗劫一空，买车的梦想再次成为泡影。

祥子再一次拉上属于自己的车，是以与虎妞的畸形婚姻为代价的。不久之后虎妞死于难产，他不得不卖掉洋车去料理丧事。此时，祥子的梦想彻底破灭了，他心爱的女人小福子也自杀而死。连遭生活的打击，祥子丧失生活的信心，再也无法鼓起勇气。他不再像从前一样以拉车为豪，而是厌恶劳作，开始吃喝嫖赌。他到处骗钱，堕落为"城市垃圾"。最后，他靠给人红白喜事做杂工维持生计。祥子由一个"体面的、要强的、好梦想的、利己的、个人的、健壮的、伟大的"底层劳动者沦为一个"堕落的、不幸的、社会病胎里的产儿，个人主义的末路鬼"。

小说围绕着以祥子买车所经历的三起三落为情节发展的中心线索，将笔触伸向广阔的城市贫民生活，通过祥子与兵匪、与侦探、与车厂主、与虎妞等人的关系，展示了祥子从充满希望，到挣扎苦斗，

老舍（新华社 提供）

直至走向堕落的悲剧一生。老舍说，"一个拉车的，要立在人间的最低处，等着一切人一切法一切困苦的击打"，说出了祥子的毁灭与整个旧社会的关系。

祥子的悲剧不仅是社会悲剧，也是精神悲剧。小说让人看到了一个精神壮健、积极上进的人，怎样在社会的重重打击下变成了一个消沉堕落的人。由此，深刻揭露社会的黑暗，也让人看到了个人毫无出路的社会现实，对社会发出了深沉的控诉。在《骆驼祥子》中，老舍以严肃的现实主义创作方法、朴实明朗的语言，为我们描绘了一幅动荡不安的社会生活图景。小说有浓郁的北方色彩，从语言、环境到风俗人情，显示了老舍京味小说在艺术上的成熟。

著名学者樊骏指出："《骆驼祥子》不只是作家本人，也是中国现代文学史上一部优秀的现实主义作品。它很有代表性地表现出老舍为提高反映城市贫民生活的作品的水平所取得的成就和所做出的贡献，也很有代表性地反映出他的创作中曾经相当长期地存在着的弱点对于这些成就和贡献的限制。"

三、《小英雄雨来》(管桦)

《小英雄雨来》是管桦的代表作。1940年，管桦离家奔赴抗日战场，长年转战南北。他参军以后，童年时代的情景常常浮现眼前。于是他创作了以雨来为主人公的小说《雨来没有死》。初稿写成后，管桦首先请当时任鲁艺研究室主任的周立波审阅。周立波被小说中主人公雨来的精神所感动，称赞这篇小说写得有骨头有肉，非常值得一读，是一篇不可多得的佳作。他鼓励管桦继续写下去，写成一部真实反映冀东人民抗日斗争的中篇或长篇小说。1948年，《雨来没有死》发表于《晋察冀日报》。

《雨来没有死》写的是抗战时期，晋察冀边区的一个小村庄里，有一个叫雨来的孩子，擅长游泳。父亲让雨来学文化，雨来接受党的教育，从而懂得了"我们是中国人，我们爱自己的祖国"的道理。日军又来"扫荡"，形势紧张起来了。一天，父母都出去了，雨来正趴在炕头看识字课本。突然，交通员李大叔来到他家，后面跟着一群日军。李大叔匆忙跳进事先挖好的地道里，雨来用尽全身力气才把缸挪回原处，盖住地道口。这时日军进来了，雨来被日军抓了，遭到威逼利诱，但雨来拒不屈服。日军无可奈何，气急败坏地拉雨来到河边枪毙。河边响起了枪声，村民们听见枪声都哭了。等日军走后，雨来从水里爬上岸，雨来还活着。原来枪声响起之前，雨来趁鬼子不备，一头扎进河里游走了……

小说发表后，在社会上引起广泛影响，小英雄雨来顽皮、机智、勇敢的形象打动了很多人。新中国成立初期，这篇文章以《小英雄雨来》为题入选语文课本。小英雄雨来成为全国少年儿童心目中的英雄，感染和教育了几代人。《小英雄雨来》成为了当代儿童文学经典之一。

雨来的形象不是凭空想象的，他是抗日战争年代里冀东少年儿童的缩影，这其中也包括管桦本人在内。小说中的芦花戏水、星夜攻读、智护交通员的情节，苇丛雏鸭、五谷飘香的田园风光景物，鲜活的方言土语，无一不是那场风起云涌的民族解放战争中燕赵大地的真实写照。

1998年，"小英雄雨来纪念园"在管桦的家乡河北丰润落成。管桦亲笔写下这样的碑文："1937年，日本法西斯侵略中国，中国进行全民族抗战。青壮年参加八路军，拿起枪抗击日本侵略者，冀东还乡河两岸各村的民兵、老年人、妇女、少年儿童，为保卫祖国家园与敌进行顽强的斗争。在那个战争年代，像雨来那样站岗放哨、手拿红缨枪、挺起小胸脯、给八路军送信、制造假地雷迷惑敌人、带路进埋伏圈的情况是很多很多的……"

四、《王九诉苦》（张志民）

1947年，张志民在解放区参加土地改革运动（以下简称土改）。以土改中的见闻为素材，他创作长篇叙事诗《王九诉苦》并发表于《晋察冀日报》。此诗以王九自诉的形式，讲述农民对旧社会的血泪控诉和翻身后的欣喜之情。

张志民的诗从民歌里吸取营养，用农民喜闻乐见的形式反映农民的生活和斗争，诗中鲜明的人物形象既有各自的个性特点，也带着那个历史年代特有的印迹。在《王九诉苦》中，写到地主"孙老财"与农民的贫富悬殊："进了村子不用问，大小石头都姓孙／孙老财一

1961年，著名诗人田间（前排右三）和青年诗人张志民（前排左三），在乌鲁木齐和中国人民解放军驻新疆部队业余文学创作者交谈（丁彬萱　摄，新华社　提供）

手把天地盖,穷小子死了没处埋／孙老财家陈米生了虫,穷小子菜粥锅里照人影……"将底层农民的苦难写得一唱三叹。

张志民关心农民的命运和社会的进步,心中有着一个广阔的世界。他的诗歌往往从小处落笔,以小见大,运用具有艺术张力的细节让人产生丰富而切实的联想。学者相琳指出:"张志民开辟了一条寓大雅于大俗之中,集民族化、大众化于一体的新诗创作道路,形成了自身鲜明的艺术风格。其诗歌善于将叙事与抒情相结合,在叙事的同时注重传达内心的真实感受和人生体悟,并且紧贴社会现实。在诗歌形式和语言上,他广泛采用民间歌谣体和自由体的创作手法,在雅俗之中又不乏哲理性的思辨和深沉的历史反思。"著名诗人萧三读后,发表评论《我看到一首好诗——介绍张志民的〈王九诉苦〉》。由此,张志民成为解放区和李季、阮章竞齐名的大众诗人。著名学者谢冕说:"张志民是中国大地的儿子,他身上流淌着中国农民的血液。"洪子诚在《中国当代文学史》中谈到当代诗歌时写道:"以民间形式写作叙事诗的诗人及其创作,则确立为当代诗歌写作的方向。经常列举的经典作品有《王贵与李香香》(李季),《赶车传》(田间),《圈套》《漳河水》(阮章竞),《王九诉苦》《死不着》(张志民)等。"

五、《漳河水》(阮章竞)

1937年全民族抗战爆发后,阮章竞奔赴太行山根据地,在那里战斗十多年,历任八路军太行山剧团团长、太行文联戏剧部部长等职。他们在漳河两岸奔走,既是宣传队,又是工作队,经受血与火的考验。在这期间,他创作大型话剧《未熟的庄稼》、独幕话剧《糠菜夫妻》、大型歌剧《赤叶河》等。1949年春,创作长篇叙事诗《漳河水》,发表于《太行文艺》月刊;后经进一步修改,1950年发表于《人民文学》,奠定了他在中国文学史上的地位。

《漳河水》表现了太行山区三位妇女在封建传统习俗和野蛮的压迫下遭受的苦难,以及在共产党的帮助下获得解放的过程。全诗共分为三个部分,第一部"往日",描写的是荷荷、苓苓和紫金英三人在旧社会里"想找个如意郎君"愿望的破灭;第二部"解放",描写的是新中国成立以后荷荷等三人获得了自由和解放,她们在劳动中不断成长;第三部"长青树",描写的是苓苓的有严重大男子主义的丈夫"二老怪"的转变过程,并以漳河边的长青树象征着妇女翻身解放,在家庭、社会上树立了自己的地位。

全诗紧紧围绕这三位妇女,表现她们从幻想、哀怨到觉醒、斗争的转变过程,从而反映当时广大农村妇女争取自由解放、幸福生活的思想发展历程。诗中深刻刻画出荷荷、苓苓、紫金英三个不同性格的妇女形象,她们的生活道路和思想历程,在中国妇女解放运动中具有十分典型的意义。

李小文在《阮章竞和他的长诗〈漳河水〉》一文中指出:"长篇叙事诗《漳河水》是作家阮章竞在太行山区战斗、工作、生活12年,极用心地学习当地多种民间文艺形式,了解当地人民群众生活,尤其

1978年,在全国政协五届一次会议文学艺术界小组会上,京剧演员袁世海(右)向作家姚雪垠(中)、诗人阮章竞(左)介绍新编京剧《闯王旗》排练情况(陈霞 摄,新华社 提供)

是妇女的生活状况,在长期学习、创作、积累后,饱含热情创作出来的民歌体新诗。诗歌采用了多种山西民歌的形式,许多比兴的手法,使得诗的形象丰满,抒情意味浓厚。既注意向古典诗歌学习,又使之与民歌融为一体。因此,《漳河水》在保留了民歌的山野风味的同时,又具有古诗蕴藉含蓄的韵味。全诗节奏感强,能诵能唱,很容易流传。"

谢冕在《〈漳河水〉的写作与艺术风格》中谈道:"我对阮章竞先生始终怀有敬意,很尊敬他。在我的研究当中,始终没有忘记他的创作。20世纪70年代末,改革开放刚开始的时候,我在《北京文学》上发表了一篇比较长的文章,就是《解放了的漳河永欢笑》。在我主编的《中国新诗总系·50年代卷》里,我把《漳河水》全文选进来了。在这种选本中,全文选进来也是不容易的。在我自己的新诗研究当中,抗战到1948年这一段,我专门写了阮章竞的创作。这就是我向他表示敬意的一种方式。"

六、《谁是最可爱的人》(魏巍)

1950年10月25日,抗美援朝战争打响。12月中旬,时任解放军总政治部学校教育科副科长的魏巍[①]奉命赴朝鲜碧潼战俘营调查美军战俘情况。在朝鲜前线,他耳闻目睹了中国人民志愿军官兵那些感天动地的英雄事迹。于是,他向总政治部请求在完成调查任务后,留下来进行为期三个月的战地采访。

1951年3月魏巍返回祖国后,根据在朝鲜的见闻和感受,很快创作并发表了《谁是最可爱的人》。关于这篇战地通讯的写作,他回忆

[①] 魏巍(1920—2008),原名魏鸿杰,曾用笔名红杨树,河南郑州人,当代散文家、小说家。1937年12月,投笔从戎。1938年进入延安中国人民抗日军政大学学习,毕业后一直在晋察冀根据地的战斗部队工作。新中国成立后,曾任《解放军文艺》副总编辑,北京军区文化部长、政治部顾问,中国文联顾问,中国作家协会第四届理事等。代表作有长篇小说《东方》、通讯集《谁是最可爱的人》、散文《我的老师》。

1952年,魏巍(右)在朝鲜三登野战医院访问志愿军模范护士罗克贤(新华社 提供)

说:"《谁是最可爱的人》这个主题,是我很久以来就在脑子里翻腾着的一个主题。我在部队里时间比较长,对战士有这样一种感情,觉得我们的战士是最可爱的人……这次我到朝鲜去,在志愿军里,使这种感情更加深了一层……我能写出《谁是最可爱的人》,最基本的原因是我们战士的英雄气概,他们的英雄事迹是这样的伟大,这样的感人,把我完全感动了。"

由于魏巍感受深刻,下笔十分顺畅,一气呵成。稿子写好后,魏巍将它交给《解放军文艺》主编宋之的征求意见。宋之的看后激动地说:"马上送《人民日报》!"人民日报社社长兼总编辑邓拓审阅后说:"好几年没有见到这样的好文章了。它表达了我们这个时代对志愿军战士最崇高的奖赏。"4月11日,《谁是最可爱的人》在《人民日报》头版隆重推出。

毛泽东读了《谁是最可爱的人》后,立即批示:"印发全军。"朱德看后连声称赞:"写得好!很好!"1953年,周恩来在全国第二次文代会上做报告说:"我们就是要写工农兵中的优秀人物,写他们中间的理想人物。魏巍同志所写的《谁是最可爱的人》,就是这类典型的歌颂。它感动了千百万读者，鼓舞了前方的战士。我们就是要刻画这些典型人物来推动社会前进……"讲到这里，他推开讲稿，对着话筒大声说："在座的谁是魏巍同志，今天来了没有？请站起来，我要认识一下这位朋友。"这时，魏巍从座位上站起来，在场的人给予了热烈鼓掌。周恩来对他说："我感谢你为我们子弟兵取了个'最可爱的人'这样一个称号。"

《谁是最可爱的人》在全国引起巨大轰动。《人民日报》编辑部在请他去座谈时让他谈了是怎样写出这篇文章的。他的发言整理为《我怎样写〈谁是最可爱的人〉》一文，作为附录收入1951年冬出版的散文集《谁是最可爱的人》初版本中。这本散文集十分畅销，出版不久便再版，1958年又出第三版。后来，这篇作品还被长期选入中学语文课本。

《谁是最可爱的人》历来受到文艺界的高度评价。著名作家肖复兴谈道："《谁是最可爱的人》可以说是一个经典，在上世纪50年代，这篇作品让'最可爱的人'成了志愿军的代名词。而时隔这么多年，'最可爱的人'这个称呼仍然跨越时空存在于我们的生活中：任何为社会做出了贡献，感动了社会的人都可以成为我们心中最可爱的人，我觉得这是魏巍的一个贡献。"著名评论家朱向前认为："将《谁是最可爱的人》视为当代军旅散文的发轫之作也毫不勉强。《谁是最可爱的人》《依依惜别的深情》等常被看作是战地通讯，被纳入新闻的范畴，其实这些作品融叙事抒情描写于一体，叙写真切、色彩绚丽、诗意与哲理相融合、行文舒展、文学意味浓厚，促进了通讯回归散文化，对后代很多作家都有影响。"

1957年，散文集《谁是最可爱的人》被翻译成俄文由莫斯科国家艺术文学出版社出版。C.马尔科娃在俄译本序言中写道："魏巍的这些特写作品现在已经引起了读者的广泛关注。在这些作品中，他真诚地赞美、歌颂朝鲜前线的中国人民志愿军。他的每一篇特写，都浸透着难以遏制地相信普通人、相信人民的光明未来的信念。这些特写作品，现在仍未失去魅力。"

七、《到远方去》(邵燕祥)

新中国成立后,百废待兴,有志青年纷纷到祖国最需要的地方去,年仅19岁的邵燕祥[①]也被时代的激越情绪感染,挥笔写就长达240行的散文式句法的诗《到远方去》初稿。初稿写成后,诗人又做了大幅度修改,成为1952年11月23日《中国青年报》上发表的10节40行的诗。

这首诗抒发了"生在旧社会,长在红旗下"的年轻人到远方去建设祖国的豪迈情怀。诗的第一小节讲述诗人在祖国的心脏北京,在天安门广场与心爱的同志告别。第二小节展现的是即将奔赴的远方,一切都有待"我"们来建设。第三、四小节,表达"我"满怀战天斗

1985年10月,邵燕祥(中)与香港新闻界及文化界人士交谈(邓观平 摄,新华社 提供)

[①] 邵燕祥,出生于1933年,祖籍浙江萧山,出生在北京。北平中法大学肄业,后在华北大学结业。1949年后,曾任中央人民广播电台编辑、记者。1953年加入中国共产党。1978—1993年在《诗刊》工作,著有诗集《歌唱北京城》《到远方去》《在远方》《迟开的花》《邵燕祥抒情长诗集》等。

地的乐观主义精神。第五、六小节想起刘胡兰这个"同龄人",愿意沿着革命先烈的足迹继续向前。第七~十小节,犹如青年宣言,表达他们的理想和信念——要做"祖国最好的儿女"和"年轻的接力人"。

卢秋红在《相隔半个世纪的对话———一个80后读邵燕祥先生〈到远方去〉》中认为,诗人邵燕祥"成功地捕捉了20世纪50年代的年轻人的情感特征",正如"艾青写于1938年的《向太阳》为什么如此地撄着年轻人的心,因为太阳,这自由和光明的象征,是黑暗、寒冷、不自由中的人们的唯一渴望",《到远方去》"这首诗也是如此撄着年轻人的心,因为远方也是当时的青年人追求的实现梦想的所在,是青年人的渴望。'诗,我们自己的诗成了集体的代言者,集体的控诉者,集体的号召者,以至集体的组织者。'邵燕祥的诗甚至在某种程度上也起到了这样的作用,鼓舞着、号召着同龄人到远方去建设祖国"。

段从学在《邵燕祥诗歌中的"远方"》中以别样视角指出,"谁也不许落后于时间"的焦灼,自始至终支配着诗人的行动和选择,贯穿了邵燕祥以"工厂、矿山和建设工程"为题材来塑造"祖国社会主义建设者的形象"的全部作品。

八、《闪耀吧,青春的火光》(郭小川)

《闪耀吧,青春的火光》是郭小川[①]于1956年创作的一首诗。诗歌采用苏联未来派革命诗人马雅可夫斯基的"楼梯体",注意长短拆行时的节奏感,整体押韵,为中国新诗艺术形式的多样化做出了贡献。在诗人笔下,青春是活力的象征,蕴含着智慧、勇敢和意志。整

---

① 郭小川(1919—1976),原名郭恩大,河北丰宁人。1933年热河沦陷后,他随全家逃难至北平,之后投身抗日救亡运动。七七事变后,投笔从戎,在八路军359旅做宣传工作。1941—1945年,到延安学习。此后,先回家乡领导清匪和土改,后从事报纸编辑工作。新中国成立后,曾任中国作家协会书记处书记等职。代表作有《致青年公民》《鹏程万里》《将军三部曲》《甘蔗林——青纱帐》《一个和八个》《白雪的赞歌》《望星空》等。

首诗激情澎湃,富有想象和哲理,语言节奏鲜明、流畅。这首诗像战鼓、像号角催人奋进,在青年读者中产生了热烈反响。

郭小川在回忆这个时期的创作时,说:"当我因为走上文艺岗位而重新写作的时候……社会主义建设和社会主义革命的伟大号召已经响彻云霄,我情不自禁地以一个宣传鼓动员的姿态,写下一行行政治性的句子,简直就像抗日战争时期在乡村的土墙上书写动员标语一样……我愿意让这支笔蘸满了战斗的热情,帮助我们的读者,首先是青年读者生长革命的意志,勇敢地'投入火热的斗争'。"

1958年,诗人郭小川(右)与茅盾(中)、严辰(左)在黑龙江哈尔滨合影(新华社 提供)

《政治抒情诗人——郭小川的诗》一文指出:"诗人的思想、性格、气质、修养,以及反映生活的独特角度,独特方式,独特的抒情个性、语言形式,融合成与众不同的艺术风格。他的诗是热血和激情铸成的利剑,给人以战斗人生的美,真诚热烈的美,博大精深的美。诗如其人,诗品出于人品。'我们讨厌/那种看风转舵的船手,他心中没有方向盘／只懂得／跟在人家的屁股后，／不，我们宁愿做个萤火虫／永远永远／朝着光明的去处走，／即使在前进的途中／焚身葬骨／也唱着高歌不回头'，这光灿灿的诗句，恰好成了诗人光辉一生的写照。"

政治抒情诗在郭小川的诗作中占据多数，但他不满足于简单地配合政治形势，十分重视诗体形式革新，他说："诗是表现感情的，当然也表现思想，但感情可以说是思想的'翅膀'，没有感情，尽管有思想，也不是诗。当然，我们的'情'是无产阶级之情，是人民之情。既然是'情'，就必须是从心的深处发出的，无法伪装，伪装的都没有真情实感。……我以为，音乐性是诗的形式的主要特征。在语言艺术中，诗的音乐性应当是最强的。音乐性不仅限于押韵。也许可以说，更重要的是'旋律'……在形式上，我们要提倡的是民族化和群众化。"

郭小川曾因《望星空》等作品受到批判，但据陈晋《毛泽东读书笔记解析》中记载："毛泽东读后曾对人说，这些诗并不能打动我，但能打动青年……谈到郭小川的《望星空》，毛泽东认为，没有幻想，就没有科学、文学和艺术，应该对这个善于思索、长于幻想的热爱祖国的诗人给以鼓励。"

九、《运河的桨声》（刘绍棠）

刘绍棠[①]在通州大运河边出生成长，其文学作品大都以京东运河滩劳动人民的生活为题材，作品具有强烈的感染力，充满浓郁的乡土气息，为当代乡土文学中的佳作。因而，他被人称为"大运河之子"。

1949年10月，年仅13岁的他在《北京青年报》上发表处女作微型小说《邰宝林变了》，从此开始文学创作。1952年9月5日，《中国青年报》发表其短篇小说《青枝绿叶》。这一年，他正在潞河中学读

---

① 刘绍棠（1936—1997），河北通县（今北京通州）人。中国著名乡土文学作家。1954年入北京大学中文系学习。曾任《北京文学》编委、《中国乡土小说》丛刊主编、中国作协副主席等职。代表作有《蒲柳人家》《蛾眉》《瓜棚柳巷》《京门脸子》《豆棚瓜架雨如丝》等。

高一。这篇小说首先被臧克家主编的《新华日报》文艺版转载。接着,人民教育出版社社长叶圣陶决定把这篇小说编入高中二年级语文教材。一个高中一年级学生的作品成为高中二年级的教材,这件事具有很强的传奇色彩。

1953年,中共中央提出向社会主义过渡的总路线。农业互助合作运动是总路线的组成部分。这种形势下,刘绍棠创作了中篇小说《运河的桨声》,于1955年1月由上海新文艺出版社出版。小说围绕山楂村合作社的扩大发展,描写了人民群众在党的领导下,为建设社会主义新生活而斗争的故事。

刘绍棠(左一)在他的家乡——北京通县(今通州区)郎府公社儒林村,给社员朗读自己的新作,并征求他们的意见(顾德华 摄,新华社 提供)

小说中,山楂村是运河岸上的一个村庄。正当村里的合作社扩大发展的时候,反革命分子王六潜藏到这个村庄里来了。王六与村里的反动富农田贵勾结在一起,搞阴谋活动。山楂村里一场谁战胜谁的斗争,就此激烈地展开了。在区委书记俞松山的领导下,山楂村的人们在党支部的正副书记和合作社的正副社长刘景桂、春枝的带领下,揭穿敌人的造谣挑拨,粉碎了敌人掘堤放水的阴谋,及时扑灭敌人放的大火,逮捕反革命分子,最终获得胜利。

这篇小说出版后,立即引起文艺界、评论界一片赞扬之声。时任中国作协书记处书记的康濯说:"《运河的桨声》中伴随着对新人新事的歌颂,也开始钻研和描写了生活中的矛盾和斗争,比之他过去的作品,无论思想和艺术领域都确有若干明显的进步。"著名老作家何家槐在《人民文学》(1956年第1期)撰文《关于〈运河的桨声〉》指出:"刘绍棠同志,还是一个年纪很轻的青年,但在这本小说里,却已经很明显地表现出了他的写作能力。这个中篇所描写的,全是作者家乡北运河平原上的故事。由于它相当真实地反映了近年来的农村生活和农村面貌的变化,生动地表现了农业合作化运动中的社会矛盾和阶级斗争,出版后受到读者的欢迎。"

十、《回延安》(贺敬之)

1956年3月,贺敬之[①]参加西北五省(区)青年造林大会,从北京回到离别十年之久的延安。其间,与会人员参观党中央在延安各处的旧址,在杨家岭山头上种树,又探访母校鲁艺所在地桥儿沟的乡亲。故地重游,分外激动,贺敬之感觉像回到了母亲的怀抱。大会结束前要开一个联欢会,他准备用"信天游"的形式唱出这次重回延安的感受。夜间天冷,他边唱边写边流泪,不觉中感冒嗓子失声了,不能

---

① 贺敬之,出生于1924年,山东峄县(今枣庄市)人。现代著名诗人和剧作家。15岁参加抗日救国运动。16岁到延安,入鲁迅艺术学院文学系学习。17岁加入中国共产党。1945年,他和丁毅执笔集体创作中国第一部新歌剧《白毛女》。新中国成立后,主要从事诗歌写作,代表作有《回延安》《放声歌唱》《三门峡歌》《十月颂歌》《雷锋之歌》《西去列车的窗口》《中国的十月》《"八一"之歌》等。

2015年9月8日，贺敬之在北京家中（新华社　提供）

上台朗诵，就在文学刊物《延河》上发表了长诗《回延安》。

《回延安》歌颂了延安在中国革命史上的贡献和新中国成立后的变化，语言淳朴，感情真挚。全诗共分五部分。第一部分，写诗人与亲人相见时的兴奋和喜悦之情，"心口呀莫要这么厉害地跳，灰尘呀莫把我眼睛挡住了"。第二部分，追忆在延安的战斗生活，赋比兴结合，表达感激和怀念之情，"羊羔羔吃奶眼望着妈，小米饭养活我长大"。第三部分，描绘和亲人见面团聚的场面，表达深厚情谊，"一口口的米酒千万句话，长江大河起浪花"。第四部分，描绘延安新貌，赞美十年来延安的巨大变化。第五部分，歌颂延安的光辉历史，展望美好明天。"杨家岭的红旗啊高高地飘，革命万里起高潮"，"身长翅膀吧脚生云，再回延安看母亲"，以夸张的手法、豪迈的感情，抒发对延安母亲的眷恋。

《回延安》这首诗是诗人吸收民歌而创作的一篇优秀作品。以"信天游"的形式歌颂延安，在形式和内容上达到完美的统一。这首诗已经成为当代文学的经典作品，曾被选入中学教材，在青少年读者中产生了广泛影响。

后来，贺敬之谈《回延安》创作体会时说："我这首诗之所以引起读者共鸣并流传下来，只能说是由于写了我人生经历中对'母亲'——延安、党、祖国的真情实感，是发自内心深处的声音。"又说："比起当年鲁迅艺术学院的师长们和老同学们以及从延安出去的广大干部，无论在文艺创作或其他工作上，自己的贡献都很少，每次回想起来总是深感愧疚。不过，当想到整个延安，想到这个名字标示的伟大历史内容和辉煌业绩，却不能不永远为之骄傲。想到作为它队伍中当年的一名小兵和今天还活着的一名老兵,我不能不感到无比荣幸。"

十一、《组织部新来的青年人》①(王蒙)

1956年4月,毛泽东在中共中央政治局扩大会议上说,艺术问题上的"百花齐放",学术问题上的"百家争鸣",应该成为中国发展科学、繁荣文学艺术的方针。5月,中央宣传部陆定一部长做《百花齐放,百家争鸣》的讲话,全面阐述党中央确定的"双百"方针。这一方针为文学艺术家们创造了一种轻松自由的气氛,它鼓励人们进行批评的勇气,很快就出现了新的各种各样的作品和新的艺术探索。

《组织部新来的青年人》是时任青年团北京市东四区(今属东城区)干部、年仅22岁的王蒙在"双百"方针鼓舞下所写的短篇小说,最初发表于《人民文学》1956年9月号,发表时编辑部对其有所改动。小说讲述了一个对新中国和革命事业抱着单纯而真诚信仰的青年人林震,来到中共北京市某区委组织部工作后所遭遇的矛盾和困惑。刻画了刘世吾、韩常新、王清泉等新老官僚主义和蜕化变质分子的典型形象,同时又通过林震展示出一种积极向上的力量。

这篇小说发表后,在文坛内外产生很大影响,引起热烈争论。从1956年12月起,《文艺学习》编辑

王蒙(新华社 提供)

---

① 1956年9月《人民文学》发表时,标题被编辑部改为《组织部新来的青年人》;1965年,收入《短篇小说选》时,作者又将标题改回到《组织部来了个年轻人》。

部先后收到有关稿件1300多篇，编辑部连续4期发了25篇，《人民日报》、《文汇报》和《延河》杂志也先后发表讨论文章。1957年1月，中国作协党组召开会议专门讨论这篇小说，据郭小川保留的记录稿记载，王蒙的小说"最初，歌颂占80％。现在，中间大，两头小"。在公开的批评中，人民日报社文艺部的李希凡认为，作者过分"偏激"，以我们现实中某些落后现象堆积成影响这些人物性格的典型环境，而歪曲了社会现实的真实。解放军总政治部文化部的马寒冰从"典型环境和典型性格"这一文学范畴出发，认为像小说描写的这样的区委是完全不可能有的，至少在党中央所在地的北京不可能有。

1956年下半年，国外的波匈事件和国内的政治形势，使毛泽东等领导人对官僚主义的问题越来越忧虑。所以，文艺界对《组织部新来的青年人》的"围攻"引起毛泽东的反感。他说："我看到文艺批评方面'围剿'王蒙，所以我要开这个宣传工作会议。从批评王蒙这件事情看来，写文章的人也不去调查研究王蒙这个人有多高多大，他就住在北京，要写批评文章，也不跟他商量一下，你批评他，还是为着帮助他嘛！要批评一个人的文章，最好跟被批评人谈一谈，把文章给他看一看，批评的目的，是要帮助被批评的人。可以提倡这种风气。"[①]至1957年春，毛泽东多次讲话支持王蒙，借知识分子的批评冲击党内的官僚主义。

反右派斗争中，王蒙因为这篇小说也被划为右派。1962年，王蒙被"摘帽"。粉碎"四人帮"之后，《组织部新来的青年人》也因其本身所具有的艺术魅力，重新放射出光彩。

[①] 毛泽东：《同文艺界代表的谈话》（1957年3月8日），《毛泽东文集》（第七卷），人民出版社1999年版，第255页。

十二、《青春之歌》(杨沫)

新中国成立后的17年,是长篇小说创作出版的一个高潮期。这些作品以满腔热忱和质朴的表现方法,讴歌新民主主义革命、社会主义革命和建设等不同历史时期中国人民艰苦卓绝的奋斗历程和蓬勃向上的精神风貌,在中国当代文学史上占有极其重要的地位。由杨沫创作、1958年出版的《青春之歌》就是其中的经典作品之一。

杨沫出生于北京一个没落的官僚地主家庭,曾在温泉女中读书,河北正定教书,加入中国共产党后投入白区斗争、抗日战争和解放战争。这种生活经历对她的小说创作有很大影响。小说《青春之歌》以1931年九一八事变到1935年一二•九运动期间的爱国学生运动为背景,描写了进步青年在中国共产党领导下进行革命斗争并且不断更新

1958年5月4日,在北京市文化宫游园晚会书市上,《青春之歌》作者杨沫和读者见面交流(楚英 摄,新华社 提供)

自己、摆脱旧思想束缚的曲折成长过程，成功塑造了林道静这个典型人物，在读者特别是青年学生中影响甚广。

林道静是一名逃出封建家庭，寻找个人出路的失业青年。她生长在官僚地主家庭，佃农生母惨遭迫害致死，自己也受到百般凌辱和虐待，从小就养成了孤僻执拗、倔强的反抗性格。为反抗不幸的命运，她毅然离家出走。然而，"刚刚逃出了那个要扼杀她的黑暗腐朽的家庭牢笼，想不到接着又走进了一个更黑暗、更腐朽、张大血口要吞噬她的社会"。小说通过她两次巧遇卢嘉川而被引导加入爱国学生运动的偶然事件，反映了时代召唤青年的历史必然性。

思想上的初步觉醒，使林道静看清了余永泽的真实面目，她决心与之决裂。但真的要分手时，她却又感到缠绵惆怅，若有所失。在党的引导和时代的推动下，她还是迈出了第一步。小说一方面描写她积极参加抗日救亡，深入农村开展工作，坚持狱中斗争和领导北大学生运动走向新的高潮；另一方面又细致描写她在锻炼成长过程中的曲折和反复，将人物身上承受负担的沉重和自觉改造的坚决和盘托出。由此揭示出：小资产阶级知识分子成长为无产阶级革命知识分子，需要经历长期的斗争锻炼和痛苦磨炼。小说以现实主义的细腻笔触写出人物成长过程中的复杂性，使林道静这个20世纪30年代的革命知识分子形象栩栩如生，具有典型意义。

新的语境中，我们该如何理解林道静和那一代青年的选择呢？林道静作为当地大户人家的女儿，嫁入豪门或门当户对结亲，本来就是她必然的人生选项，她何以要逃出家庭，踏上茫茫未知的旅程呢？这里恰恰隐藏着现代中国的秘密：正是林父所代表的传统秩序无法维系，在内忧外患的空前危机中，才诞生了新一代中国青年；正是因为有林道静那样的一代代青年的奋斗牺牲，中国才避免被瓜分或灭亡的命运，才能凤凰涅槃、浴火重生，走在民族复兴的道路上。这一过程中，中国青年不仅承担起时代使命，而且改变了自身，成为真正意义上的现代青年。而这个过程，是艰难曲折而又充满痛苦的。这部小说让我们更深切地理解历史的复杂、改变的不易与奋斗的可贵。

经过时间的洗礼，当代文学史上第一部描写学生运动的经典小说《青春之歌》，已经成为当代中国发行量最大的小说之一，也是在海外影响最大的中国作品之一。

十三、《长江三日》（刘白羽）

刘白羽[①]，既是战士，又是作家。从他1938年奔赴延安起，就矢志不渝地投身到民族独立、人民解放的斗争中。他参加了抗日战争、解放战争和抗美援朝战争，见证了新中国的成立和发展。他坚持延安文艺座谈会的方向，写出了大量具有鲜明时代色彩、深刻思想内涵和独特艺术风格的优秀作品。《长江三日》就是其代表作之一，曾被收入中学语文课本，影响了几代中国人。

1960年11月中旬，刘白羽乘"江津号"顺流而下，从重庆到武汉。一路上，被"大自然伟力所吸引"，用日记体写下这篇描绘祖国河山壮美景色、抒发庄严美好的革命豪情的游记散文《长江三日》。文章发表于《人民文学》1961年3月号。文章中以"战斗、航进、穿过黑夜走向黎明"的哲理思索贯穿全篇，虽然落墨于山河，却处处着眼于哲理的诠释，气势壮阔，格调高昂，读起来扣人心弦、令人振奋。

陈思和在《中国当代文学史教程》中写道："《长江三日》写于'大跃进'失败之后，作者不断强调战胜阻碍、向前航行的意义。文章中不断出现这类象征性的意象，一会儿是险峻的峡谷中'一注阳光

[①] 刘白羽（1916—2005），祖籍山东青州，生于北京。现代文学杰出代表人物，著名散文家、小说家。九一八事变后，投笔从戎。1938年奔赴延安并加入中国共产党。历任中华全国文艺界抗敌协会延安分会党支部书记、重庆《新华日报》副刊部主任、北平军事调处执行部记者、新华社总社军事特派记者、中国作家协会党组书记、作协副主席、文化部副部长、解放军总政治部文化部部长、《人民文学》主编等。代表作有《长江三日》《日出》《第二个太阳》等。

1964年12月19、20日两天，在北京召开亚非文学交流座谈会。图为中国作家刘白羽代表主办单位致闭幕词（王敬德　摄，新华社　提供）

像闪电样落在左边峭壁上'，一会儿是'一只逆流而上的木船，看起来这青滩的声势十分吓人，但人从汹涌浪涛中掌握了一条前进途径，也就战胜大自然了'，等等。这篇文章的最后面对冷战时代的'世界'，它歌颂'今天我们整个大地所吐露出来的那一种芬芳、宁馨的呼吸，这社会主义的呼吸，正是全世界上，不管在亚洲还是欧洲，在美洲还是在非洲，一切先驱者的血液，凝聚起来，而放射出来的最自由最强大的光辉'。这种声音已经是直接代时代抒情了。"

社会主义建设虽然遭受了挫折，但挫折是暂时的，前途一定是光明的。读了《长江三日》，就给人这样的感觉。同时，这篇文章也如同刘白羽的人生写照，那就是像战士那样不惧艰难、不断冲锋。进入古稀之年，他疾病缠身，本应静养护生，他却坚持写作。从1984年到1998年，先后完成《大海》（27万字）、《第二个太阳》（28万字，获第三届茅盾文学奖）、《心灵的历程》（90万字，获中国传记文学奖）、《风风雨雨太平洋》（85万字），共计230多万字（散文等短篇未计在内)。如果仅仅有才华而没有崇高的追求、坚强的意志,是不可能完成的!

十四、《荔枝蜜》(杨朔)

《荔枝蜜》是杨朔①的代表作,发表于1961年7月23日的《人民日报》。文章巧妙地运用先抑后扬的技法,开始写道:"花鸟草虫,凡是上得画的,那原物往往也叫人喜爱。蜜蜂是画家的爱物,我却总不大喜欢。"接着作者说明了不喜欢的原因是"孩子时候,有一回上树掐海棠花,不想叫蜜蜂螫了一下,痛得我差点儿跌下来"。继而作者描写荔枝蜜的甜香,不觉动了情,由蜜想到酿蜜的蜜蜂,便到蜂场去参观。在了解蜜蜂的生活习性后,作者不由得赞颂:"蜜蜂是在酿蜜,又是在酿造生活,不是为自己,而是在为人类酿造最甜的生活,蜜蜂是渺小的;蜜蜂却又多么高尚啊!"

文章最后点明主题,深化意境,极富诗意。文中写道:"透过荔枝林,我望着远远的田野,那儿正有农民立在水田里,辛勤地分秧插秧。他们正用劳力建设自己的生活,实际也是在酿蜜——为自己,为别人,也为后世子孙酿造着生活的蜜。"文章结束了,作者所要表达的主题也点出来了。

1961年,杨朔在漓江(新华社 提供)

---

① 杨朔(1913—1968),原名杨毓瑨,山东蓬莱人。现当代著名散文作家。1939年参加八路军,转战河北、山西抗日根据地,从事革命文艺工作,后到延安中央党校学习。解放战争时期,在华北野战军任战地记者。曾随志愿军入朝,创作长篇小说《三千里江山》,于1953年出版。曾任中国作家协会外国文学委员会主任、保卫世界和平大会党组常委、全国政协委员等。代表作有《荔枝蜜》《蓬莱仙境》《雪浪花》《樱花雨》《香山红叶》《泰山极顶》《画山绣水》等。

高明芬在《诗情、画意、哲理》中谈道："《荔枝蜜》就是一篇构思精巧，寓意深刻，意境优美的抒情散文。作者把内情和外境水乳般地交融在一起，把现实的生活和美好的想象巧妙地交织在一起……作者通过回旋曲折，环环相扣，步步深入的结构把诗一般的艺术境界缓缓地展现在读者面前，使读者联想得很深很远，并不断咏味思索其中所揭示的人生哲理，得到美的享受。"

　　张运贵在《柔情蜜意沁心脾，诗情画意拓眼界》中指出："好的散文，要形散神不散，形散神聚。表面看，信笔写来，天南海北、古今中外，谈天道地，时而写现实，时而描幻境，散散漫漫，不成章法。深入分析，就会发现：景由情牵、文随意发，散漫中有天然联系，纷繁中有严密层次，东南西北的铺叙中有优美意境。杨朔同志的散文，就是这种优秀散文之一。"

　　杨朔自己曾说："我在写每篇文章时，总是拿着当诗一样写。我向来爱诗，特别是那些久经岁月磨炼的古典诗章。这些诗差不多每篇都有自己新鲜的意境、思想、情感……我就想：写小说散文不能也这样么？于是就往这方面学，常常在寻求诗的意境。"（《东风第一枝》小跋）杨朔的散文确实达到了诗情、画意、哲理完美结合的境界。

十五、《羊舍一夕》（汪曾祺）

　　1958年秋，汪曾祺作为被补划的右派分子下放到张家口沙岭子农业科学研究所劳动；1960年"摘帽"后，因无处可去，留在研究所协助工作。1961年春天，他开始为马铃薯研究站绘制一套马铃薯图谱。到了秋天，图谱完成，所里一时分配不出新的工作。于是，他开始构思短篇小说《羊舍一夕》（又名《四个孩子和一个夜晚》）。同年冬天小说写成后，他就寄给沈从文看。沈从文推荐给《人民文学》的编辑萧也牧。经萧也牧多方努力，小说在《人民文学》1962年6月号发表。

　　《羊舍一夕》塑造了四个性格各异、纯朴可爱的农村孩子：上过几年学、幽默又怀着一种浪漫的审美情趣的小吕；直爽、性格比较粗的老九；精力旺盛、执着到有点一根筋的丁贵甲；天真无邪、有几分稚气的留孩。汪曾祺的细节与语言描写非常精彩：小吕爱他工作的果园如同爱自己的家；老九也十分热爱放羊的活计，认真卖力，不怕风吹日晒雨淋；丁贵甲更是精力过剩，深更半夜冒着生命危险去寻找丢失的羊。作者不是从政治的眼光去分析他们，而是用人情的眼光去发现他们内在的优良品性，着力刻画了他们身上质朴的美。

汪曾祺会做菜也爱买菜，他说看到各种蔬菜新鲜，就来灵感（杨飞　摄，新华社　提供）

曾任《人民文学》编辑的涂光群在《五十年文坛亲历记》中谈道："《人民文学》编辑部读过这篇小说手稿的人，是怀着怎样喜悦的心情啊！汪曾祺的精心构思、精妙的文学语言，将四个可爱的农场少年不同的性格、生活命运和一个诗情画意的羊舍之夜联系在一起，他创造了人物个性，创造了诗意，创造了美。他的创作如一帧舒展自如的连续的画轴。这诗这美，是饱吸了生活之蜜，酿造而成，所以它又富有来自生活的醇美、甜美。……发表后颇受好评，在那时无异给小说创作吹进一股不同流俗的清新之风。"

也有人指出："童年经验对于汪曾祺来说产生了巨大影响，东西方文化交融使得他的美学追求浑融而自然。作为作家的自觉，汪曾祺的叙述方式和艺术表达都还原到了儿童状态，这种返璞归真使得他的文本随性自然而又韵雅灵秀。《羊舍一夕》作为'划右'下放后重新写作的第一篇小说，虽然文本符合主流意识形态，个人话语却隐秘地流动着，他的个人气质仍不为外物所掩盖。"[①]

---

① 罗莹、侯庆伟：《从〈羊舍一夕〉分析汪曾祺一以贯之的艺术追求——童年经验的影响》，《鸭绿江》（下半月刊）2015年第5期。

在《羊舍一夕》中我们可以看出，汪曾祺在时代的约束下，紧扣住人物个性的真实、鲜活，加上富有诗意和乡土气息的语言，写出独具匠心又不乏生活气息的文字，并以洗练优美的文字语言创造美的意境。

十六、《艳阳天》（浩然）

浩然是一位生活在农民中间、为农民而写作的作家。他以反映新中国成立后农村新人新事的短篇小说《喜鹊登枝》步入文坛，以反映20世纪50年代农业合作化运动的长篇小说《艳阳天》而享誉海内外。1964年，《艳阳天》（第一卷）由人民文学出版社出版发行后，反响很大。同年10月，他调入中国作协北京分会，终于圆了专业作家梦。接着，他一鼓作气写出《艳阳天》（第二卷）、（第三卷），于1966年3月出齐。

《艳阳天》以宏大的规模、细致的描写，真实地反映了20世纪50年代中国农村社会的生活形态，展示了那个时代中国农民的精神面貌，为我们认识历史提供了一件珍贵的标本，又使我们感受到艺术的魅力。小说主要围绕"土地分红"问题，描写麦收时节东山坞农业合作社以萧长春为代表的"集体道路"与以马之悦为代表的"个人发家致富"两条道路的斗争，最终萧长春领导贫下中农取得胜利。通过这部小说，作者不仅塑造了众多可信可爱的贫苦农民的形象，而且表达了社会主义永远是"艳阳天"的坚定信念。

为了写好农民，浩然经常深入冀东和京郊农村体验生活。而《艳阳天》的故事素材则与作者在山东昌乐的一段经历密不可分。1960年，浩然来到昌乐县城关公社东村大队

浩然在创作中（新华社　提供）

劳动锻炼，担任大队党支部书记。浩然曾回忆，东村全体干部和社员为麦收拼搏，"使十几万斤小麦没有霉烂，国家得到公粮，群众分到口粮；而我自己，避免了一次重大的失职错误，同时由于心灵受到冲击与震颤，真正地'心'入了社会生活，获得了我的第一部长篇小说《艳阳天》许多场景、意境和人物心态的素材"。

《艳阳天》整个故事所发生的时间限于十几天之内，故事时间与叙述时间有着鲜明的反差。作者对故事时间与叙述时间的处理是相当娴熟的，而在如此短暂的故事时间内，却造成了一种史诗般的效果。小说的第一部的故事时间只有一天半，而在这短短的时间内却包容了众多的人物与事件，呈现了东山坞这个村庄生活的各个方面。

不同历史时期，对《艳阳天》的评价不同。从小说发表到"文化大革命"结束前，对"阶级斗争"一般持肯定态度，而且越到后来评价越高；而"文化大革命"结束后到现在，一般持否定的态度，越到后来评价越低。近年来也有人从新的角度评价《艳阳天》，包括民间文化的运用、长篇小说形式的创造等。对于《艳阳天》来说，既为广大读者留下巨大的阅读审美与认识当代社会生活的空间，也为当代文学研究界深入研究与挖掘其特定的创作价值留下了一片独特的天地。

第二章

北京红色电影

1942年5月，毛泽东的《在延安文艺座谈会上的讲话》发表，在解放区和国统区都产生了广泛的影响。一批体现革命精神、反映时代风貌的红色电影相继出现。这些红色电影意识形态立场鲜明，感染力强大，群众基础广泛，在激发人民为理想矢志不渝地奋斗等方面具有重要作用。

本章重点选取以北京红色元素为题材或在北京制作拍摄的相关影片进行评介，主要包括《青春之歌》《野火春风斗古城》《地道战》《停战以后》《龙须沟》《祖国的花朵》《红色背篓》《为了六十一个阶级兄弟》《东方红》九部影片，力图以点带面展示北京红色电影概貌。

第一节　概述

一、北京红色电影发展的基础与条件

（一）北京电影的产生与发展

1903年，中国商人林祝三从欧美回国，携带放映机和影片等在北京前门附近打磨厂天乐茶园放映电影，成为中国人从国外自运影片在国内放映的开始。

1905年，中国人自己拍摄的电影由设在北京琉璃厂土地祠的丰泰照相馆创办人任景丰完成，片名《定军山》，著名京剧演员谭鑫培主演。

1907年，东长安街路北开办了由外商经营的北京第一家电影院——平安电影公司，开始放映有情节的侦探片、滑稽片。随后，前门大栅栏的大亨轩更名为大观楼，也开始放映电影，当时放映的影片很短，除滑稽片外，仅有戏法与西洋风景。大观楼之后，西单市场内的文明茶园，大栅栏的庆乐茶园、三庆园，东安市场吉祥园，西城护国寺街的和声园，西单口袋胡同的新丰园和西四西安广场的西庆轩茶园等，也相继放映电影。这些早期的电影，以从法国进口为主，也有从英国、德国、美国进口的。此后，电影在北京逐渐深入百姓生活。

20世纪20年代开始，北京（北平）电影进入发展较快时期，尤其是在三四十年代，一批具有爱国进步思想的优秀影片在影院上映，这些爱国影片的放映，进一步激励人民斗志，坚定民族信心，振奋民族精神，对推动人民团结起来联合抗日起到积极作用。

（二）电影制片厂的创建

抗战结束后，国民党中央宣传部以原华北电影股份有限公司为基础，在北平设立国民党中央电影企业公司第三制片厂（中电三厂）。中电三厂条件简陋，只有100多名职工和三个设备稍好的摄影棚。中

电三厂除故事片外还拍摄新闻纪录片,作品有新闻片《中国新闻华北版》以及《黑夜到天明》《圣城记》等故事片。

1948年12月,中共中央发出"对电影工作的指示",对接管北平电影机构做了部署。①1949年1月31日,北平和平解放,北平市军事管制委员会开始接管电影机构工作,为建立北京电影制片厂(以下简称北影厂)奠定基础。

1949年4月20日,中电三厂正式改为北平电影制片厂,同年10月1日,更名为北京电影制片厂,第一任厂长为田方,1951年由汪洋继任。建厂初期,北影厂在电影制作上得到苏联艺术家指导。1954年6月,电影局代局长王阑西率团访问苏联,汪洋任团长,成荫②任副团长。赴苏学习是电影界的大动作,目标是以苏联电影为范本打造全新的社会主义电影制片厂。实习团通过学习,初步掌握了规范的制片理念和系统的电影技术知识。回国后汪洋立即向上级要求把实习团成员全部留下充实北影厂,他的建议得到时任文化部副部长陈荒煤的赞同。这个大调动计划虽未完全实现,但在文化部电影局统筹下,赴苏实习团所有成员事实上都留在了北影厂,成为北影厂各个部门的骨干力量。在党中央大力扶持下,北影厂在1949—1966年间迅速壮大,中国电影格局发生了结构性变化:创作中心由上海转向北京,来自延安和解放区的文艺工作者成为北影厂创作主力。

在军事片的拍摄上独树一帜的八一电影制片厂(以下简称八一厂),其前身是八路军延安电影团。1952年,从全军各部队选调的一批年轻军人和海外归来、粤沪等地调聘的电影专业人员,作为军队电影事业的首批建设者,在北京市六里桥莲花池畔破土动工,建起厂房。该厂初称中国人民解放军总政治部军事教育电影制片厂,1952年8月1日,更名为中央人民政府人民革命军事委员会总政治部解放军

---

① 其中第二条指出:平津不日即可解放,北平中电三厂、影片经理机关及影院7个要去接收。

② 成荫(1917—1984),生于山东曹县。1956年开始任北京电影制片厂导演、编剧。曾执导《万水千山》《停战以后》《女飞行员》《上海姑娘》《拔哥的故事》等影片。

电影制片厂，1956年更名为中国人民解放军八一电影制片厂。随着八一厂拍摄的影片在军内外发行上映，红星闪耀、光芒四射的厂标和引自人民解放军进行曲威武雄壮激昂嘹亮的片头音乐，逐渐为广大群众所熟悉和喜爱。

二、北影厂、八一厂的红色影片生产

建厂初期的北影厂为综合性电影制片厂，以拍摄新闻纪录片为主，兼拍故事片。它拍摄了新中国第一部电影纪录片《毛主席莅平》，随后又拍摄大型纪录影片《中国人民的胜利》，先后摄制的故事片有《智取华山》《新儿女英雄传》《龙须沟》等。1956年，拍摄新闻纪录片的部门从原建制中分出，另行组建中央新闻纪录电影制片厂，北影厂改为拍摄故事片的专业厂，汪洋继续担任厂长。此后，北影厂在故事片创作上大胆探索，在导演、摄影、音乐、美术各方面积极创新，逐渐形成清新、质朴、富有民族特色的影片风格，尤其在改编文学名著拍成影片方面声名远扬。曾先后拍摄《祝福》《林家铺子》《青春之歌》《革命家庭》《风暴》《红旗谱》《烈火中永生》《早春二月》等优秀影片，同时改编拍摄《杨门女将》《野猪林》等传统戏曲片。

八一厂建厂初期按照军委总部要求，主要承担对内配合部队教育训练、对外宣传人民解放军的任务，具有浓厚部队色彩的新闻纪录片和军事教育片开始进入观众视野。1952年，八一厂摄制完成第一部军事电影《河川进攻》，1952年摄制完成第一部纪录片《荆江分洪》，同年译制完成第一部汉语教学片《神经系统和条件反向反射》。八一厂拍摄的军事教育片根据内容和目的的不同，分为技术片、战术片、军事演习片、军事科普片、战例片等。这些影片大多只在部队系统内部发行放映，主要在于推动部队军事训练和全面建设。八一厂的两部军事教育片《地道战》和《地雷战》成为脍炙人口的红色经典电影。这两部体现毛泽东关于人民战争思想的影片，拍摄初衷是为了配合民兵和全民国防教育，但其以生动的故事、有趣的人物、精彩的战斗细节，迅速成为家喻户晓、久映不衰的经典电影。尤其是《地道战》，据资料统计，在全球共有30亿人次观众观看过这部影片。《地道战》成为世界上印制拷贝最多的黑白影片，也是世界上观看人次最多的影片。1955年起，八一厂增加故事片创作生产，形成军事教育片、新闻纪录片和故事片并举的格局。尤其是战争题材的故事片，曾经在相当长的一段时期内独领风骚，成为全国观众最推崇的电影类型。1955年，遵照时任解放军总政治部主任罗荣桓关于把全军各文工团创作和演出的好节目搬上银幕的指示，八一厂摄制了第一部根据同名话剧改编的故事片《冲破黎明前的黑暗》，上映后受到观众认可。在随后的20年里，八一厂的创作进入繁盛阶段，先后推出《柳堡的故事》《英雄虎胆》《永不消逝的电波》《回民支队》《海鹰》《战上海》《林海雪原》《东进序曲》《哥俩好》《野火春风斗古城》《农奴》《东方红》等一系列电影。这些红色经典不仅有故事片，还有舞台剧、戏曲片、歌舞片，艺术形式多种多样，都在社会上引起极大反响。影片中的正面人物成为全社会学习的榜样，

电影剧作家黄宗江（右）和影片《农奴》的主角、藏族电影演员旺堆交谈（刘志伟　摄，新华社　提供）

主题歌曲也迅速在人民群众中传唱。

三、红色电影导演和演员

20世纪五六十年代是北影厂的辉煌时期，著名导演成荫、崔嵬①、水华②、凌子风③是中国电影界四位艺术风格不同的电影艺术家，被称为北影厂"四大帅"。

成荫擅长革命战争和革命历史题材的创作，他的作品兼具史诗性和纪实性特点，风格"简洁明快、质朴无华"，如《钢铁战士》《南征北战》等。

崔嵬既是知名导演，又是著名演员。他导演的影片充满激情，其电影艺术风格就像他的为人"粗犷奔放、浓郁炽烈"。赵丹曾这样评价："得天独厚，可遇而不可求，中国气派。"他在影片艺术风格上，气势磅礴、浓郁粗犷；在环境渲染上，充满强烈的时代感和生活气息；在人物刻画上，既善于表现强烈的戏剧动作，又努力发掘人物的内心世界。《青春之歌》中这一风格得到完整体现。同时，他主演影片《宋景诗》，在《海魂》《老兵新传》等片中饰演角色，其性格鲜明，爱憎分明，既激情洋溢，又朴实深沉，具有强烈的艺术感染力。特别是在《红旗谱》中，崔嵬塑造了朱老忠形象，该形象最为出色；通过此片，他荣获了1962年百花奖最佳男演员奖。在授奖大会上，老舍送给他一副条幅："贞如翠竹明于雪，静似苍松矫若龙"，准确概

---

① 崔嵬（1912—1979），山东诸城人，原名景文，1954年转入电影界，1956年从上海电影制片厂调入北京电影制片厂，先后导演《青春之歌》（与人合作）、《天山的红花》等，并主演《红旗谱》。

② 水华（1916—1995），1949年调至东北电影制片厂（长春电影制片厂前身）任导演，开始了电影导演生涯。随后调入北京电影制片厂任专职导演。

③ 凌子风（1917—1999），1933年考入北平国立艺术专科学校油画系，1935年成为南京国立戏剧学校第一期学生，在舞台美术系学习。1937年在武汉中国电影制片厂任美工师。从1948年开始，凌子风调至东北电影制片厂专门从事电影创作。1950年，凌子风调入北京电影制片厂任导演。

括了他的表演特色和气质。

水华擅长将名著改编成影片，其风格淡雅深邃、细腻严谨。1957年，水华导演的《林家铺子》是他的代表作品，充分显示了他电影导演艺术的功力。影片场景朴实而又具有浓郁的生活气息，色调变化丰富，既注重艺术的整体性，细节处理又很讲究，是中国电影史上的经典作品。1986年11月，香港22位影评人在《电影》双周刊第200期上选出中国电影史上十部大片，《林家铺子》名列第五，该片于1995年获"中国电影九十年优秀影片"荣誉。

凌子风也擅长将名著改编成影片，其作品生活气息浓郁，具有鲜明的民族风格。1949年，第一次当导演的凌子风拍摄《中华女儿》，大胆用全景加特写的两极镜头做了尝试。这部与翟强联合导演的电影，创造了新中国电影史上的两个第一：第一部表现革命战争的影片，第一部在国际电影节上获奖的影片。[①] 1960年，凌子风将被视为描写农民革命斗争第一史诗的《红旗谱》搬上银幕，再现了20世纪20年代后期中国北方农村波澜壮阔的革命斗争。该片成为凌子风这一时期创作最成熟、成就最高的作品，并让其在电影界获得"拼命三郎"美誉。此外，凌子风还拍摄了《光荣人家》《陕北牧歌》《金银滩》《春风吹到诺敏河》《母亲》《深山里的菊花》《草原雄鹰》《春雷》等作品。凌子风经常说他的影片追求的是个"味儿"，一种"气氛"和"情调"，从《红旗谱》浓郁的冀中平原乡土气息到《骆驼祥子》《春桃》中的京味儿，这种"味儿"来源于凌子风将丰富的人生阅历和对艺术的独特理解融入到作品和人物的诠释中。

尽管"四大帅"都来自红色延安，但他们的创作理念及风格特点各有不同。成荫着眼于对革命历史的打磨，水华对语言的雕琢独具风格，崔嵬对影片的思想和艺术性追求很高，凌子风率直大胆，善于创新。置身在1949年后中国的政治中心北京和电影腹地北影厂，"四大帅"代表了当时中国电影创作的主流。他们执导的影片所表现出来的

---

① 《中华女儿》荣获1950年第五届卡罗维发利国际电影节为争取和平自由而斗争奖。

革命主题和泾渭分明的救赎叙事，烙上了强烈的时代印记。"四大帅"成为北影厂乃至中国电影界的政治和艺术标杆。

在八一厂的发展史上，有三位导演为八一厂的繁荣发展做出了重大贡献。他们是严寄洲①、王苹②和李俊③。

1953年，36岁的严寄洲从西南军区战斗文工团调任八一厂，拍摄了八一厂的第一部故事片《脚印》，而后导演拍摄出八一厂第一部战斗故事片《战斗里成长》。在几十年的导演生涯中，严寄洲留下了包括《英雄虎胆》《野火春风斗古城》《五更寒》《哥俩好》《海鹰》《万水千山》等几十部经典电影作品。可以说，他是中国20世纪五六十年代最有影响力的导演之一。

王苹是新中国第一位电影女导演。1950年调至军委总政治部文化部电影处。1952年，参与筹建八一厂。1951—1953年，导演了八一厂第一部军事教育片《河川进攻》。该片将解放军军事学院组织的诸兵种协同作战军事演习拍成电影。随后，王苹转为故事片导演。她的创作量很大，导演的影片有《永不消逝的电波》（与人合作）、《槐树庄》《霓虹灯下的哨兵》，音乐舞蹈史诗《东方红》（与人合作）等。

1951年，李俊调入八一厂，他是第三代导演群中较为年轻的导演，艺术创作生命跨度较大，在近40年的电影生涯中，共导演了11部故事片、6部纪录片、2部舞台艺术片。其中《回民支队》（1959）是新中国成立10周年18部献礼片之一，在艺术上接近当时最高水平；

---

① 严寄洲（1917—2018），江苏常熟人。1938年赴延安。曾担任中国人民抗日军政大学二分校文工团戏剧干事，八路军120师战斗剧社教员、戏剧股股长，第一野战军战斗剧社艺术训练班主任。

② 王苹（1916—1990），江苏南京人，原名光珍。1931年考入南京中学高中师范科。在学校结识水华等人，参加了磨风剧社。1933年10月，中国左翼戏剧家联盟的陈鲤庭和宋之吸收磨风剧社集体加盟，成立南京分盟。王光珍成为南京分盟唯一的女性导演。1934年开始，王光珍先后出演《姐姐》《娜拉》等剧的主角，并取艺名"王苹"。

③ 李俊（1922—2013），山西夏县人，导演。15岁参军，曾经历过百团大战等战斗，曾任部队文工团团长。

《农奴》（1963）融记录与故事、诗与戏剧为一体，风格凝重简练，是"十七年"电影中最具特色的影片，在电影化方面进行了深入的探索，取得很高的成就。他的镜头语言干净利落，兼具厚重与灵巧，拍摄的《大决战》因鲜明的艺术特色获得第十五届大众电影百花奖最佳故事片奖、第十二届中国电影金鸡奖最佳导演奖等六个奖项。

1949—1966年，在中国电影界不仅成长起来多位国人耳熟能详的著名电影导演，更推出了许多深入人心的红色经典银幕英雄形象。这些英雄人物根据不同的电影样式可以分为几类：一是革命战争或当代战争题材中，取自真人的战斗英雄形象，如《青春之歌》中的卢嘉川；二是革命战争中逐渐成长起来的英雄形象，如《青春之歌》中的林道静；三是地下斗争题材电影中机智勇敢的英雄形象，如《野火春风斗古城》中的杨晓冬、金环、银环；四是社会主义建设中涌现出来的先进典型，如《红色背篓》里的王福山。而作为善于塑造银幕英雄的艺术家，于洋[1]、张平[2]、崔嵬、于蓝[3]、谢芳[4]、王晓棠[5]等人足足影响了几代人。1962年初，文化部评选出22位"新中国优秀电影演员"[6]，其中北影厂和八一厂的上榜明星有10位。

于蓝在电影《烈火中永生》塑造的江姐形象深入人心，成为江姐代名词；于洋主演《英雄虎胆》《青春之歌》《暴风骤雨》《大浪淘沙》

---

[1] 于洋，1930年生，祖籍山东黄县，原名于延江。1945年长春市文化中学肄业。北京电影制片厂原团长。表演艺术家，导演。

[2] 张平（1917—1986），祖籍山东曲阜，生于江苏昆山，回族，原名倪家驹、倪梦良。影视、话剧演员。

[3] 于蓝，1921年生，辽宁岫岩人，曾用名于佩文、韩地。演员，艺术家。

[4] 谢芳，1935年生，原籍湖南益阳，出生于湖北黄陂，原名谢怀复，中国著名表演艺术家。

[5] 王晓棠，1934年生，河南开封人。中国共产党党员、国家一级演员、中共十四大代表。曾任中国影协副主席、八一电影制片厂厂长，少将军衔。

[6] "新中国优秀电影演员"，俗称"二十二大明星"，分别是上海电影制片厂的赵丹、白杨、张瑞芳、上官云珠、孙道临、秦怡、王丹凤，北京电影制片厂的谢添、崔嵬、陈强、张平、于蓝、于洋、谢芳，长春电影制片厂的李亚林、张圆、庞学勤、金迪，八一电影制片厂的田华、王心刚、王晓棠及上海青年艺术剧院的祝希娟。

等影片，获第19届金鸡百花节终身成就奖；谢芳出演《青春之歌》《早春二月》《舞台姐妹》三部影片，《青春之歌》获得巨大成功；张平参演《无形的战线》《光芒万丈》《钢铁战士》《丰收》《小兵张嘎》等40余部电影，是新中国成立以来创造银幕角色较多的演员之一。王晓棠主演《边寨烽火》《海鹰》《野火春风斗古城》等电影，获第12届电影表演艺术学会金凤凰奖终身成就奖、华鼎奖中国电影终身成就大奖、第30届中国电影金鸡奖终身成就电影艺术家奖等。

岁月流金，往事蹉跎，但红色经典电影、著名影星的影响力、感召力，却是可以一辈子、一代代生生不息、永志不忘。那些曾经熟悉的面容、熟悉的情节，还有曾经镌刻在记忆深处清晰不忘的电影故事，演绎着华彩、哀愁和美丽。今天我们蓦然回首，会再次发现，这些过去了大半个世纪的老电影和老影星，有着历久弥新的味道，让今天的人们热血沸腾，不忘历史。

电影《小兵张嘎》剧照（新华社　提供）

四、红色电影与时代发展

新中国成立初期至"文化大革命"前,一大批反映中国共产党光荣革命历程的红色电影如雨后春笋般涌现。长期以来,红色电影伴随着一代又一代中国人成长,给人们带来力量和信仰,让一批批可歌可泣的英雄人物成为人们耳熟能详的精神楷模。红色电影对于中国人来说不仅仅是一门艺术,更是每一个人时代记忆和精神风貌的重要组成部分。

1949年,受尽苦难的中华民族在烈火中重生,翻身的劳动大众对新的生活充满期待和想象。与时代相呼应,广大文艺工作者站在历史舞台上,带着饱满的政治热情在现实生活和历史中开发新的文化资源。他们用镜头重现了中国革命的奋斗史,同时在经历战乱后用作品强化着国家意识形态。新中国电影从一开始就与政治紧密联系,政治作为大背景和内驱力,直接或间接地影响了中国电影从内容到形式上的探索和实践。红色电影带有浓厚的意识形态色彩,正是这种色彩,使红色电影取得空间和时间上的成功,也成为一个时代最形象、直观的代表。

红色电影的发展在党的政策的调整与变化中不断前进。1953年2月,中国作协和中央电影局联合召开第一次电影剧本创作会议和电影艺术工作会议。1953年底,中央人民政府颁布《关于加强制片的工作的规定》,明确提出"电影艺术具有极为广泛的群众性,具有对群众教育和文化娱乐的重大作用",而且还要求"在题材选择上,应扩大范围,注意题材和形式的多样性"。随着"双百"方针的提出,红色电影体系日渐完备,影片数量逐年增多,艺术质量稳步提升,展示出红色电影的初步繁荣景象。

随着时代发展,人们精神文化生活日益丰富,电影艺术的内容、思想、情感、技术、表达方式日趋多元,红色电影的发展受到一定影响。虽然如此,红色电影展现的革命历史仍具有重要的时代价值,其中蕴含的革命精神、价值观形态也不断被继承、发扬并且转化为今天社会的正能量和引导力。如《湄公河行动》《战狼2》等口碑和票房俱佳的影片，以重大主题和主旋律题材进入院线，在制作、拍摄、故事情节上吸收了其他类型电影的经验，具有强烈的时代感和明快的节奏感，赢得社会和广大百姓的喜爱。北京红色电影正在为构造北京乃至中国主流电影的面貌贡献着独特力量。

第二节 重要作品评介

一、《青春之歌》(崔嵬、陈怀皑导演)

《青春之歌》是北影厂出品的革命历史题材剧情片,根据杨沫同名长篇小说改编,拍摄于1959年,由崔嵬、陈怀皑执导,谢芳主演,是"国庆十周年献礼片"佳作之一。影片通过深入刻画主人公林道静个人命运的变化和思想性格的发展,生动再现了九一八事变至一二·九运动这一阶段,青年知识分子为抗击日本帝国主义侵略、拯救危难中的祖国所进行的顽强斗争。该片因其展现出的革命激情和对英雄人物的歌颂深入人心。

电影讲述了一个小资产阶级知识分子林道静如何走上革命道路,并成为无产阶级战士的曲折过程。林道静为逃避被家庭逼婚的命运出

电影《青春之歌》中林道静宣誓入党镜头(新华社 提供)

走，余永泽唤醒了林道静对生活的热情，两人成婚。但林道静渐渐发现余永泽思想上的狭隘和自私。后接触到北大的爱国学生，思想受到触动。当遇到共产党人卢嘉川后，她开始接触革命思想。余永泽一再拦阻她参加革命活动，并导致卢嘉川被捕。林道静离开了自私平庸的余永泽，投身到抗日救亡洪流之中。从此她在革命者的指引下，逐步克服软弱，最终成为一名无产阶级革命战士。

最早提出把小说《青春之歌》搬上银幕的是上海电影制片厂导演、杨沫的妹夫蒋君超。小说出版前，他就表达了改编愿望并得到杨沫同意。蒋君超于1958年3月完成剧本初稿，上海电影制片厂将其列入拍摄计划，拟由沈浮执导，演员也做了安排。由于小说出版后影响巨大，改编工作受到各方关注。经多方协调，《青春之歌》最终确定由杨沫本人改编，北影厂拍摄，崔嵬、陈怀皑执导。影片集中了当时影坛最佳阵容，参与拍摄的志愿群众达数万人，引起一时轰动。

影片《青春之歌》拍摄风格雄浑细腻，叙事与写意、战斗与抒情、严酷与乐观和谐相融。编、导、演、摄、美、音等各个方面达到较高水平，成为中国20世纪50年代经典影片。影片得到周恩来的高度评价。崔嵬因此成为全国"大跃进""群英会"代表，并成为北影厂"四大帅"之一。主演谢芳通过眼神、表情，准确揭示了人物细微的感情变化，成为当时最受欢迎的女演员之一。

艺术风格上，影片既有典型知识分子式的细腻柔美，同时粗犷豪放地展现了波澜壮阔的革命大背景，准确地反映了社会生活，生动地再现了各类知识分子形象。崔嵬在后来谈到影片拍摄时说："我熟悉当时的历史情况，我理解林道静的思想和斗争，懂得她的快乐和忧伤，因为我也是沿着她所走的道路走过来的，这也是我能将这部影片拍好的重要思想感情基础。"在《青春之歌》拍摄中，崔嵬善于通过人物的前后变化，艺术地再现共产党领导的革命斗争及其蕴藏的伟大力量。如影片伊始走投无路跳海自杀的林道静在影片结尾成为立于斗争人海中的坚定革命者。再如，林道静读革命书籍的场景，大特写镜头中，她的眼睛散发出喜悦的光辉，随后盛开的白玉兰镜头简洁有力地表现出林道静悟出革命真理后的喜悦心情，既有生活气息，又富于寓意。

《青春之歌》有浓郁的地域特点。今天观看这部电影，有助于人们了解当时在高等学府较为集中的"文化城"北平所萌发的进步思想，理解中国青年如何在黑暗中苦苦探索，理解个人对光明、美好的追求最终是如何走上集体革命道路的。

作为文学名著搬上银幕的成功范例和新中国影坛少有的正面表现知识分子的影片，"林道静的道路"也成为当时进步青年知识分子曲折历程的缩影。影片中的人物大多是青年，他们的青春昂扬雄壮。该片将帮助今天的年轻人回顾历史、展望人生，思考如何将个人小目标与家国民族发展相连接，在社会整体进步中实现自我理想追求。

二、《野火春风斗古城》（严寄洲导演）

《野火春风斗古城》是八一厂1963年出品的战争剧情片。由严寄洲执导，王晓棠、王心刚主演。该片改编自李英儒同名长篇小说，讲述了抗日战争时期，杨晓冬、金环、银环等共产党地下工作者不畏艰险在敌人内部进行斗争的故事。

1943年，某游击队政委杨晓冬潜入华北某古城，在地下交通员金环、银环等人的配合下，计划先争取伪团长关敬陶起义，然后攻城。游击队在一次伏击中，俘获了关敬陶和特务队队长兰毛等。乔装的兰毛乘夜色朦胧逃脱，为日寇提供了线索。他们发动疯狂大搜捕，金环和杨晓冬的母亲相继被捕牺牲。关敬陶在共产党员帮助下，决心跟着党走，率部起义。杨晓冬完成了任务，在与银环告别时，留给她一件礼物，那是杨母一直盼望戴在儿媳妇手上的红心戒指。杨晓冬的身影消失在灿烂的霞光中，银环手托戒指，深情地遥望，杨晓冬越走越远，银环的眼神越来越亮。朝霞满天起，余味悠长。

影片以争取关敬陶起义为主线，故事情节惊险曲折，表现出共产党员不怕牺牲的崇高革命气节。编导运用细节及小道具展示人物精神世界，着重刻画人物情感，对杨母、杨晓冬、银环之间的感情及关敬陶的起义，刻画得细致入微，情节推进循序渐进，感人至深。扮演金环和银环的王晓棠，准确把握了两姊妹迥然不同的性格，将金环的刚强泼辣与银环的文静善良惟妙惟肖地表现出来。作为一个特殊战场，创作者真实再现了当时的古城风貌，错综复杂的人物关系和矛盾冲突在这里展开，给人以身临其境之感。

与小说相比，严寄洲做了大胆的创新和尝试，将小说中原本重点表现的杨晓冬降到次要位置，而将性格上有缺陷，还需要不断成长的银环推到主线。这样使塑造出来的人物形象走下神坛，更加具有人情味。此外，影片中戏剧化结构运用出色，如表现英雄牺牲时的松树，表现暴风骤雨、腥风血雨斗争生活时，雷电、风雨等各种大小道具的运用，都非常到位。

本片的主线是战争，但却隐含了爱情萌芽。虽然杨晓冬和银环的爱情蕴藏在战争背后，但这种情感却是对双方共同革命事业与理想最有力的支持与推动。影片主线与副线始终紧紧相随，坚韧刚强之中蕴含着温柔甜蜜，革命爱情被刻画得如此浪漫神圣，"含蓄、真挚、纯朴"，于20世纪60年代革命战争题材的影片，是非常大胆的尝试和创新。

三、《地道战》（任旭东导演）

《地道战》是八一厂于1965年出品的战争电影，由任旭东执导，朱龙广、王炳彧、张勇手等主演。该片讲述了抗日战争时期，为粉碎敌人"扫荡"，冀中人民在中国共产党领导下，创造出利用地道战的斗争方式打击日本侵略者的故事。

1942年，日军对冀中根据地进行"大扫荡"，根据地人民为了抵御和打击日军，想出不少巧妙办法，地道战就是其中之一。高家庄人民，在党支部书记高老忠和民兵队队长高传宝带领下，把几家土洞和地窖挖成相通的地道，留几处出口，用以和日军周旋。在一天夜里，黑风口据点的日军偷袭高家庄，高老忠在给村民报信的过程中壮烈牺牲，地道也遭到敌人破坏。高家庄人民总结教训，将只能躲避敌人的地道改造成既能藏身又能打击敌人的多功能地道。

1943年夏，高传宝利用地道的翻口击毙了混进高家庄的特务。日军分队队长山田纠集了几个据点的兵力进行报复，却被在地道内的高家庄民兵们狠狠教训。高家庄人乘胜前进，把地道从村内延伸到野外，建成了纵横交错的地道网络，变防御为进攻。区长赵平原制订了"围点打援"战术，想吸引黑风口的日伪军出洞，但狡猾的山田，却以偷袭高家庄的办法来解西平之围。高家庄民兵和八路军主力及游击队一道并肩作战，一举拔掉黑风口据点，消灭进犯高家庄的敌人，取得了战斗胜利。

《地道战》是一部军事教学片，主要针对广大民兵放映，但八一厂在拍摄时，要求按故事片编写，既要有情节，又要兼有演示战术技术的军事教学内容。当时人们对军事教学片的印象就是它不属于艺术片范畴，不需要表演，除了王孝忠、张勇手、刘江、谢万和是八一厂演员外，剩下的演员全部来自当时的工程兵文工团。然而，该片却在表演上取得巨大成就，塑造了很多经典的人物形象。如黑风口据点日军偷袭高家庄，为村民敲钟报信献出生命的党支部书记高老忠；利用地道翻口击毙混进高家庄的特务的民兵队队长高传宝等。同时，银幕上所有地道内的镜头都是在八一厂内搭景拍摄的。摄制组巧妙运用摄影镜头和剪辑，使它看起来像是一个真正的地道战斗网。

影片中，还有一些被大家津津乐道的台词。如"各小组注意，各小组注意，你们要各自为战，你们要各自为战，打一枪换一个地方，不许放空枪。开火！"等，让观众印象深刻。此外，主题曲《地道战》以其铿锵有力的节奏、朗朗上口的曲调，成为脍炙人口、广为流传的歌曲。

《地道战》是一部没有俊男靓女、没有复杂情节、没有多余台词的军事电影。该片在全国城市、农村广泛放映，可谓家喻户晓、妇孺皆知。它还有不小的国际影响力。据不完全统计，该片观众遍布亚洲、非洲、拉丁美洲、东欧等地区，观看人次近30亿，创造了世界电影史上观看人次纪录。正如导演任旭东所说："无论到城市和农村，发现凡是50岁以上的人，都看过《地道战》，而且看了不止一遍。"《地道战》极大丰富了当时人们的文化生活。这部影片真正的魅力在于，把本来艰苦残酷的敌我斗争，用昂扬甚至乐观的方式进行展现，让观众时刻感觉到身处人民战争洪流之中的集体感，并且为之骄傲自豪。这不仅在当时极大地教育、鼓舞了中国观众，也塑造了一种人民力量无边、中国人民必胜的战争信念，成为全体中国人的集体记忆。

四、《停战以后》（成荫导演）

《停战以后》由北影厂拍摄，1962年上映。成荫执导，黄钟、张平、项堃、赵子岳、鲁非主演。影片以真实历史事件为蓝本，据辛毅《在"中立调处"的外衣下——忆安平事件》一文改编。剧本原名叫《历史的见证》，拍时改为《停战以后》。影片讲述了国共停战协定签字以后，中共代表顾青将军在军调处与美方代表、国民党代表展开针锋相对的斗争，揭露他们假和平、真备战阴谋的故事。

1946年春，顾青来到北平，参加由国、共、美三方组成的军调处执行部的工作。在谈判桌上，顾青与美方代表费丁和国民党代表李国卿展开斗争。费丁为了拉拢知识界上层人士，在北京饭店举行鸡尾酒会，鼓吹"民主""自由"，顾青不卑不亢地予以驳斥。费丁深感顾青难以对付，便使出卑劣的手段，他一面继续高唱和平，愿为和平尽心效力；一面指使驻天津的美国海军陆战队和国民党部队，突然袭击解放区安平镇，企图打通平津公路，向冀东解放区进攻，以达到使中共屈服的目的。然而，阴谋以惨败告终。费丁为了控制舆论，责令李国卿连夜召开记者招待会，图谋将破坏和谈的罪名强加于中共方面。会上，新华社记者薛平严正提出质问，竟遭特务绑架。安平事件轰动全国,军调处组织特别小组在肇事地点进行实地调查。事前美军和国民党军安排了种种伪证,由于漏洞百出,均被彻底戳穿。此时,华北已是战云密布,国民党方面声称3至6个月消灭解放军,和谈遂告破裂。中共人员陆续撤回解放区,顾青离开北平时,薛平已被营救出来,曾对美国抱有幻想的燕京大学教授谢宏也加入反对美蒋的示威游行队伍。影片揭示了不言自明的真理,那就是影片最后顾青对李国卿说的:"帝国主义的本性是永远不会改变的,决定世界命运的是人民。"

该片是1949—1966年间比较优秀的影片之一。就人物看,主要角色刻画特色鲜明。中共代表不卑不亢、光明磊落;美方代表目空一切、虚伪狡诈;蒋方代表高傲自负、色厉内荏。三方代表形成鲜明对比,对体现作品深厚历史内涵起到重要作用。

影片另一特色是利用电影技巧烘托主题。如在解放区调查小组会上司令员反驳国民党诬陷的场景中,穿插美国训练国民党军队,美国飞机在中国领空横行霸道等一系列镜头。插入这些记录性画面,很好地突破了场景局限性,有力揭露了美蒋假和谈、真备战阴谋。又如安平事件真相后,我方指责美方再无资格充当调解人时,用特写定格镜头表现美、蒋代表狼狈为奸,丑态毕现。这些镜头、画面在当时影片中非常罕见。同时,影片又把会场内外发生的事件有机联系起来,避免了谈判桌上的枯燥无味。

该片对细节的处理非常到位,运用对比手法,以真实场景,生动再现了共产党深得民心,有良好群众基础的事实。如记者薛平遭到特务绑架,是中共代表团司机,同时也是国民党卧底特务,在目睹共产党的深明大义和无私公正后,冒险通风报信,为成功营救薛平做出重大贡献;特别小组到安平镇实地调查,农民拥护共产党,赶走汉奸等情节,都营造得有声有色。

导演成荫成功地表现了剧情蕴含的战略高度和史诗气派,情节安排与场景设置均显出强烈的时代感,使之在真实历史基础上更加集中和典型化。这部电影也启示我们,战争片不仅仅是"打"

的艺术，也是"谈"的艺术，这给战争题材电影的创作提供了有益借鉴。

五、《龙须沟》（冼群导演）

《龙须沟》由北影厂摄制于1952年，根据老舍同名话剧改编。导演冼群，主要演员有于是之、于蓝、叶子、张伐等人。该片讲述了新中国成立前后北京一个大杂院四户人家在社会变革中的不同遭遇，反映了龙须沟一带劳动人民生活和命运的巨大变化，表现了人民政府关心百姓疾苦的为民情怀，彰显了新中国成立初期党的执政理念。

该片主要描写的是居住在龙须沟（一条臭水沟）旁底层劳动人民的生活情况。[①]本片以两种不同的艺术风格表现新中国成立前的日子和新中国成立后的新生活。新中国成立前的描写逼真动人，破败肮脏的生活环境无言地展示了人们痛苦的生活。对新中国成立后龙须沟的环境和人们生活的描写，则显得热情洋溢，充满对美好生活的向往。

影片生动地塑造了程疯子和程娘子、王大妈和二春、丁四和丁四嫂及小妞子、赵大爷等四户人家的鲜明形象，通过人物性格的刻画体现丰富深刻的思想内涵，以人物命运反映时代。全剧整体风格含蓄、朴素，于平淡中见深刻，具有强烈的生活气息。其中程疯子是塑造得最成功的艺术形象，一个出色的曲艺艺人在黑暗势力压迫下失业，过着忍辱负重的非人生活，精神和肉体饱受摧残。他正直、善良、懦弱，不甘屈辱又无力反抗……他无奈成为"疯子"，而这种"疯"态，淋漓尽致地折射出他内心的痛苦和对黑暗社会的痛恨。新中国成立了，他终于昂首挺胸，不再"疯"了，主题由此深化。

本片带有浓重的话剧印记，但一定程度上还是有所突破。如用光尽量使用和舞台戏剧光效相区别的现实光效，并加入大量现实场景，

---

① 具体情节请见本书《北京红色戏剧》一章中关于话剧《龙须沟》的部分。

全景、中景、近景三者齐备，体现了导演将舞台形象转换成电影形象时的艺术追求。

另外，电影表演和戏剧表演的不同在这部电影中充分呈现。程娘子的扮演者于蓝，表演生活化；而以话剧《龙须沟》成名的于是之则话剧腔更重一些。导演[①]结合自身从业经验，紧紧把握两人不同的表演风格，使影片既有冲突感，又有生活化的细节表现。

《龙须沟》是老舍的经典作品在新中国首次被搬上银幕，为话剧改编为电影提供了成功的经验；同时，是一曲社会主义新中国的颂歌，它的艺术光芒，足以跨越时代照耀当下。此外，《龙须沟》也是少有的、直接表现新中国成立初期北京城市治理的电影，在回溯北京城市建设发展方面具有重要历史价值。

六、《祖国的花朵》（严恭导演）

随着新中国的成立，儿童电影开启了新篇章。1949—1965年，共摄制儿童电影39部，数量比新中国成立前明显增长，题材内容脱离了孤儿和苦难，更多表现小英雄和好学生，焕然一新的风格折射出新时代的新气象。

《祖国的花朵》是由长春电影制片厂出品的新中国第一部校园题材儿童故事片，由严恭执导，林蓝编剧，赵维勤、李锡祥、张筠英、张园等主演，于1955年上映。为了让影片更具代表性，长春电影制片厂成立儿童片摄制组，拍摄地点选在北京，小演员在北京的各所小学按照形象好、学习优异的要求严格选拔。

影片讲述了发生在北京小学五年级甲班的故事。全班四十几名同

---

① 本片导演冼群，1937年后历任抗敌演剧第七队队长，剧专、剧团编导，上海清华影片公司编剧，中央电影局导演。1938年开始发表作品。1953年加入中国作家协会。著有话剧剧本《烟苇港》《返正》《飞花曲》《小三子》《代用品》《珍珠》《抗战独幕剧集》，专著《戏剧手册》《戏剧学基础教程》，电影文学剧本《龙须沟》（话剧剧本改编）等。他本是个话剧导演，又有几部电影作品，所以对两种艺术形式都有比较深入的了解。

电影《祖国的花朵》小演员李锡祥（右一）、张筠英（右二）、赵维勤（右三），六一儿童节在首都电影院和小观众们见面（喻惠如 摄，新华社 提供）

学，江林和杨永丽是最后两个没有加入中国少年先锋队（以下简称少先队）的同学。在六一儿童节和志愿军叔叔联欢会上，少先队中队长梁惠明受志愿军叔叔启发，决定帮助江林和杨永丽尽快进步，加入少先队。同学们在梁惠明的带动下给烫伤脚的杨永丽补课，照顾江林生病的母亲。两名同学在同学们的帮助和辅导员冯老师的启发下，改正缺点，积极要求进步，光荣地加入了少先队。

《祖国的花朵》成功塑造了一批各具特色、鲜活生动的儿童形象，展示了20世纪50年代初同学之间的友爱之情，充满强烈的时代气息。它既是新时代主人翁幸福生活的画卷，更是社会主义新中国道德风貌的颂歌。作为新中国早期的儿童电影，《祖国的花朵》的代表性表现在它已经显现出颇具时代性的一些思维模式，包括故事情节和人物性格、心理活动的设置。此片影响深远，在相当长的时期内，一些儿童片和儿童小说中依然延续着"好孩子帮助有缺点的孩子""先进生帮助后进生"这一"转变型"的创作思路和模式。

影片以志愿军杨志平为小学生讲述抗美援朝的英雄故事、鼓励孩子们努力报效祖国作为开头结尾,意在突出政治教化、英雄楷模对孩子们的影响作用。但从整部影片来看,杨永丽、江林由后进变先进的转变并非政治教化的感召,而是在家庭生活、学习遇到困难时,老师和孩子们善意扶持、影响才是导致他们转变思想的根本原因。对自古传承下来的朴实善意的民间互助观的演绎,令影片展现出平常生活中的温情一幕。

儿童和青少年是祖国的花朵,是社会主义事业的建设者和接班人,承载着中华民族的希望和梦想。作为新中国的第一部儿童影片,《祖国的花朵》以儿童的视角,自然朴实的叙事,向观众诠释了新中国首都少年儿童崭新的精神风貌。影片人物塑造形象真实,个性鲜明,全面展现了20世纪50年代早期首都少年丰富多彩的生活和学习情况。影片中展现出同学们对志愿军的崇拜和同学之间的友爱,对于今天的青少年,仍然有非常深刻的教育意义。

随着电影放映,影片插曲《让我们荡起双桨》很快在全国流行起来,成为儿童歌曲的经典之作,并入选中小学音乐教材,滋养着一代又一代青少年。孩子们唱着这首悠扬动听的歌曲,感受着生活的美好;大人们听到这首歌曲,回忆着幸福的童年。《祖国的花朵》于1980年荣获第二届全国少年儿童文艺创作评奖故事片一等奖。

七、《红色背篓》(史大千导演)

《红色背篓》是由北影厂拍摄,于1965年上映的剧情片,由史大千执导,黄钟、李雨农等主演。影片讲述了华北某山区,县供销社先进工作者、共产党员王福山,响应党的号召支援山区建设,回到自己家乡红山店当营业员的故事。

王福山看到农民杨田下山为社员们采购时,觉得应该方便群众把货送上山。他的想法遭到孙会计反对,店长马经理也不大赞成。王福山毫不气馁,在县供销社党委书记李健民支持下,翻山越岭,背背篓上山送货,受到群众热烈欢迎。不久,供销社又出现按什么原则送货的问题,是按孙会计和马经理主张的送利润高的货,还是送当地群众急需的煤油、盐等利润低的商品,王福山与马经理、孙会计产生矛盾。王福山带着问题学习毛泽东著作,坚定了全心全意为人民服务的决心,他说服马经理和孙会计,并感动了原来不安心从事营业工作的小张。马经理在亲历上山送货,听到群众称赞,看到王福山组织社员开展副业生产所起的作用后,受到很大教育。后来,马经理和孙会计在李健民的教育和帮助下,在王福山行动的感召下,认识到自己的错误,转变了经营思想。

　　这部由真实事件改编而成的电影,真正做到深入生活,扎根人民,观赏性很强。影片以小小分销店为落脚点,人物形象刻画生动,将王福山一心为了山区百姓利益、不计个人得失的奉献精神,孙会计在经营中的"小聪明"和为商店利润的"私心",马经理在两人之间的不断摇摆,都刻画得入木三分。

　　此片中的分销店,原型是北京市原房山县周口店供销合作社的一个分销店,也是原黄山店公社范围内唯一一家分销店。因交通不便,小店职工在负责人王砚香的带领下长年背背篓上山,又收购又卖货,被群众亲切地称为"背篓商店",供销合作社职工这种不怕吃苦、艰苦奋斗、全心服务、一心为民的精神也被人们称为"背篓精神"。1965年,"背篓商店"成为北京市财贸战线的一面旗帜,北影厂以他们的先进事迹为素材,拍摄这部电影,王

踏遍青山为人民——原房山县黄山店分销店"背篓商店"发起人王砚香(朱之昊 摄,新华社 提供)

砚香的名字以及分销店的"背篓精神"由此传遍全国。

八、《为了六十一个阶级兄弟》（谢添、陈方千导演）

《为了六十一个阶级兄弟》由北影厂于1960年出品，谢添、陈方千导演据20世纪60年代发表在《中国青年报》上的通讯报道改编而成。

1960年，春节刚过，山西省平陆县有61个民工集体食物中毒，生命垂危。当地医院在没有解救药品的危急关头，用电话连线全国各地医疗部门，终于找到解药。但由于交通不便，药品不能及时送达。当地政府越级报告国务院，中央领导当即下令，动用部队运输机，将药品及时空投到事发地点，61个民工兄弟得救。该片真实地再现了"一方有难、八方支援"的感人故事。

影片以时间为线索，围绕平陆县61个阶级兄弟在中毒后两天内需要寻找到1200支特效药的故事展开。情节紧凑，扣人心弦。众多人物和场景交替出现，如北京过年的热闹气氛烘托出平陆县电话打过来后救人的急和紧，大量镜头表现平陆县排除万难全国求药的艰难。

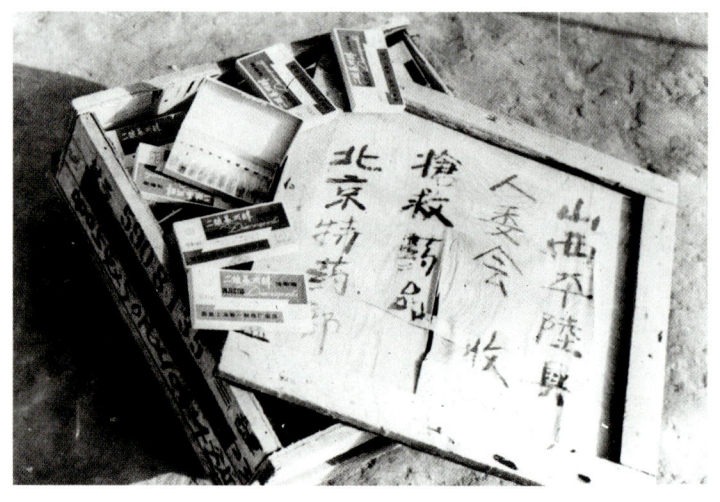

北京将1200支特效药——二巯基丙醇空投到平陆县，61个阶级兄弟获得第二次生命。图为当时空投的药箱（新华社　提供）

影片中夜间拍摄营造出的紧张气氛牢牢抓住观众的心。平陆县全县男女老少集体出动迎接空投救命药,一双双高举的手,象征着希望和友爱。

电影插曲《共产主义凯歌》成为脍炙人口的经典,诠释了人们团结一心、众志成城的共产主义协助精神。

九、《东方红》(王苹、李恩杰导演)

《东方红》是八一厂、北影厂、中央新闻纪录电影制片厂联合摄制的新中国第一部大型彩色舞台艺术片,由王苹、李恩杰执导,于1965年上映。拍摄电影《东方红》,毛泽东有过如下指示:"电影《东方红》的拍摄先拍第一部,内容到新中国为止;表现社会主义革命的节目可编成第二部,在国庆20周年上映。"因此影片《东方红》对1964年演出的舞台版本进行了删减。

1964年,大型音乐舞蹈史诗《东方红》通过文学、历史、音乐、美术、舞蹈等艺术形式概括地展现了20世纪初中国人民在共产党领导下,进行革命斗争的壮阔历史画卷。整部作品由首都及全国3700多名部队、地方专业及业余文艺工作者联合演出,创作严谨,达到当时最高艺术境界,被有关权威机构授予"20世纪华人音乐舞蹈经典"的美誉。①

《东方红》是新中国各种文学艺术创作形式厚积薄发的成果。影片保留了舞台剧的序幕及前六场,即《东方红》和《东方的曙光》、《星火燎原》、《万水千山》、《抗日的烽火》、《埋葬蒋家王朝》、《中国人民站起来》。它以刚健优美的歌舞,雄壮激昂的音乐,展示了中国共产党诞生、第一次和第二次国内革命战争、抗日战争、解放战争等一幕幕革命的历史画卷。影片形象地表现了中国共产党光辉的战斗历

---

① 关于《东方红》在音乐、舞蹈上的具体情况,请见本书《北京红色音乐》和《北京红色舞蹈》两章。

程,是一部歌颂中国革命的壮丽史诗,一曲毛泽东思想的颂歌,它气势磅礴,雄伟壮观,给予人们激励、鼓舞和力量。

从舞台到银幕,并不是简单的拍摄,而是进行了一次再创造。周恩来从头至尾指导了电影的拍摄工作,并多次与电影导演团和相关同志座谈,研究如何拍好《东方红》。三个半月的时间,摄制组在北影厂大摄影棚、人民大会堂和北京体育学院大田径馆三地来往奔波,交替拍摄。

《东方红》带有强烈的政治色彩。在拍摄演出过程时,大部分画面采用多机位拍摄,舞台上的许多集体亮相和群众演员造型,则采用舞台全景和台下观众相互融合在一个画面里的广角镜头,以显示舞台演出的盛大场面。同时,把周总理反复强调的"不要离开舞台"进行了艺术化处理,从而使整部电影画面流动,情景交融,而不是机械式地一个机位固定拍摄。拍摄完成的艺术纪录片,既没有脱离舞台,又大胆创新,把舞台演出和艺术记录完美融合,为同类样式的电影拍摄开辟了崭新的道路。

第三章

北京红色戏剧

由于特殊的地缘和政治环境，新中国成立之前，北平红色戏剧不能像在解放区那样蓬勃发展，经历了一个缓慢、艰难的过程，但仍然有诸如《放下你的鞭子》这样宣传抗日救亡的作品。新中国成立后，红色戏剧成为北京乃至全国最具影响的艺术形式之一。一批流传久远、耳熟能详、兼具艺术性和思想性的优秀作品，如《雷雨》《长征》《龙须沟》《白毛女》《江姐》等应运而生；一批具有精湛技艺、坚守艺术理想的戏剧艺术家、创作家及导演，如曹禺、老舍、李伯钊、焦菊隐等活跃在北京戏剧舞台上；一批具有一流艺术水平的专业剧院，如北京人民艺术剧院、中央戏剧学院、中国青年艺术剧院等成立，培养了大批专业人才。随着社会的不断发展，戏剧艺术内容和形式越来越丰富多彩，而红色戏剧依然是重要的戏剧题材之一。

第一节 概述

一、红色戏剧的兴起和发展

(一)红色戏剧的兴起

红色戏剧的兴起,要追溯到1927年于井冈山建立革命根据地的时期。大革命失败后,中国共产党人高举"为苏维埃而斗争"的旗帜,开始创建革命根据地。红色苏维埃区域(简称红色苏区)兴起了红色戏剧,它与国统区中国共产党所领导的左翼戏剧运动同时发展,开辟了戏剧的另一条战线。

创建革命根据地,发动群众是基础。发动群众依靠宣传,而戏剧是宣传思想最直观、最高效、群众最喜闻乐见的艺术形式之一,红色戏剧运动于是兴起。在战斗间隙,红军宣传队的战士搭起临时舞台,红军领导人先来一段开场白,然后便是一场直接取材于战斗实际的戏剧演出。

在红色戏剧里,两类题材最受欢迎。一类是反映工农红军的军事斗争,歌颂红军领导人和红军战士机智、勇敢战斗的题材。演出时,台上台下人心激奋,极大地鼓舞了红军战士的斗志。京剧、活报剧《毛委员的空山计》、四幕话剧《庐山之雪》、四幕喜剧《松鼠》,以及《二羊大败七溪岭》、《我——红军》和《我当红军去》都属于这类题材。罗瑞卿导演的《庐山之雪》是没有台词的幕表戏,他提议来一个"兵演兵,将演将",在军团政委聂荣臻的支持下,动员军团的主要首长登台演出。在迎接第四次反"围剿"战争的前夕,这出戏以浪漫主义的手法揭示了反动派必然灭亡的命运,大大坚定了红军指战员必胜的信念。

另一类是描写工农群众自身革命斗争与苦难生活的题材。产生较大影响的作品有:七场话剧《父与子》、三幕话剧《战斗的夏天》、赣东北革命根据地的《年关斗争》和广东海丰革命根据地的《彭素娥》等。《年关斗争》是在方志敏主持下组织创作的，描写了地主恶霸逼租逼债、抢粮抢人的恶行，最后激起农民暴动，《年关斗争》以农民群众的彻底胜利告终，场面波澜壮阔，充满革命激情。

中央革命根据地最有名的两部话剧是《最后的晚餐》和《黑奴吁天录》，它不仅是全苏维埃第一届工农兵代表大会演出的重要剧目，同时还标志着红色戏剧出现了多样题材。

到1931年，红色戏剧的发展出现了专业化趋势。苏区诞生了第一个专业化剧团——八一剧团，之后又扩建成为工农剧社，成为组织领导苏区戏剧运动的中心。工农剧社总社创办了一所艺术学校，初名为蓝衫剧团学校，后改名为高尔基戏剧学校，为红色戏剧的提高与繁荣积极培养人才。

这一时期，在党的领导下，北平各左翼文化团体应运而生。北平剧联、乐联的同志，运用演剧的形式，在公开的场合，演出反帝反封建的进步戏剧，向工农和市民群众通俗地宣传反侵略、反压迫的道理。他们的生活很艰苦，没有专门的服装和道具，只有几支化妆用的毛笔，几桶自己调制的颜料，几块旧幕布。他们的演出很危险，几乎每次演出都要与军警进行一场激烈的斗争，但演出仍很频繁。据初步统计，仅1932年，北平剧联的公开演出就达20余次。他们除在剧院、游艺场、大学礼堂演出外，还演出过许多街头小剧。北平左翼团体曾演出过的进步剧目有《活路》《一致》《到明天》《工场夜景》《乱钟》《梅雨》《瓦刀》《血衣》《SOS》《战友》《一个烧饼》《两个兵》等。

（二）红色戏剧的发展

抗日战争时期，中国共产党在华北、华东、华南相继开辟了18个抗日根据地和游击区。大批爱国的戏剧工作者汇成了强大的戏剧队伍，掀起了前所未有的群众戏剧运动的高潮。

抗日战争时期的红色戏剧以1942年毛泽东发表《在延安文艺座谈会上的讲话》为标志，分为前、后两个时期。红军到达陕北后，红色戏剧继续专业化进程，大批从国统区奔赴延安的文艺工作者充实到戏剧队伍中，剧社和剧团如雨后春笋般涌现。

1938年，毛泽东、周恩来等党的领导人发起成立了著名的鲁迅艺术学院，下设戏剧系，除了组织大型的戏剧演出，还为红色戏剧的发展培养了专业人才。

从红色戏剧的创作上看，其思想内容旨在宣传全民族抗战、歌颂党和人民军队抗日救国的决心和力量，创作的数量虽然不多，但剧作质量却比在苏区时有了很大提高。王震之创作的三幕话剧《流寇队长》和丁玲的独幕剧《重逢》等是红色戏剧中最受欢迎的剧目。此外，《棋局未终》《广州暴动》《血祭上海》等都是影响较大的剧目。当然，当时流行的红色戏剧还主要是以艺术上相对粗糙的活报剧、街头剧为主。

1940年元旦，以曹禺的名剧《日出》上演为标志，延安开始了持续一年多的"演大戏"①热潮，而民族民间戏剧形式则受到冷落。

1942年，中国共产党在延安召开文艺座谈会，毛泽东发表《在延安文艺座谈会上的讲话》，党的文艺政策开始调整。文艺家们纷纷检讨自己的文艺观，努力统一到《在延安文艺座谈会上的讲话》所阐述的文艺观点。戏剧界"演大戏"的热潮戛然而止。

红色戏剧工作者们纷纷深入到前线、农村，戏剧创作围绕着抗日战争展开，真实、直接地反映抗战洪流的方方面面，红色戏剧呈现出一片繁荣景象。

话剧领域出现了《同志，你走错了路》《李闯王》《抓壮丁》《把眼光放远点》《李国瑞》《过关》《粮食》等较为优秀的作品。民族民间戏剧形式也获得极大重视，红色戏剧工作者通过改造民族民间戏剧形式，创作新歌剧和新编戏曲蔚然成风，如优秀的新歌剧《白毛女》、秧歌剧《兄妹开荒》《夫妻识字》《周子山》、新平剧（即京剧）《逼

---

① "演大戏"：是指演出中外名剧，最初是由毛泽东提议发起的。《日出》的演出极其成功，连演八天，观众近万人。此后，解放区各戏剧团体争相上演中外名剧，先后演出了曹禺的《雷雨》《蜕变》、夏衍的《上海屋檐下》《法西斯细菌》、宋之的的《雾重庆》、果戈理的《钦差大臣》、契诃夫的《求婚》、包戈廷的《带枪的人》、伊凡诺夫的《铁甲列车》等。

上梁山》、新秦腔《血泪仇》、农民剧团自编自演的《穷人乐》等，这类戏剧形式因其与民族民间戏剧传统深厚的血缘关系，赢得了广大群众的喜爱。

延安时期最具影响的红色戏剧非新编京剧《逼上梁山》莫属。《逼上梁山》由延安中共中央党校俱乐部大众艺术研究社创作完成，初稿由中央党校的杨绍萱于1943年写成。初稿写出后，齐燕铭[①]担任导演，并参与了改编，还客串了剧中的角色。《逼上梁山》用马列主义观点来重新处理革命历史剧，不再单纯表现林冲的个人遭遇，而是用林冲的遭遇写出广大群众的斗争和反抗。该剧于1943年11月在中央党校大礼堂试演，1944年新年开始正式演出，连续演了40多场。1944年1月9日，毛泽东给编剧和导演写信，表示祝贺，《逼上梁山》成为解放区的红色经典。

各抗日根据地纷纷兴起了轰轰烈烈的群众戏剧运动。演戏时有的是男女老少齐出动，有的是老爷爷老婆婆自编自演，有的村剧团一年演出几十次观众几十万。20世纪30年代，左翼戏剧艺术家们提出的"戏剧大众化"梦想，在中国共产党领导下的解放区得以实现。

和解放区形成强烈反差，处于沦陷区的北平，红色戏剧发展艰难，但各校学生会仍努力开展抗日救亡的文艺活动。街头剧《放下你的鞭子》、话剧《流亡曲》、活报剧《察东之夜》《打回老家去》等一再演出，成为宣传、教育、团结群众的重要手段。

抗战胜利后，红色戏剧还在继续，出现了《反"翻把"斗争》等红色戏剧。但总的来说，这一时期红色戏剧的新创作品数量不多，基本上延续了抗战时期红色戏剧的特点。

---

① 齐燕铭（1907—1978），北京人，出身于破落的蒙古贵族。1930年毕业于中国大学国语系，曾在北京（北平）中国大学任教，同时在中法大学、东北大学讲授文学史、戏曲史。1938年加入中国共产党，1940年到延安，任中央研究院历史研究室研究员，对古典文学和中国历史都有很高修养。新中国成立后，他曾任文化部副部长、党组书记。创作《逼上梁山》时，齐燕铭是中央党校教务处的文教科科长，在他的导演下，排练工作进展顺利。

二、北京红色戏剧的高潮

中华人民共和国成立后,红色戏剧思潮顺理成章成为全中国戏剧艺术的主流。北京作为首都,作为新中国的政治、文化中心,迎来了红色戏剧的高潮。

1949年7月,中华全国文学艺术工作者第一次代表大会在北平召开,揭开了新中国文学艺术发展的新篇章。中华全国文学艺术工作者联合会成立后,"通过全国文学、音乐、舞蹈、美术、戏剧、电影等协会及戏剧改革协会与曲艺改进会等为全国文联的会员"[①],之后,中华全国戏剧工作者协会和中华全国戏曲改进会筹备委员会在北京成立。

1949年底,政务院文教委员会设立戏曲改进局(以下简称戏改局),由田汉任局长,杨绍萱、马祥任副局长,下设艺术处、剧目审定处、辅导处、曲艺处等,戏改局专门负责戏曲改革工作。不久,各地方政府陆续成立类似机构,组建了文化部、文化局和下属的文化馆。

20世纪40年代末,政府文化部门在戏剧领域工作的重心是旧剧改革。旧剧改革也即"戏改",主要针对戏曲,包括改人、改制、改戏。"戏改"的最终目标是要通过从组织、剧目及表演形式等方面的改进,使得古老剧种具有新的时代精神,促进整个戏剧创作走上民族化、群众化道路。1949年新中国成立到1957年上半年文化部召开全国第二次戏曲剧目工作会议的八年时间里,从大幅度的禁戏到中央下达"开放禁戏",中国戏曲经历了一次复杂的选择,这是从战时体制向和平时代的艰难转变。

从20世纪50年代到"文化大革命"前,现代戏创作成绩令人瞩目。现代戏所指称的"现代"特指革命历史题材和当代题材,即中共

---

① 中华全国文学艺术工作者代表大会宣传处编:《中华全国文学艺术工作者代表大会纪念文集》,新华书店发行1950年版,第139页。转引自傅谨:《20世纪中国戏剧史(下)》,中国社会科学出版社2017年版,第7页。

党史与1949年以后中国当代史的范围之内。现代戏除了戏剧作品表现的时代内容外，它的表演手法更加生活化而不是程式化。

（一）北京红色话剧的高潮

红色话剧的创作理念随着时代的变革也发生了变化。新中国成立后，红色戏剧在文化部门的大力提倡下，成为现代戏的主流。它的主要任务除了传播革命主题外，还有聚焦当下，歌颂中国共产党及社会主义新社会。

加强专业化成为红色戏剧发展的基本方针。很多文工团做了机构调整，一些中央、省市级话剧专业剧院、剧团建立起来，部队院团也进行了整编。在北京，中国青年艺术剧院、北京人民艺术剧院、中央实验话剧院等专业剧院相继成立。

中国青年艺术剧院成立于1949年，前身是1941年成立的延安青年艺术剧院，解放战争时期是转战东北的东北文工二团。进入北京后，在团中央的领导下组成了新中国第一个专业话剧院。剧院贯彻专业化、正规化方针，坚持普及与提高相结合，聚集了一批优秀的艺术家，创作了诸多脍炙人口的经典剧目。

1950年元旦，在华北文工团的基础上组建了北京人民艺术剧院（以下简称北京人艺），中央人民政府副主席朱德和北京市委书记彭真亲临成立大会。不久，北京人民艺术剧院与中央戏剧学院话剧团合并为专业话剧院，仍叫北京人民艺术剧院。曹禺任院长，焦菊隐[①]、欧阳山尊、赵起扬任副院长，在他们的领导下，北京人艺致力于剧场艺术的创造，逐步成为国内外著名的剧院。

为了给全国话剧艺术团体培养专业人才，在文化部直接领导下，两所高等戏剧学府——中央戏剧学院和上海戏剧学院相继成立。

---

① 焦菊隐（1905—1975），中国戏剧家和翻译家，也是北京人民艺术剧院的创建人和艺术上的奠基人之一。出生于天津，1930年创办了中华戏曲专科学校并任校长，致力于中国戏曲研究及教学改革。1935—1938年留学法国，曾获巴黎大学文学博士学位。曾任北京师范大学文学院院长。1952年起，任北京人民艺术剧院副院长、总导演和艺术委员会主任。

1950年，中央戏剧学院在北京成立。设有话剧系、歌剧系、舞台美术和舞蹈训练班，并附设话剧团、歌舞团、舞蹈团和乐队、创作室、音乐研究室等。1952年改成专业的话剧学院，由欧阳予倩任院长，沙可夫、李伯钊①任副院长。学院设本科表演系、导演系、舞台美术系和戏剧文学系，学制为四年或五年，另设各种短训班。

1963年，在中央戏剧学院毕业典礼结束后，中央戏剧学院院长李伯钊和工农班毕业生亲切交谈（黄景达 摄，新华社 提供）

斯坦尼斯拉夫斯基②体系在这些剧团和学院得到重视，苏联的戏剧专家也应邀来华举行斯坦尼斯拉夫斯基体系的培训班。《雷雨》

---

① 李伯钊（1911—1985），出身于书香世家，曾在苏联的莫斯科中山大学留学，曾任工农剧社社长、高尔基戏剧学校校长。在苏区的时候，她创作、演出了《战斗的夏天》等红军剧作。抗日战争全面爆发后，李伯钊成为鲁迅艺术学院的创办人之一。

② 斯坦尼斯拉夫斯基（1863—1938），苏联演员、导演、戏剧教育家、理论家。他系统总结体验派戏剧理论，强调现实主义原则，主张演员要沉浸在角色的情感之中，他的一整套戏剧教学和表演体系，被称为"斯坦尼斯拉夫斯基演剧体系"，是世界一大戏剧体系的奠基人。斯坦尼斯拉夫斯基的著作于20世纪30年代介绍进入中国，对中国戏剧的发展产生了深远的影响。

《日出》《上海屋檐下》《屈原》《名优之死》《法西斯细菌》等名剧重新出现在舞台上。经过这些努力，红色戏剧的专业化进程大大加快。

1952年10月6日至11月14日，文化部举办第一届全国戏曲观摩演出大会。全国有23个剧种37个剧团1600余名演员参加了这次大会，北京也参加了这次大会。这个阶段，红色戏曲的发展相对话剧而言，创作数量和质量还有待提高。北京红色戏剧的优秀作品基本集中在新兴的话剧、歌剧和新剧种，红色戏剧只有评剧《刘巧儿》等少数几部。

20世纪50年代末，文化部开展了一系列有关现实题材剧目创作的活动。1958年，文化部召开全国戏曲表现现代生活座谈会，并从各地抽调多台现代戏在北京演出，其中北京创作演出的京剧《白毛女》受到各剧团的关注。

1956年3月1日至4月2日，文化部在北京主办了第一届全国话剧观摩演出大会。会演的剧目大多反映当代生活，题材主要有：反映工业建设、反映农村伟大变革、反映人民军队和革命战争、反映少数民族生活，以及表现革命干部、高级知识分子、少年儿童、家庭妇女等。全国有41个剧团参加了演出，上演了31个多幕剧和19个独幕剧。北京地区（包括在京部队文艺团体）获得一等奖的剧目有：《马兰花》（中国青年艺术剧院附属中国少年儿童剧团）、《万水千山》（中国人民解放军总政治部文工团话剧团）、《战斗里成长》（北京军区政治部战友文工团）、《友情》（中国福利儿童剧团）、《西望长安》（中国青年艺术剧院）、《保卫和平》（中国人民解放军战士话剧团）、《冲破黎明前的黑暗》（中国人民解放军总政治部文工团话剧团）、《明朗的天》（北京人民艺术剧院）、《杨根思》（中国人民解放军前线话剧团）等。

随着"左"倾思潮的不断加剧，红色戏剧需要更加紧密地配合政治、紧跟形势，需要塑造更加完美无缺的新英雄形象。在1958年"大跃进"浪潮的推动下，各地大放"艺术卫星"，"写中心、唱中心、演中心"的剧目铺天盖地而来，仅北京人艺就在半年内创作出

93部新剧作。著名戏剧艺术家田汉、老舍分别创作了《十三陵水库畅想曲》和《红大院》、《青年突击队》。红色戏剧的创作走向高潮，也走入了另一个极端。

（二）北京红色歌剧

歌剧作为一门独立的、有生命力的艺术形式，在中国真正安家落户，并在中国大众的音乐生活中占有举足轻重的地位，是在延安秧歌剧运动之后。《兄妹开荒》《夫妻识字》与一大批优秀秧歌剧作的涌现，以及《白毛女》的诞生，是中国歌剧艺术自我确立的标志。《白毛女》的出现掀起了中国歌剧史上第一次高潮，它的艺术精神造就了新中国几代歌剧艺术家，对后来的歌剧创作产生了巨大而深远的影响。自此，中国歌剧找到了自己独特的发展道路，逐步形成具有中国特色的美学品格。

1949年至"文化大革命"前的17年中，北京歌剧舞台繁荣发展，先后上演了《长征》（北京人民艺术剧院）、《刘胡兰》（中央实验歌剧院）、《红珊瑚》（中国人民解放军海军政治部文工团）、《江姐》（中国人民解放军空军政治部文工团）等一批以革命斗争为题材的歌剧，《红梅赞》《珊瑚颂》等精美唱段，广为传播。这些歌剧不仅繁荣了文艺舞台，也对后来的文艺事业产生了巨大影响。这一时期的歌剧创作，就其音乐戏剧结构和总体风格的主导潮流来说，是一种直接继承了《白毛女》艺术经验并加以创造性地发展和丰富的歌剧样式。这种歌剧样式广泛吸收了戏曲、话剧和西洋歌剧的种种优点，避免了过分执于一端可能造成的艺术整体性上的偏颇，取得了比较高的成就。

第二节　重要作品评介

一、歌剧《长征》

1951年8月，为庆祝中国共产党成立30周年，北京人艺创作演出了三幕九场歌剧《长征》。它是首次以长征为题材创作的大型文艺作品，并首次在舞台上展现了毛泽东的形象。《长征》通过九个宏伟的舞台场景和许多情深意浓的歌唱，展现了长征途中红军突破敌人的围追堵截、胜利前进的英雄气概与革命乐观主义精神，毛泽东的形象在舞台上出现，受到了观众的热烈欢迎。

该剧的主要编写者是著名的红军文艺战士李伯钊。李伯钊不仅熟悉红军，而且经历了长征的全过程。当时的中共北京市委第一书记彭真支持此剧的创作，特批给兼任中共北京市委文教书记的李伯钊三个月创作假。

《长征》从小处入手，塑造典型人物形象，从苏区的群众、红军基层的指战员、团师级指挥员到最高领袖毛泽东；展现长征中的重要片段，包括告别苏区群众开始长征、突破湘江封锁线、通过彝族地区、强渡大渡河、过雪山草地、打骑兵、会师陕北等，表现了红军长征的全过程和红军指战员的精神面貌。此剧的一个特色，就是始终没有出现过任何的敌人和反面角色，因为作者要把所有的篇幅都留给各色各样的红军长征英雄和革命根据地的群众，但是观众在剧中仍然能够看出场场有敌情、有战斗，有对反动派斗争的决心。此剧的一个亮点，就是领袖人物的塑造。由于剧中没有安排毛泽东歌唱，李伯钊就把这个重要角色安排给著名的话剧演员于是之[①]扮演。虽然此剧中的毛泽东只有一句台词："同志们，祝你们成功！"（在"抢渡大渡河"一幕中出现）但是，于是之仍然以高度的政治热情投入到角色的准备

[①] 于是之（1927—2013），出生于河北省唐山市，著名话剧表演艺术家。

酝酿中去。

按照李伯钊的创作意图,这部歌剧用不同特点的地域音乐,来体现红军长征途经的不同地区。如江西苏区的红军歌曲、兴国山歌、福建民歌、彝族民歌、陕北的信天游等,这些歌曲具有很强的代入感。另外,此剧的音乐运用了很多情绪饱满的合唱。如歌剧开始就用齐唱与四部大合唱的形式,演唱了两遍毛泽东的诗词名作《七律·长征》,以合唱《伟大的会师》结束演出。全剧至少有八首合唱曲,以及大型管弦乐队的演奏,气势雄伟磅礴,演出很受观众的欢迎。

在《长征》排练的过程中,刘少奇、周恩来、陈毅、贺龙等人都曾来到剧场观看指导,李伯钊还到周恩来的家里讨论剧本至深夜,北京卫戍区也派人协助这些演员进行军训。1951年8月1日,歌剧《长征》在北京青年宫首演,毛泽东、刘少奇、朱德、周恩来等领导人出席观看,在当时引起了观众和媒体的强烈反响,可谓盛况空前。

二、话剧《龙须沟》

《龙须沟》是老舍[①]1950年创作的三幕话剧,是新中国成立后第一个登上戏剧舞台、以北京市政建设为主题的话剧作品,也是当代话剧史上最优秀、产生世界影响的剧作之一。

《龙须沟》的题材源于真实的北京社会生活。新中国成立前,龙须沟是天桥东边的贫民窟——金鱼池地区的一条臭水沟,沟旁住满了各式各样卖力气、耍手艺的下层劳动人民。这些居民经常遭受国民党、恶霸、流氓的迫害和恶劣环境的威胁,生活凄惨。1950年,新成立的北京市政府将整修龙须沟列为建设新北京的事项之一。当时,正值北京人艺建院之初,首任院长李伯钊得知此事,便鼓动刚回国不

---

① 老舍先以小说闻名,他的戏剧作品也取得了很高的艺术成就。老舍一生创作了20多部戏剧。1949年新中国成立后,当选为北京市文联主席、中国文联副主席。这之后,他写下了《方珍珠》《龙须沟》《茶馆》《西望长安》《全家福》《神拳》等14部剧作。(关于老舍的其他情况详见《北京红色文学》第一章)

久的老舍为此写一个剧本。老舍通过实地考察,了解了龙须沟新旧社会的巨大变化,怀着极高的爱国主义热情很快完成了《龙须沟》的创作。

《龙须沟》描写了北京一个小杂院四户人家在社会变革中的不同遭遇,表现了新旧社会两重天的巨大变化。剧中成功塑造了程疯子、王大妈、娘子、丁四嫂等各具特色的人物形象。如为人耿直正派的艺人程宝庆刚开始的工作是为茶馆伴弦,后因不顺从当地恶霸的无理要求被打伤,随后与妻子程娘子躲避到龙须沟,日常生活主要依靠程娘子摆烟摊的收入维持,对社会失望、内心郁积的他逐渐半疯半傻,被人喊为疯子,而他的妻子忍辱负重,希望丈夫能等到再出头的日子。新中国成立后,龙须沟同北京一起获得了新生,龙须沟旧貌换新颜,程宝庆又从"疯子"变为艺人,沿岸人民过上了幸福的生活。《龙须沟》通过描写生活在同一地域的人民不同境遇的对比,阐释了人民政府为人民的中心思想,歌颂了党和人民政府。

在戏剧结构上,《龙须沟》运用小说的创作方法,用日常生活的片段代替传统戏剧集中紧张的情节。老舍对生活素材的加工,并不着眼于复杂离奇的戏剧悬念,不在起承转合上花费力气,而是展示转瞬即逝的细节和普普通通的生活场面。这种结构使得原本是为配合时事和政策宣传而创作的戏剧,有了扑面而来的丰富性和真实感。

通过对栩栩如生的人物形象的成功塑造来表达主题是《龙须沟》的一大特点。《龙须沟》最大的语言特色就在于"北京味儿",是中

治理前的龙须沟

治理后的龙须沟

国话剧史上京味儿作品的典范。除了语言之外，老舍对北京的传统艺术也极其熟悉，程疯子张嘴就来的数来宝，令人拍案叫绝，也使《龙须沟》成为民间艺术的精品之作。

《龙须沟》剧本创作完成后，李伯钊邀请北京师范大学西语系主任焦菊隐担任导演。焦菊隐曾经因导演根据高尔基《底层》改编的话剧《夜店》和多部曹禺剧作赢得盛名。1950年8月，焦菊隐开始《龙须沟》的导演工作，并对剧本进行了深入细致的二度创作，希望在舞台上呈现"一片生活"的艺术理想，并逐渐形成自己特有的导演风格。

《龙须沟》获得成功奠定了北京人艺的地位，为剧院以后几十年日趋完善的京味儿风格打下了良好基础。老舍因为积极创作《龙须沟》等以歌颂新社会为主题的文艺作品，于1951年被授予"人民艺术家"的称号。同时，受奖励的还有导演焦菊隐和演出该剧的北京人艺演员及工作人员；饰演鼓书艺人程疯子的于是之，受到北京市文联的奖励。1955年，北京人艺重排《龙须沟》。至今，《龙须沟》依然是北京人艺的保留剧目。

《龙须沟》先后被翻译成日、英、俄等多国文字，在世界上赢得了广泛赞誉。

三、话剧《明朗的天》《战斗里成长》《万水千山》

（一）话剧《明朗的天》（曹禺，北京人民艺术剧院）

曹禺是中国20世纪话剧史上的一代宗师，他的名作《雷雨》享誉国内外，在解放区时被称为大戏。1949年之后，他的作品主要有三部，《明朗的天》《胆剑篇》《王昭君》。

《明朗的天》是曹禺以知识分子为对象，在新中国成立之后创作的第一个剧本。以知识分子为对象，有其必然性：一方面，曹禺接受彭真委托，配合知识分子改造的形势创作一个剧本；另一方面，他对当时流行的革命历史、战争、农村生活题材难以介入，写熟悉的知识分子是他的最佳选择。

剧本完成于1954年,定稿为三幕六场。这部戏讲述了北京解放前,美帝国主义办的燕仁医学院中的大夫、教授对即将到来的解放抱有不同的态度。随着人民解放、抗美援朝战争的爆发,这些高级知识分子,虽然都经历了迂回曲折的思想改造历程,但在党的伟大政策的感召和教育之下,他们终于分清了敌我,改正了自己的错误思想,走上了一条人民科学家的道路——为保卫祖国和人民幸福、为保卫世界和平而战斗!

写作之前,曹禺曾在协和医院体验生活,虽然作者当时在创作思想上存在着某些"意念化"缺点,对知识分子改造问题上也有偏激的认识,但曹禺熟悉人物的生活,他能够理解和体会这些高级知识分子的思想,他笔下的凌士湘、江道宗、陈洪友这三个不同类型的学者形象,真实而有个性。导演焦菊隐也相当熟悉这些人物,他处理舞台形象准确并富有特色,北京人艺以舞台的整体性、生动真实的人物形象塑造,实现了一流的剧作演出水平。1956年初,北京人艺带着这部在舞台上反映新中国旧知识分子思想改造问题的话剧,参加了新中国第一届全国话剧观摩演出大会,囊括了编、导、演一等奖。

《明朗的天》是那个时期中国话剧反映现实的好传统不可替代的活的见证。它以舞台艺术的方式和手段记录了那段让中国知识分子刻骨铭心的往事,用戏剧场面揭示思想改造运动的某些侧面,在舞台上最直接、最生动地展现了新旧交替时期自愿改造的知识分子群像,构成了那段历史不可多得的、一个相对艺术层面的珍贵文献,为我们在历史语境中研究文学形式和意识形态的关系提供了一个绝好的文本,从某种意义上构成了戏剧化的社会中的戏剧景观。[①]

(二)《战斗里成长》(胡可,北京军区政治部战友文工团)

1948年,解放战争胜利前夕,为向华北乃至全国的农民宣传中国共产党是被压迫人民的救星,对农民进行无产阶级思想教育,华北军区政治部文工团(1955年正式命名为北京军区政治部战友文工

---

① 高音:《〈明朗的天〉与知识分子的思想改造》,《中国戏剧》,2011年第2期。

团，简称战友文工团）的前身——抗敌剧社，开始集体酝酿这个剧本，但因为战事繁忙只形成应时宣传剧《生铁炼成钢》，剧本并不成熟。1949年，中华全国文学艺术工作者第一次代表大会后，著名剧作家胡可[①]在原来的基础上创作了四幕话剧，并改名为《战斗里成长》，反映人民解放战争题材，富有教育意义，使人们知道新中国来之不易，激励人们保卫和建设社会主义祖国的斗志。

《战斗里成长》通过赵铁柱一家三代人的遭遇和斗争，表现了农民从自发的反抗成长为自觉的革命战士的历程，展示出农民反抗阶级压迫和进行革命战争的壮阔历史图景。晋中地区的普通农户赵老忠家

《战斗里成长》剧照（齐观山　摄，新华社　提供）

---

① 胡可，出生于1921年，出生于山东省青州市，满族，剧作家。在抗日战争、解放战争和新中国成立后，创作多部话剧，是部队中有影响的剧作家。

的三亩水田被恶霸地主杨有德霸占了，杨家有钱有势有背景，赵老忠一家冤屈无处申诉，老忠服毒自尽，儿子赵铁柱一气之下把地主的房子烧了，逃离了家乡，加入了八路军。十年后，背井离乡的赵妻带着已长大成人的赵石头艰难度日，但还是没能逃过恶势力的魔爪——伪军警备队队长杨耀祖奸污了她，石头无家可归，也参加了八路军。新中国成立前夕，部队就要攻克太原，此时的赵铁柱已是解放军军队里的营长。无巧不成书，赵石头听说要解放太原，也一心参加突击队，父子俩相见不相识。因为部队的组织纪律，两人产生激烈的冲突。太原解放了，百姓们欢欣鼓舞，恶霸地主杨有德被擒。在家仇面前，成熟的解放军营长赵铁柱控制住自己的情感，告诉大家要由人民政府来审判人民的罪人，赵石头也明白了人民子弟兵不是为报一个人的仇，是为了全天下的老百姓都能过上和平安宁的日子，父子俩重新上阵，开始了新的征程。

编剧胡可是解放区戏剧最具代表性的剧作家，他的作品和创作思想集中体现着解放区戏剧的本质特点，《战斗里成长》便具有鲜明的"胡可特征"。他的戏剧作品种类繁多，最著名的有独幕剧《喜相逢》、多幕剧《戎冠秀》《战斗里成长》《槐树庄》等。这些作品既反映了现代中国社会的真实图景，又散发着中国社会的乡土气息，同时还是不可替代的中国本土艺术。

话剧《战斗里成长》成为战友文工团的保留剧目。1957年，根据话剧改编的同名电影上映，并成为当时红色电影的代表作。

（三）《万水千山》（陈其通，中国人民解放军总政治部文工团话剧团）

《万水千山》是一部壮烈的史诗，具有强大的感人力量和深刻的教育意义。编导陈其通[①]经历过长征，又是一位有经验的戏剧家，他

---

① 陈其通（1916—2001），出生于四川巴中，参加过红军长征，新中国成立后，曾担任中国人民解放军总政治部文化部文艺处副处长兼总政治部文工团团长、文化部副部长、总政治部宣传部副部长兼解放军艺术学院副院长、总政治部文化部副部长等职。1961年晋升为少将军衔。著有多部话剧、歌剧剧本，被誉为"红色戏剧家"。

怀着深厚的感情把伟大的长征搬上舞台。解放战争时期，他就写成了话剧《铁流两万五千里》；新中国成立后他又反复酝酿，写出了《万水千山》。这部作品选取了长征中的几个片段，不仅概括了长征的战斗历程，更通过塑造红军指战员的典型形象，表现出红军的战斗精神。

话剧成功塑造了一系列经典人物。如一直保持着革命乐观主义精神、充满着阶级友爱并善于做政治思想工作的教导员李有国，对革命事业忠心耿耿、英勇善战但思想狭隘、政治水平不高的罗副营长，虽不够成熟但虎虎有生气的新生力量赵营长，以及黄团长、凤莲、小周等。

这些活生生的人物形象身上体现出的红军精神，正是我们所要继承的红色精神。著名演员蓝马以炽热的感情、真实的体验、鲜明的体现，不仅成功塑造了红军教导员李有国，还为日后塑造英雄人物积累了创作经验。在1956年第一届全国话剧观摩演出大会中，《万水千山》成绩突出，陈其通获导演一等奖，蓝马获演员一等奖。

四、评剧《刘巧儿》（凤鸣社）

新社会的戏剧不止于翻演传统戏，也不止于将《白毛女》等歌剧作品用地方剧种翻唱到舞台上。1949年前后，有一类特殊的戏剧题材受到关注，就是妇女解放问题，这类题材也成为各地解放新戏中最有号召力的剧目，其中影响较大的当推评剧《刘巧儿》和吕剧[①]《李二嫂改嫁》。

评剧《刘巧儿》的原型封芝琴出生于甘肃省华池县，因不满自己的婚姻被安排，她徒步上百里路，到庆阳城状告"父母之命，媒妁之言"对她婚姻的干涉。这起争取婚姻自主的民事案件不仅被周围的百姓视为奇事，而且轰动了陕甘宁边区，成为20世纪中国八大名案之

---

① 吕剧：又称化装扬琴、驴戏，国家级非物质文化遗产，中国八大戏曲剧种之一，山东最具代表性的地方剧种，流行于山东大部和河南、江苏、安徽的部分地区，起源于山东以北的黄河三角洲，由山东琴书演变而来。

1954年,新凤霞在评剧《刘巧儿》中饰演的刘巧儿(新华社 提供)

一,引得媒体争相报道。随后,艺人韩起祥将之编成陕北快书《刘巧团圆》,陇东中学教员袁静创作了秦腔《刘巧儿告状》,在边区广为传播。

1949年,评剧名角新凤霞在北京天桥演出。北京妇联主任看了她的演出后,给她介绍了韩起祥的说书本子,凤鸣社的老艺人杨星星依据说书本,设计了分场提纲,分派角色,评剧《刘巧团圆》以幕表的形式出现在北京的舞台上。1950年,北京市文化局副局长张梦庚建议加工修改,仍由新凤霞主演,剧名《刘巧儿》也在这时改定。

评剧《刘巧儿》塑造了一位勇于反抗命运、争取婚姻自主的农村新女性。新凤霞把刘巧儿那段家喻户晓、脍炙人口的唱段唱得声情并茂,通过音乐和表演相结合的手段,把一个乡村少女认定了自己心仪对象时又羞涩又欢快的神情,表达得淋漓尽致。

刘巧儿的故事内涵严肃,但故事情节轻松。女主人公拒不接受父母早年为之定下的幼亲,要"自己找婆家",但她不知道,她在劳模会上看中的赵振华,恰恰就是她死活非要退亲不可的赵家的柱儿。这固然是一种简单的巧合,但是巧合背后,寓有妇女解放话题中极深刻的内涵——如果我们承认,婚恋问题在妇女解放中具有突出地位,妇女是否得到真正意义上的解放,其标志并不在于她可以嫁什么人,而是由谁来决定她的婚嫁。因此,即使刘巧儿父母给她定的亲就是要嫁给小名柱儿的赵振华,但这桩婚姻是由父母包办的,这门亲事就必须退掉;她最终嫁的虽然还是赵柱儿,不过这时的婚嫁对象赵柱儿,成了她自主选择的对象。——这一大堆看似复杂其实简单的道理,并不是人们都明白的，于是就在评剧《刘巧儿》里构成了新的戏剧性和喜剧性。

20世纪50年代初的现代题材剧目众多，但最受欢迎的就是此类婚恋戏，它体现出在一个以翻身为主题的时代背景下，女性的翻身具有双重的意义。女性翻身题材剧目之所以多从评剧、吕剧和眉户①这样一些比较平民化的剧种发端，和这些从二小戏、三小戏②发展而来的剧种拥有表现农村妇女生活和家长里短题材的丰厚传统相关，无论是叙述模式还是舞台手段，都可以直接用于新剧目的创作和表演。《刘巧儿》和《李二嫂改嫁》等剧目的主人公，与五四运动以后城市戏剧塑造的追求西化生活方式的女性类型截然不同。

五、京剧《白毛女》（中国京剧院）

京剧《白毛女》来源于歌剧《白毛女》。抗战时期，跟随西北战地服务团的邵子南从晋察冀边区将"白毛仙姑"的故事带到延安鲁艺，并托人将其小说《白毛女人》带给时为鲁艺院长的周扬，周扬决定利用鲁艺的力量以歌剧的形式表现"白毛仙姑"。

周扬最终决定让贺敬之作为歌剧《白毛女》的主笔，由王滨组织创作组共同讨论每一幕每一场应该有哪些戏，贺敬之现场记录后再去写歌词和对白，然后由马可、张鲁、瞿维③等人谱曲，经张庚、王滨审定后，由丁毅刻写蜡纸油印出来。最后一场由丁毅写出。1945年4

---

① 眉户：陕西省的主要戏曲剧种之一，流传于河南的西部、山西的南部，并西达甘肃、宁夏、青海、新疆等地，盛行于关中地区。眉户又作"郿鄠"或"迷胡子"。

② 二小戏、三小戏：由小旦、小丑或小旦、小生一对角色演唱的叫二小戏；由小旦、小丑、小生三个角色演唱的叫三小戏。多出于一个剧种的形成初期，表演偏重于歌舞，生活气息浓厚。

③ 瞿维（1917—2002），原名瞿世雄，江苏常州人。1933年入上海新华艺专学习音乐、美术，后任延安鲁迅艺术学院音乐系教员、东北音乐团副团长、东北鲁迅艺术学院音乐系主任。1955年赴莫斯科柴可夫斯基音乐学院进修。归国后，任上海交响乐团驻团作曲。

月下旬,六幕歌剧《白毛女》作为向中国共产党第七次全国代表大会的献礼正式公演。《白毛女》在延安演出30多场,场场爆满,之后开始向延安之外的地区推广,并在演出中不断修改。

由于歌剧《白毛女》的巨大影响,电影、芭蕾舞、京剧纷纷改编。1958年,马少波、范钧宏改编的京剧《白毛女》剧本由中国戏剧出版社出版,并由中国京剧院演出。

京剧主要根据1954年人民文学出版社出版的歌剧剧本加以改编。讲述的是地主黄世仁于除夕之夜,逼迫佃户杨白劳将独生女喜儿顶租。杨白劳悲愤交加,深夜服卤水自杀。黄世仁派爪牙穆仁智抢走喜儿。喜儿未婚夫王大春夜入黄家营救不成,逃亡他乡。喜儿饱受黄家母子欺凌,又遭黄世仁欺辱,逃入深山荒岭,以野果充腹,鬓发皆白。村民误以为是白毛仙姑显灵,在奶奶庙焚香设供、祈求护佑。王大春参加八路军,随军解放了家乡,得知"白毛仙姑"的事,黑夜持枪察访,与喜儿重逢。减租减息运动中,当地人民政府根据群众要求,判处黄世仁、穆仁智死刑。大春与喜儿得以团圆。

京剧《白毛女》保持原歌剧的基本情节和主题思想,运用京剧唱、念、做、打等表演手段和传统程式,并且根据内容的需要,在剧本、表演、音乐、舞台美术等方面做了革新的尝试。那个天真烂漫等爹爹带回白面吃顿饺子的小姑娘已不复存在,代之以阶级立场鲜明的一个新喜儿。京剧里的喜儿在黄家就开始了对地主阶级压迫的反抗,她多次拒绝黄世仁的纠缠,在她遭到强奸上吊未果后满台追着怒斥黄母的细节,也为后来的舞剧所吸取。在她

中国著名京剧演员杜近芳扮演京剧《白毛女》中的喜儿(郑震孙 摄,新华社 提供)

成为白毛仙姑后,在奶奶庙再遇黄世仁与穆仁智就上演了一段歌剧中没有的全武行。

中国京剧院演出的《白毛女》,由李少春饰杨白劳,杜近芳饰喜儿,叶盛兰饰王大春,袁世海饰黄世仁。京剧名家李少春通过扮演杨白劳,在探索如何用传统手法表现现代生活方面,取得了一定的成功经验。

1958年,燕鸣京剧团也排演了京剧《白毛女》,由赵燕侠饰喜儿。但是《白毛女》成为样板戏,既非歌剧也非京剧,而是1964年由上海舞蹈学校排演、1965年公演的芭蕾舞剧。

六、歌剧《红珊瑚》(中国人民解放军海军政治部文工团)

歌剧《红珊瑚》是20世纪60年代初期,由中国人民解放军海军政治部文工团(以下简称海政文工团)集体创作的一部中国歌剧史上重要的民族歌剧作品,成为中国歌剧红色经典之一。

歌剧《红珊瑚》中珊瑚岛人民和海军战士一起,烧毁旧契约,举杯庆解放的热烈场面(钟巨治 摄,新华社 提供)

1960—1962年，中国进入前所未有的困难时期，广大人民群众迫切需要振作精神。这部反映革命现实斗争生活的九场歌剧《红珊瑚》正是在这样的社会背景下创作的。

《红珊瑚》由海政文工团的赵忠、钟艺兵、林荫语、单文编剧，王锡仁、胡士平等作曲，讲述的是解放战争即将取得胜利之时，解放军和人民群众一起解放沿海岛屿的一段故事。1950年秋，侦察参谋王永刚受命率领战士阿青等人去敌岛牛头岙和珊瑚岛侦察，不料从牛头岙返航时与敌船遭遇。王永刚和阿青泅渡至荒岛鼓浪岗，巧遇珊瑚岛渔家女珊妹（阿青的未婚妻）因渔霸迫害，跳入大海，逃上鼓浪岗。三人相遇后，决定由阿青回去送情报，珊妹与王永刚二上珊瑚岛。当获悉敌人打算甩掉珊瑚岛，绑走岛上渔民，固守牛头岙时，他们及时发动全岛渔民占领了渔霸的巢穴——万利渔行，配合解放军渡海，解放了牛头岙。

《红珊瑚》剧本的最大特征在于它曲折动人、惊险紧张的传奇性情节，继承了中国传统戏曲具有浓郁传奇色彩的呈现方式。《红珊瑚》受欢迎的原因主要有：第一，精选典型性事件，追求强烈的戏剧冲突，奇峰突起，出其不意；第二，成功塑造了珊妹这样一个典型的歌剧形象。作者对珊妹人物的音乐元素精心打磨，在戏剧审美上对其进行高度典型化和充分戏剧化的表现，使珊妹被刻画得趋于完美，成为中国歌剧的经典形象之一，这也正是珊妹形象的整体审美价值所在。当然，《红珊瑚》之所以能成功，还在于音乐的戏剧性，它多方面地吸收了传统戏曲元素，在歌剧民族化方面做了广泛的尝试与创造。《红珊瑚》虽然以浙江台州发生的故事为背景，却完全采用了河南地区的民歌元素，并适当地吸收了其他地区的音乐元素。该剧选曲《珊瑚颂》《红灯颂》《海风阵阵愁煞人》等脍炙人口的唱段，至今仍广为传唱。

1961年，八一厂将该剧拍成歌剧电影，获得"大众电影百花奖"。

七、歌剧《江姐》（中国人民解放军空军政治部文工团）

1964年，由中国人民解放军空军政治部文工团（以下简称空政文工团）创作的七场歌剧《江姐》在全国公演。这部歌剧一经公演，便引起巨大的轰动，观众及报刊好评如潮。

歌剧《江姐》唱遍大江南北，曾被改编成电影、舞剧等多种艺术形式，被人们认为是目前为止最好的本土化歌剧作品。三代国家领导人都观看过《江姐》，这在中国歌剧史上是绝无仅有的。2007年，空政文工团第五次复排《江姐》，再次获得好评。如此受欢迎的程度，说明了歌剧《江姐》的生命力之强大和艺术魅力之持久。歌剧《江姐》是中国第二次歌剧创作高潮的红色代表作品。

1962年，根据党中央提出的"革命化、民族化、群众化"的指示，空政文工团决心创作一部反映中国共产党领导的革命斗争作品。当时小说《红岩》在全国流传得正热，剧中主人公中共重庆地下党的联络员江雪琴，在胜利即将来临时为理想和信仰英勇献身的事迹深深打动了创作者。编剧阎肃接到任务后，投入极大热情进行创作，才思泉涌。羊鸣、姜春阳、金砂三位年轻的作曲家组成创作小组到四川、浙江等地去采风，一边学习当地的戏曲，一边收集民间流传的革命先烈的英雄事迹。剧本四次修改，音乐反复加工，后被摄制成歌剧艺术片，它对革命英雄的歌颂，谱写了一部源远流长的英雄史诗。

《江姐》讲的是解放战争即将取得决定性胜利、国民党反动派统治下的重庆已是一派"山雨欲来风满楼"的景象。中共地下党员江姐带着省委的重要指示，冲破敌人的重重封锁，离别山城，奔赴川北革命根据地。在途中，她突然听到丈夫——华蓥山纵队政委彭松涛牺牲的消息，抑制住内心的悲痛，毅然直上华蓥山，见到游击队司令员双枪老太婆，率领游击队展开了轰轰烈烈的武装斗争。国民党反动派四处通缉江姐，由于叛徒甫志高的出卖，江姐不幸被捕。在重庆中美合作所渣滓洞集中营里，面对特务头子沈养斋的威逼利诱，面对敌人

歌剧《江姐》剧照。江姐（右三，蒋祖绩饰）和难友们在渣滓洞，共同绣了一面红旗（陈娟美 摄，新华社 提供）

的各种酷刑，江姐大义凛然，义正词严地痛斥敌人的罪行，表现出共产党员坚贞不屈的革命气节和崇高精神。重庆解放前夕，敌人在逃跑前，策划了屠杀被捕的共产党员和革命者的阴谋。根据上级党组织的指示，为配合解放军胜利进军，江姐在集中营组织和领导越狱斗争。在这生死的紧急关头，敌人要提前杀害江姐。为了不暴露越狱计划，保护同志们，江姐毅然走向刑场。

剧本通过曲折的情节、紧张的戏剧冲突和一些感人场面的设置，对江姐、双枪老太婆、甫志高、沈养斋等不同人物的不同性格做了富于个性的塑造。在整体形象中突出且成功地塑造了一个崇高而又伟大的革命女英雄，情节曲折、紧张，人物形象真实生动，极富时代性和革命性。

《江姐》在音乐上广泛吸收了戏曲、话剧和西洋歌剧表现手法的种种特长，运用各种音乐手段介入戏剧冲突，推进情节发展，揭示人物内心世界，塑造感人的音乐戏剧形象。其音乐主要以四川民歌为基础，吸收了川剧、四川清音等地方戏曲，说唱艺术的表演形式和风格特点，使得全剧音乐体现出浓郁的地方色彩和民族特色。

经典的歌剧要有经典的唱段，《江姐》中的《红梅赞》《五洲人民齐欢笑》广为传唱，经久不衰。

第四章

北京红色音乐

北京红色音乐是指在北京市现辖区诞生或由北京地区音乐家参与创作的反映北京革命历史的音乐作品。这里收录《义勇军进行曲》(歌曲)、《没有共产党就没有新中国》(歌曲)、《人民英雄纪念碑》(交响诗)等13部(首)音乐作品,体裁涵盖了合唱、歌剧音乐、交响诗、组曲、交响曲、电影音乐、舞剧音乐和钢琴协奏曲,时间跨度为1935—1969年。这些作品今天已然成为中国红色音乐中的经典之作,集艺术性与大众性于一身,传遍了祖国大江南北。

第一节 概述

一、北京红色音乐的星星之火

北京红色音乐的源头可以从抗日战争时期追溯。此源头又可分为两部分：一是晋察冀抗日根据地歌曲，如歌曲《晋察冀》（王莘词曲）、《没有共产党就没有新中国》（曹火星词曲）等；二是抗日救亡歌曲，如《五月的鲜花》（光未然词、阎述诗曲）、《义勇军进行曲》（田汉词、聂耳曲）等。不论是风起云涌的抗日救亡歌咏运动，还是如火如荼的晋察冀抗日根据地歌曲，均在当时的特定环境下充分发挥出积极作用，成为推动抗日战争最终走向胜利的不可或缺的有生力量，并为新中国红色音乐打下了坚实基础，储备了有生力量。

二、"胜利的旗帜哗啦啦地飘"

1949年10月1日，中华人民共和国成立，中国音乐史翻开了新的一页。作为新中国的首都和全国政治文化中心，北京的音乐创作和音乐生活毫无疑问成为全国音乐界关注的焦点和风向标。北京的音乐创作和音乐生活既见证了新中国成立70年的光荣和辉煌，也在某些特殊的时刻扮演了政治晴雨表的角色。

与新中国成立前音乐界人才多分散于各地不同，此时的北京已然是中国音乐界的中心，破天荒地将分别来自"国统区"、"解放区"和"民间"的各路音乐大军凝聚于此，不论是"学院派"、"救亡派"还是"民间艺人"，都能够在迎风飘扬的五星红旗下，齐唱一曲胜利之歌，体现了"团结就是力量"的含义。

面对"胜利的旗帜哗啦啦地飘"，会聚于京城的作曲家们难掩自己心中对新中国、对中国共产党和毛主席的热爱之情，纷纷拿起笔来投入到此时的北京红色音乐创作之中。作曲家、词作家、剧作家等创作大家的笔触几乎全方位地覆盖了音乐创作的所有体裁——歌曲、合唱、交响音乐、歌剧音乐、舞剧音乐、电影音乐等，着实实现了当时的诗人所赞颂的"凡是能开的花，全在开放；凡是能唱的鸟，全在歌唱"，并在不经意间迎来了北京红色音乐之激情燃烧的"十七年"（1949—1966）。

三、北京红色音乐的特点

北京红色音乐秉承了革命战争年代音乐创作的优良传统，充分发挥了"投枪"、"匕首"和"武器"的作用。不论是歌曲、合唱音乐、电影音乐等大众音乐体裁，还是歌剧音乐、舞剧音乐和交响音乐等其他小众音乐体裁，均能"短、平、快"地贴近人民群众，及时、成功、艺术地将党和政府的各项方针政策传达到千家万户，在"文以载道"的同时，也给北京地区的民众和全国人民带来了审美愉悦。

第二节　经典作品评介

一、《义勇军进行曲》（田汉词、聂耳曲）

《义勇军进行曲》是1935年上海电通影片公司拍摄的故事影片《风云儿女》（5月24日在上海金城大戏院首映）的主题曲，由田汉作词、聂耳作曲。由于编剧田汉、夏衍，导演许幸之，演员袁牧之、王人美，作曲家聂耳[①]、贺绿汀等实力派的加盟，影片《风云儿女》上映后立即产生轰动效应。

主题曲《义勇军进行曲》在影片中共出现两次，即在片头和片尾部分。尤其是片尾处，受好友梁质甫牺牲于古北口长城抗战前线的震动与感化，辛白华毅然舍弃安逸生活，拿起武器，高唱这首歌，与阿凤等人奔赴古北口前线，将全剧推向高潮，也鼓舞了当时全国人民抗日救亡的决心。

该主题曲是1935年7月聂耳在日本逝世前完成并寄回国内的乐曲。全曲由七个长短不同的乐句构成，一个四度上行跳进的音程构成"核心音调"，并贯串全曲，使得整首作品浑然一体。特别是起句的"起来"和结尾处的"前进"，都来自于"核心音调"，做到了前后

1935年5月16日，《电通》画报创刊号上刊出《义勇军进行曲》纸面（新华社　提供）

---

① 1932年8月，聂耳离开上海赴北平，直至11月重新回到上海。在北平期间，除了走亲访友，聂耳还师从苏联籍教师托诺夫学习小提琴。

呼应。1935年5月，歌曲被上海百代唱片公司灌制成唱片，使得这首雄壮的进行曲传唱于大江南北。

拍摄影片《风云儿女》之时，南京国民政府还没有公开对日宣战，因而电影在表现号召人民参与抗战方面存在着一定的困难和局限。但《义勇军进行曲》"不仅在很大程度上弥补了影片中由于客观环境所造成的缺陷，而且极其有力地发挥了动员人民抗日的伟大作用"[1]，使得这首歌曲的历史意义已经远远超出电影本身，这应该是英年早逝的作曲家聂耳所没有想到的。

郭沫若曾经评价聂耳是"中国革命之号角，人民解放之鼙鼓也"[2]。仅就这一首《义勇军进行曲》而言，如此的评价无论如何都是不过分的。因为这首歌早已跨越时空，并横亘于历史与未来。1940年，社会活动家刘良模在纽约教著名美国黑人歌唱家罗伯逊用中文演唱这首歌，并于次年共同将中国的抗战歌曲灌制成唱片，宋庆龄等人用英文作序。1944年，马来亚一支抗日队伍将《义勇军进行曲》中的"中华民族"改为"马来亚民族"，作为自己的战歌。

1949年7月7日晚8时，北平20万民众举行纪念七七抗战胜利12周年集会。在隆隆的礼炮声中，全场高唱《义勇军进行曲》，响彻云霄。9月27日，中国人民政治协商会议第一届全体会议决定《义勇军进行曲》为代国歌。后来，此曲被定为国歌。今天，国歌已经成为中华民族同仇敌忾、众志成城的精神象征。

二、《没有共产党就没有新中国》（曹火星词曲）

1943年10月，曹火星[3]和群众剧社战友组成的四人小分队，从

---

[1] 程季华主编：《中国电影发展史（第一卷）》，中国电影出版社1963年版，第386页。
[2] 郭沫若1954年2月为聂耳撰写的墓志铭。
[3] 曹火星（1924—1999），原名曹峙，河北平山人，著名作曲家。1938年参加革命，在晋察冀边区群众剧社工作，此间曾入华北联大文艺学院音乐系学习作曲和指挥。新中国成立后，曾任天津歌舞剧院院长、天津市文化局局长、中国音乐家协会常务理事等职。

晋察冀边区总部河北阜平出发，跋山涉水来到平西霞云岭堂上村。他们平日一边书写抗日标语，组织村文艺宣传队唱歌、排戏，一边搞创作。

当时"霸王鞭"在平西一带很流行，小分队决定用民歌曲调填新词的形式进行宣传。几天时间，队员们填写四首歌，其中两首宣传党的抗日主张，两首批判蒋介石消极抗日；又考虑再创作一首能概括前四首内容的歌。大家认为曹火星脑子活、点子多，一致同意把创作第五首歌的艰巨任务交给他。

针对蒋介石发表的《中国之命运》一书以及书中"没有国民党，就没有中国"的言论，延安《解放日报》发表题为《没有共产党就没有中国》的社论，以强有力的事实给予了驳斥。以此为切入点，曹火星确定了歌曲主题。接连几天，曹火星一有空就一边哼唱一边写写画画，经过反复修改，《没有共产党就没有中国》诞生了。小分队先教儿童团唱，歌词简单，节奏简练，朗朗上口，大家很快就学会了，而且逐渐流传开来。新中国成立后，毛泽东为歌名，也是整首歌复沓咏唱的主题句添了一个"新"字。从此，《没有共产党就没有新中国》这一经典旋律广为流传，经久不衰。

该曲是由十个乐句组成的单乐段，颇有北方民间音乐"句句双"的特征。前两句开门见山、直奔主题——唱出全曲的主旨，通过歌词的反复加以强调，显得直白而质朴。从第七句起，作曲家通过一系列的排比句，以连珠炮式的短句，逐步将全曲推向高潮，好似一个人掰着手指头列举事实，给人以理直气壮、毋庸置疑之感。结尾的两句，以动力再现的方式与开头的两句遥相呼应，再次烘托主题——没有共产党就没有新中国。

《没有共产党就没有新中国》以铿锵有力的节奏和坚定不移的语调，反映出解放区的民众对中国共产党的热爱与拥护之情，并伴随着抗日战争、解放战争和新中国成立等时代步伐，成为一曲时代强音。

三、《歌唱祖国》（王莘词曲）

1949年10月1日，时任天津音乐团团长的王莘[①]参加了开国大典。看到人们喊着口号通过天安门，当时他想：如果写一首歌，让大家唱着走过天安门多好。此后近一年时间，他经常为构思这首歌废寝忘食，仅正式发表的就有六首。但这些歌都未传唱开，他觉得群众不接受就是写得不好。

1950年国庆节前夕，他到北京购买乐器。路过天安门时，看到国旗高高飘扬，令人心潮澎湃。他灵感突现，脱口而出："五星红旗迎风飘扬，胜利歌声多么响亮，歌唱我们亲爱的祖国，从今走向繁荣富强！"由于双手提着乐器，他无法将词曲记录下来，就大声唱着走

王莘（左二）在抗美援朝战场上与战士们在防空洞内排练（新华社 提供）

[①] 王莘（1918—2007），原名王莘耕，江苏无锡人，著名音乐家。青年时期参加抗日救亡歌咏运动，1938年入延安鲁迅艺术学院学习。曾任教于华北联大文艺部音乐系。新中国成立后，曾任天津歌舞剧院院长、天津市音协主席、天津市文联副主席等职务。

向前门火车站。路人诧异，但他浑身热血沸腾。上车后，他撕开香烟盒，在背面开始写起来，在返回天津的旅途中一气呵成。1951年9月15日，《人民日报》刊登了这首歌。从那时起，有华人的地方就有人唱响这首歌。

与20世纪50年代初期其他占主体地位的进行曲风格的群众歌曲一样，《歌唱祖国》以方整的结构、昂扬向上的精神风貌和毛泽东时代特有的豪言壮语，鲜明生动地记载了中华人民共和国成立初期全国人民激情满怀建设新中国的时代掠影。

歌曲的创作，成功借鉴了苏联等社会主义国家革命歌曲的元素，采用较典型的对称、平衡的结构——主、副歌二部曲式，分别由6个乐句，每个乐句4小节，共24小节组成。此种手法融合"进行曲""颂歌"两种截然不同的体裁，亦是通过一定的艺术对比，真实反映出1950年国庆节前夕举国上下一片欢腾的盛况，成为那个难忘时代的心声。直到今天，它仍然被广泛传唱。

四、组歌《红军不怕远征难》（萧华词、晨耕等曲）

1963年8月至1966年2月，中国音乐界、舞蹈界以《光明日报》为主要阵地，展开一场关于"革命化、民族化、群众化"的讨论。此次讨论是在冷静、理性的氛围下进行的，虽然没有取得特别引人瞩目的理论成果，但对当时北京音乐创作产生了一定影响。为纪念红军长征胜利到达陕北30周年，1965年所作的组歌《红军不怕远征难》（以下简称《长征组歌》），就是一个鲜明的例子。

《长征组歌》由萧华将军作词，战友文工团晨耕、唐轲、生茂、遇秋作曲。它通过《告别》《突破封锁线》《遵义会议放光辉》《四渡赤水出奇兵》《飞越大渡河》《过雪山草地》《到吴起镇》《祝捷》《报喜》《大会师》十个部分，以浓烈的民族风格和地方色彩，鲜明的时代气息和富有歌唱性的旋律，以及合唱、乐队、化妆、舞美等多种艺术表现手法，形象地表现了红军长征这一人类历史上的伟大历程。其

北京军区政治部战友文工团演出长征组歌《红军不怕远征难》（戈春江　摄，新华社　提供）

中，《遵义会议放光辉》《四渡赤水出奇兵》《过雪山草地》因旋律的独特、形式的多样和气势的雄浑，尤其受到专业、业余合唱团体的青睐。

在《长征组歌》中，作曲家们有意识地从各少数民族民歌中吸收素材，使得整部组歌从头至尾流淌着甘美的旋律和斑斓的色彩，体现出战友文工团在音乐创作方面达到一个新高峰，成为在某些方面可以与《黄河大合唱》相媲美的一部时代经典。

五、歌剧《江姐》（中国人民解放军空军政治部文工团）

1957年，"新歌剧讨论会"对新歌剧与中国戏曲、西洋歌剧的关系做了较深入的探讨，从理论上解决了歌剧作曲家在创作中常常面临的问题，有力推动了歌剧创作。特别是1959年新中国成立十周年至20世纪60年代初期，一批经典歌剧作品脱颖而出。一时间，"人人争唱《洪湖水》，处处都闻《红梅赞》"。《红梅赞》就是歌剧《江姐》

的主题曲。

歌剧《江姐》由空政文工团根据小说《红岩》改编,阎肃编剧,羊鸣、姜春阳、金砂作曲,1964年首演于北京。为丰富该剧的音乐素材,作曲家们将目光投向川剧、越剧、四川清音、京剧等戏曲音乐,成功地运用戏曲板式变化的手法来创作咏叹调,适时地插入"伴唱"等戏曲常用形式,有力地推动了剧情和音乐向纵深发展。

荡气回肠的主题歌《红梅赞》贯穿全剧音乐,并随剧情的展开而做相应的变化。第七场中,江姐与同志们含泪吟唱的《绣红旗》,清新质朴,恰到好处地展现了江姐视死如归的革命英雄主义气概。诸选段在塑造江姐这个英雄人物的正面舞台形象的同时,更是凭借十足的"川腔川韵"和朗朗上口的旋律,赢得了全国人民的喜爱,成为第二次歌剧高潮的"潮峰",至今令后人难以望其项背。

1964年,歌剧《江姐》剧照(何名泰 摄,新华社 提供)

六、交响诗《嘎达梅林》(辛沪光)

1956年,中央音乐学院作曲系学生辛沪光①(时年23岁)创作了交响诗②《嘎达梅林》。这是她的毕业作,也是成名作。这部作品描述了20世纪20年代蒙古族人民在嘎达梅林率领下与反动的封建王爷、军阀进行斗争的悲壮故事。

这部作品以民歌《嘎达梅林》为基本素材,运用了较自由的奏鸣曲式。乐曲开始由第一小提琴奏出引子,仿佛将人们带入那一望无际的内蒙古大草原。双簧管在隐藏着一种哀痛、辛酸的十六分音符衬托下奏出呈示部的主部主题。该主题是以民歌后半部素材变奏而成,令人似乎感受到奶茶的香甜、草原的气息。主部主题过后立即展开变奏,而后又在三连音构成的织体背景下,进行完整再现。第一小提琴与大提琴一问一答,力度也较前有所增强,弦乐之甘美,得到淋漓尽致的表现。

突然,一个粗暴的减七和弦闯入,使主部主题完全破碎。在长号、大号及大提琴上出现副部第一主题,刻画凶狠专横、飞扬跋扈的封建王爷形象。紧接着,它与第一主题变形交织在一起,在不同调性上做发展变化,表现牧民们与封建王爷的激烈斗争。副部第二主题为民歌的第一句变奏而成,由小号、长号响亮地奏出,充满反抗情绪,颇有"山雨欲来风满楼"的气势。

展开部中小军鼓上奏出的急促的马蹄声与奔腾欢跃的战斗主题,形象地勾勒出一幅蒙古族同胞纷纷拿起枪杆在辽阔的大草原上与敌人浴血奋战的壮丽画卷。展开部的结束与再现部的开始重叠在一起,即再现部是突然闯入的。由于木管声部丰满的三连音的烘托及钢琴声部

---

① 辛沪光(1933—2011),女作曲家,江西万载人。1951年考入中央音乐学院。毕业后,相继任内蒙古歌舞团驻团作曲、内蒙古艺术学校教师、北京歌舞团驻团作曲。代表作有管弦乐《草原组曲》、马头琴协奏曲《草原音诗》、弦乐四重奏《草原小牧民》《剪羊毛》、单簧管独奏《蒙古情歌》《欢乐的那达慕》等。

② 1854年,李斯特在他的《塔索》首演时第一次使用了"交响诗"这个名称。

华彩乐段的加入，由弦乐声部齐奏的主部主题显得更加浩瀚。紧接着，在小号上副部第二主题再次一展其威猛之雄风。随后管乐全奏，惊天动地的乐声将作品推向全曲的高潮。最后，乐队从高音区向下大跳，落在漫长的"C"音上，一记沉闷、不祥的锣声预示着英雄的倒下，战斗的结束。

《嘎达梅林》从再现部进入尾声后，民歌原型由中提琴演奏，先后在第一小提琴、低音弦乐、弦乐、铜管乐上反复了四次，力度也随之增强。当第五次出现时，乐队全奏，原来短小的民歌化作一首悲壮的颂歌，这是草原对苍天的哭泣。至此，乐曲似乎已结束，但作曲家笔锋一转，引进展开部中战斗的主题，象征着勤劳勇敢的蒙古族人民是不可战胜的。

《嘎达梅林》诞生之时又恰逢交响诗这一体裁创立100周年。辛沪光在交响诗的民族化方面做了积极有益的探索；当然，也有不足之处——在音乐语言上受欧洲古典主义、早期浪漫主义及苏联乐派的影响较大，且创作手法还不够丰富。然瑕不掩瑜，这丝毫不能动摇这部盛演不衰的杰作在中国乐坛上之地位。

七、《春节序曲》（李焕之）

20世纪40年代初期"新秧歌运动"后，春节期间党政军民载歌载舞、互致节日问候已然成为革命圣地——延安地区的一项盛大活动。创作于1955—1956年间的《春节组曲》，是作曲家李焕之[①]取材于在延安过春节时的真实生活体验，并于1956年第一届全国音乐周完整演出。

《春节组曲》由《序曲——大秧歌》《情歌》《盘歌》《终曲——

---

① 李焕之（1919—2000），祖籍福建晋江，生于香港。1938年就读于延安鲁迅艺术学院音乐系，结业后留校任教员。解放战争时期，任华北联大文艺学院音乐系主任。新中国成立后，历任中央音乐学院音乐团团长、中央民族乐团团长、中国音乐家协会主席等。代表作还有歌曲《社会主义好》和《第一交响乐——英雄海岛》等。

李焕之在教公社社员学唱他创作的歌曲《巢湖好》（洪克 摄，新华社 提供）

灯会》四个乐章组成，展现陕北根据地军民喜庆春节的欢腾情景，表达作曲家对生活的无比热爱之情，散发着浓郁的泥土芬芳。组曲尤以第一乐章《序曲——大秧歌》最为成功，常被作为一个独立作品演出，又称《春节序曲》。

《春节序曲》是带再现的复三部曲式快板。热烈欢快的引子引出第一部分——锣鼓喧天、明快粗犷的大秧歌音乐。该部分的两个主题，材料来自引子，因而音乐的展开、变奏显得很自然。第二部分是个抒情性的中段，依次在双簧管、大提琴、小号声部上重复的主题来自陕北秧歌中伞头演唱的《二月里来打过春》，连续的切分和方整的结构，使该部分富有动人的歌唱性。第三部分压缩再现第一部分，在热烈的气氛和高涨的情绪中结束。

后来，《春节序曲》在《中国唱片》（1949—1989）"金唱片奖"中获"创作特别奖"，并被改编成民族管弦乐合奏形式，现已成为一首家喻户晓、脍炙人口的中国当代管弦乐作品。

八、交响诗《人民英雄纪念碑》（瞿维）

1958年8月，陈毅元帅在听了由苏联国家交响乐团演奏的肖斯塔科维奇《第十一交响曲》后，向音乐界提出以人民英雄纪念碑的八块浮雕为题材进行交响乐创作的建议。1959年，作曲家瞿维的交响诗《人民英雄纪念碑》创作完成。

这部作品以奏鸣曲式的结构，展现人们在人民英雄纪念碑前缅怀革命先烈时所产生的联翩浮想。作品以抽象的手法、回忆的形式，表达对百年来为革命斗争英勇献身的人民英雄的崇敬之情。

引子部分是个长达四分多钟的庄严的柔板。大提琴和低音提琴首先奏出缓慢、深沉的低音旋律，随后旋律声部转至小提琴、中提琴和木管声部，似是人们在纪念碑前哀悼和沉思。呈示部的主部主题是进行曲，斩钉截铁，表现坚毅果敢。第一小提琴和大管声部之间的卡农式模仿，有力表现了英雄们前仆后继的革命斗争形象。紧随其后的副部是一个富有歌唱性的抒情主题，带有陕北、山西民歌的因素，通过圆号和大提琴声部的舒展演绎，形象表现英雄的崇高理想、宽广胸怀和赤子之情。

展开部主要通过主部主题的展开，在节奏、调性、力度等方面做动感的对比、变化和发展，使原先的主部主题变得更加锐不可当、威风凛凛，塑造出英雄穿梭于枪林弹雨中的艺术形象。在定音鼓的背景中，圆号声部交相辉映，逐步将展开部推向高潮，似是在听众面前展开一幅波澜壮阔的革命斗争画卷。进入高潮后，小号和长号用悲壮的音调，坚定地吹出经过变异处理的副部主题，极具悲剧色彩。短暂的休止后，一个特强长音的闯入，象征着英雄英勇牺牲。展开部之后的插部，是一曲令人揪心的挽歌，持续下行的音型和紧密相伴的定音鼓，似是英雄的战友们的悲痛心情。

再现部是一个省略主部的单独再现。首先听到的是长笛奏出的副部主题。长笛的温暖音色，将人们从过去的回忆又拉回到现实中来。

音乐在不断上涨的情绪中进入全曲的尾声。似乎是为了弥补再现部的单独再现的遗憾,尾声主要是展开了主部主题。在弦乐和木管的衬托下,原先的进行曲风格的主部主题此时转化为一曲由铜管声部奏出的辉煌、绚丽的节庆颂歌。尤其是不断拉宽的节奏,让人不禁联想到天安门广场上人民群众庆祝胜利的欢呼的海洋,表现出人们对革命英雄的礼赞——"人民英雄永垂不朽!"

九、《第二交响曲》(马思聪)

1958年秋,马思聪开始创作《第二交响曲》,1959年5月完成,1961年7月由他本人指挥中央乐团首演于北京。这部当年罕见的"无标题"作品,构思时受毛泽东的词《忆秦娥·娄山关》影响,以红军艰苦卓绝的革命斗争为题材,用三个奏鸣式乐章形象刻画了红军战士形象。

与传统意义上的交响曲不同,作曲家一反常规地将庄重伤感的第二乐章直接插到紧张激动的第一乐章的展开部与再现部之间,使得第二乐章成为第一乐章展开部中的一个大插部。如此谋篇布局,作曲家完全是根据作品题材需要,用如此结构来表现——红军战士在对死难战友哀悼之后,擦干身上的血迹又重新投入激烈的战斗中。

马思聪在中央乐团举办的"星期音乐会"上,演奏他自己创作的《F大调第一提琴协奏曲》(吴化学 摄,新华社 提供)

第一乐章以"激动的快板"、12/8节拍和C弗里吉亚调式,表现红军与敌人之间惨烈斗争的场面。主部(1~71小节)主题开门见山地亮相,在大提琴等弦乐低声部上奏出的三连音音型和大管声部向上级进行走的旋律,瞬间就将听众带入弥漫着硝烟的战争情景，令人不禁联想起"西风烈，长空雁叫霜晨月。霜晨月，马蹄声碎，喇叭声咽"。随着主部主题的发展，乐曲的声部、力度、和声、音域和织体逐步变得越来越大、越强、越厚，将乐曲中的战争气氛推向高潮。

在紧随其后的连接部中，低声部上开始出现副部主题的动机雏形，随后副部主题动机的节奏也愈加明朗化，直至在主部主题的背景上完整出现副部主题。在主部主题的音型衬托之下，单簧管和双簧管奏出副部主题（72小节）。该主题素材来自于陕北民歌《天心顺》的音调，通过作曲家的艺术加工，更加适宜做"交响化"的展开。进入展开部（106～175小节）后，在弦乐声部奏出的主部主题的牵引下，副部主题以各种面貌的变形穿插于描绘战斗场面的主部音型之中，忽长忽短，或与主部音型对立，或与其融合，表现出铁流滚滚向前的浩荡。

就在战争气氛空前紧张之时，音乐突然转入有着显著情绪对比的第二乐章。第二乐章是描写对革命战士的沉痛哀悼的，作曲家采用了"庄严的柔板"。四小节徐缓引子的沉重节奏、不断下行的音型，奠定了该乐章的哀伤氛围。主部主题（180小节）由两把大提琴E弗里吉亚调式的旋律，表达对先烈的崇敬之情。同样伤感的四小节引子，引出葬礼式的由双簧管、小号演奏的副部主题（204～222小节），充满对革命同志的怀念。

到达展开部后（223～303小节），主部和副部主题陆续进行变奏发展，并由原先的伤痛情绪转化为坚定和激动。此外，副部引子中的哀伤因素亦始终贯穿于展开部。再现部是主部动机的浓缩再现，小提琴上歌唱性的回忆很快将整个乐曲带回至第一乐章的再现部。该部分其实是第一乐章呈示部的动力再现。其中，主部主题营造的战斗形象更加惨烈，副部主题塑造的红军战士形象更加雄壮、丰满。进入高潮后，所有弦乐声部演奏沸腾的颤音走句，铜管乐声部以模仿复调的手法吹出象征红军战士的副部动机，并伴以多调性堆叠和四度叠置和弦的色彩渲染，表现排山倒海的战斗场面。随着音乐情绪的趋于平缓，象征着红军形象的主题独自以乐队全奏的形式亮相,并在嘹亮而欢快的号角声中引出末乐章。

第三乐章"快板",是着重刻画胜利欢庆的多主题乐章。主部的第一主题(496~540小节)热烈欢快,与第一乐章的副部主题有关联。第二主题(541~585小节)活泼诙谐,带有明显的军乐特点。而副部(586~605小节)主题则用弦乐上连续附点音符的节奏背景和带强休止的木管声部奏出的旋律,使得音乐充满动感十足的舞蹈性。经历短暂的展开部后,主部、副部主题的动力再现及其各自的第二次再现后,此乐章越发地具有回旋曲式的特征。然而,似乎意犹未尽的高涨情绪,在呼唤着一个气势宏大的尾声出现。这个由圆号声部奏出的进行曲风格的新主题(844小节),与主部、副部主题密切相连,标志着人民军队在烽火岁月中的茁壮成长。最终,全曲在胜利的欢腾气氛和明亮的进军号角声中结束。

《第二交响曲》是马思聪的第一部革命历史题材的作品,也是这一时期难得的一部尽量用"交响思维"来表情达意的交响乐作品,更是一部成熟的中国交响乐作品。尽管还存在着那个时代固有的一些创作模式,但直至今日它在中国交响音乐史上仍具有显著地位和深远影响。

十、《第二交响曲——抗日战争》(王云阶)

1959年,为庆祝新中国成立十周年,作曲家王云阶创作了《第二交响曲——抗日战争》。这部多乐章交响套曲,通过《抗战》《回忆》《到敌人后方去》《欢庆胜利》四个乐章,生动形象地展现了广大军民在中国共产党的领导下,万众一心坚持抗战并最终夺取胜利的波澜壮阔的画卷。

和同时期诸多革命历史题材的交响乐作品一样,《第二交响曲——抗日战争》的最显著特点,是采用革命历史歌曲作为各乐章的主题或素材,使作品主旋律的主旨和情感的质朴显得尤为突出,同时也使这部标题音乐作品成为一部雅俗共赏的交响曲。

第一乐章《抗战》，是四个乐章中影响最大的一个乐章。首先出现的是弦乐声部上斩钉截铁、充满战斗性的主部主题，该主题和另两个前进性的插段，共同塑造了中国抗日军民浴血奋战的群雕形象。紧接着，弦乐声部出现凄婉、激愤的副部主题，似是对日本侵略者的控诉。该主题的音调来自中国北方曲艺中的"四平调"，浓烈的戏曲韵味在这里表现得淋漓尽致。随后，该主题继续在双簧管和长笛上游移，二者一唱一和，好似两个人在互诉衷肠。

王云阶和夫人李真蕙在音乐声中共度50年金婚（新华社　提供）

进入展开部后，乐曲以主部主题为素材进一步展开。首先，主部主题在弦乐各声部之间形成一个赋格段，将原来主部主题中的战斗性转化成一种众志成城的力量，尤其是铜管声部上演奏的发展片段，显示出中国人民是不可战胜的。随后，铜管上出现了革命歌曲《没有共产党就没有新中国》的前八小节，由此推向乐章的高潮，并点出作品主旨——没有共产党的领导，就没有抗日战争的伟大胜利。

再现部中，主部主题和副部主题相继在弦乐声部上再次亮相。特别是进入尾声后，在主部主题做短暂的发展后，铜管上再次出现歌曲《没有共产党就没有新中国》的音调，虽只是歌曲的前四小节，但音乐向前推动的张力更加不可阻挡。最后，该乐章在乐队的全奏声中结束。

第二乐章《回忆》，是个如歌的慢板乐章。"为了不把这一乐章排作第一乐章，而排作第二乐章。这样一个乐章的性质，实际上好像文学艺术中常用的回忆手法，是回忆性质的。这样的处理，主要是起反衬和推动正面形象的全面发展的作用。"[①] 乐章深沉的歌唱性，至中部被杀气腾腾的小军鼓的鼓点声打破，随之而来的是小号上奏出的日本军歌《爆发点卢沟桥》，形象刻画了日本侵略者的嚣张气焰。紧接着，独奏小提琴断续奏出歌曲《松花江上》，并引出乐队的完整演奏，描绘了祖国山河破碎、人民背井离乡的苦难。

第三乐章《到敌人后方去》，以冼星海同名歌曲的曲调作主题加以变奏并发展而成，有力展现了敌后抗日武装神出鬼没的革命英雄形象。与原歌曲不同的是，歌曲《到敌人后方去》是首雄壮的进行曲，而该乐章是快速、诙谐的、6/8拍的器乐合奏曲。乐章开始处，小军鼓的急促鼓点引出独奏小号完整奏出歌曲原型，紧接着双簧管对歌曲做不完整再现，随后乐队全奏该歌曲并做进一步展开……

第四乐章《欢庆胜利》，一改前几个乐章的特点，表现人民群众在取得抗战胜利后的欢快。简短的锣鼓声后，乐队奏出源自秧歌曲调的第一主题，音乐欢腾跳跃，热闹喜庆。弦乐声部奏出抒情、歌唱性的第二主题，与第一主题形成速度、力度、色彩和情绪的对比，从另一侧面反映人们难以掩饰的喜悦之情。进入中部后，铜管声部奏出《义勇军进行曲》部分曲调，似在提醒人们勿忘革命先烈。尾声中，和第一乐章一样，铜管声部奏出歌曲《没有共产党就没有新中国》的前八小节，节奏的拉宽和铜管辉煌的音色，将该乐章推向高潮并结束全曲。

《第二交响曲——抗日战争》采用多首革命历史歌曲作为相关乐章的主题或素材，为该曲的平易近人、为当时中国交响音乐的革命化、群众化打下基础，但也在某种程度上留下公式化、概念化的痕迹。

---

① 王云阶：《谈交响音乐中的音乐形象和矛盾冲突》，《人民音乐》1961年第5期，第9页。

十一、电影音乐《柳堡的故事》（高如星）

1957年，由解放军八一厂摄制的《柳堡的故事》，在用音乐推动影片故事情节发展上取得较大成功。影片音乐由主题歌《九九艳阳天》、插曲《太阳出来红一点》和其他器乐部分组成。其中，音乐由作曲家高如星创作完成。一曲《九九艳阳天》撑起了影片的故事框架，也奠定了他在中国电影音乐史上的地位。

主题歌《九九艳阳天》是一首爱情题材的抒情歌曲，刊载于《歌曲》1958年第2期。词作者胡石言、黄宗江充分考虑到通俗民间文学的语言影响，四段歌词的首句都一样："九九（那个）艳阳天来哟，十八岁的哥哥（呀）"，使歌曲比较符合中国民歌的格律，不需要旋律，就已经具备民歌风韵。歌词中的"十八岁的哥哥"和"小英莲"的设计，为音乐创作留下对唱、合唱的丰富空间。同时，四段歌词在感情表达上的连续性，使作品具有叙事歌曲的特点。

作曲家巧妙抓住中国民歌的特点，使该歌曲成为一首具备江南民歌特点的情歌。首先，全曲的音域适中，跨度没超出十一度，除作为经过音的B音外，旋律基本上是按五声音阶作级进上、下行，很少有大跳。这样，作品比较容易上口，尤其利于受众流传。其次，曲首是一个活泼的切分音，从歌曲开始处就明确了该曲的轻快、明晰的风格。再次，曲中多次出现跑动的十六分音符和波音式的音型，增添了旋律的甘美和婉转，也比较适合表现片中一对恋人之间"欲言又止"的那种朦胧的爱慕之情。尤其第十四小节第二拍后半拍上出现的E、B两个四度下行的十六分音符，更是加强了这首情歌的柔情蜜意，令人回味无穷。

该主题歌在影片中已远远超出一首歌曲的作用，更像是一条音乐的线索，贯穿于全剧，逐步揭示剧中人物相爱之情的细微变化，推动故事情节向纵深发展。该歌曲在影片中前后共出现四次。第一次，出现在部队入驻柳堡后，由李进领唱，交代爱情故事发生的时空环境。第二次，出现在男女主人公已经产生爱慕之情后，二妹子在为部队战士洗衣服时情不自禁地唱起这首歌。第三次，出现在部队准备南下大反攻时，李进的战友马小宝唱起这首歌。第四次，出现在影片结尾处，即抗战胜利后，李进和二妹子这对有情人终得团聚，此处以女声领唱加合唱的画外音方式唱出这首歌，将全剧推向高潮。此外，歌曲《太阳出来红一点》作为影片中男女主人公初识后的一个特定场景的插曲，结构非常短小精湛，但却从一个侧面树立了男主人公李进年轻、富有朝气的鲜明形象，适度地衬托了主题歌的结构力的作用。

与主题歌相比，影片的器乐部分显得较为薄弱。由于主题歌《九九艳阳天》担负影片叙述者的角色，因此该片器乐部分很自然地采用了"华彩变奏"的手法，也就是说，是在主题歌的基础之上做了加花、装饰和发展。如此"华彩变奏"，使得器乐与歌曲相辅相成，显得该片音乐浑然一体。

十二、舞剧《红色娘子军》（吴祖强、杜鸣心等）

1964年，为庆祝新中国成立15周年，在周恩来的亲自关怀下，芭蕾舞剧《红色娘子军》诞生。该舞剧是中国舞剧团（今中央芭蕾舞团）推出的经典作品，由作曲家吴祖强、杜鸣心、王燕樵、施万春、戴宏威任音乐创作，李承祥、蒋祖慧、王希贤任编导。同年9月，在北京天桥剧场首演，主要演员为白淑湘等。

该剧是新中国第一部反映革命历史题材的芭蕾舞剧。它表现了土地革命战争时期海南岛一支由妇女组成的红军连队，在共产党的领导下与当地国民党反动武装及土豪劣绅斗争的故事。舞剧成功地塑造了贫农女儿琼花、党代表洪常青等人物的英雄形象。

作为当时音乐舞蹈革命化、民族化和群众化探索的成功代表作品之一，该舞剧音乐在乐队编制上做了有意识的安排——在双管制西洋交响乐队的基础上，加入一套中国打击乐和琵琶、柳琴、大三弦、中阮几件民族乐器，取得不俗的艺术效果。

该舞剧音乐自始至终贯穿着三个主要音乐主题（时称"主调音

乐")。一是娘子军连队的主题。该主题是根据黄准创作的同名电影插曲《娘子军连歌》改编的,威武雄壮,意气风发,典型的军旅队列歌曲风格,表现了娘子军女战士们的巾帼豪情。这是全剧的核心主题,在舞剧中多次出现,并加以发展变化。二是琼花的主题。该主题素材源自海南黎族民间音乐,羽调式风格,旋律甘美,速度较自由,音乐中间的停顿和同音反复,表现琼花坚定的反抗精神。该主题性格鲜明,随着剧情深入,音乐获得丰富的扩展空间。三是洪常青的主题。与琼花的主题相反,该主题建立在大调上,坚毅果断、深情宽广,透露出革命英雄人物顶天立地的豪迈气概。当洪常青怒斥南霸天凛然就义时,该主题和《国际歌》音乐将全剧音乐推向高潮。

舞剧中还有一些"性格舞"的音乐,对上述主题音乐起到很好的补充作用,塑造了不同性格群体的音乐形象。比如特性舞曲《快乐的女战士》,音调上汲取海南黎族音乐的特点,通过轻快而流畅的旋律、欢愉而有弹性的节奏,有力地塑造了女红军战士朝气蓬勃、英姿飒爽

1993年,"20世纪华人音乐经典"获奖者们(右起:作曲家吴祖强、徐沛东、杜鸣心、郑秋风)(杨飞 摄,新华社 提供)

的形象。

2004年人民音乐出版社出版了《〈红色娘子军〉音乐会组曲》管弦乐总谱。这是该舞剧音乐作者应中国交响乐团之约，将原舞剧音乐重新改编为专门供大型西洋交响乐队演奏的音乐会组曲。相比于原来基本上是舞剧音乐全部的组曲版本，这一版音乐会组曲将三个性格鲜明的音乐主题和部分色彩丰富、旋律如歌的"特性舞曲"囊括其中，由中国交响乐团录制。具体曲目为：1．序曲；2．琼花独舞；3．娘子军操练舞；4．赤卫队员五寸刀舞；5．琼花独舞及场景；6．黎族少女舞；7．快乐的女战士；8．军民联欢；9．常青就义。

舞剧《〈红色娘子军〉组曲》根据芭蕾舞剧《红色娘子军》的音乐改编而成，有多个版本。它和母体（舞剧音乐）一样，尽管受当时文艺思潮影响，不可避免地打上时代烙印，但仍旧是一部相当出色的红色经典音乐作品。该剧音乐被评为"20世纪华人音乐经典"。

十三、钢琴协奏曲《黄河》（殷承宗等）

"文化大革命"中，作为西方舶来品的交响乐创作遭遇到史无前例的破坏，几乎无人敢问津这个本可以让作曲家大显身手的音乐创作领域。然而，几位智慧的中国音乐家们经过苦思冥想之后，终于实现了突破。这就是1969年创作、1970年在人民大会堂小礼堂首演的钢琴协奏曲《黄河》。

钢琴协奏曲《黄河》，由殷承宗、刘庄、储望华、盛礼洪、石叔诚、许斐星等根据冼星海的同名大合唱改编。它以《黄河船夫曲》《黄河颂》《黄河愤》《保卫黄河》四个乐章组成。由于人们对带有歌词的原合唱很熟悉，所以欣赏这首协奏曲比较容易。

为体现民族风格，诸位作曲家们煞费苦心。第三乐章《黄河愤》中，原合唱版《黄水谣》钢琴部分的伴奏音型改写为双手模仿古筝刮奏、摇指的音型，并在该乐章开始处加入一支竹笛，以期将听众的思绪牵引至革命圣地——延安。在第四乐章《保卫黄河》中，加入一支琵琶曲，力图通过琵琶"武曲"长于描绘杀伐之气来勾勒出"端起了土枪洋枪，挥动着大刀长矛"之战斗画面。该曲还适度地处理了钢琴和乐队之间的关系，成功地借鉴了欧洲浪漫主义钢琴协奏曲的写作技巧，赋予原合唱所没有的交响性色彩，再现原合唱所力图表现的中华民族之伟大与坚强。

  同时期，协奏曲还有琵琶协奏曲《草原小姐妹》（吴祖强、王燕樵、刘德海曲）、第二交响曲《忠魂篇》（李序曲）和钢琴协奏曲《南海儿女》（储望华、朱工一曲）。相比之下，这首钢琴协奏曲《黄河》的影响是最大的。有人曾这样评价："如果说'十年浩劫'是交响音乐的漫漫黑夜，《黄河》则是那黑夜中的一盏灯火。"[①]当然，由于时代的原因，它也不可避免地被打上了那个时代的烙印。

[①] 梁茂春：《中国当代音乐1949—1989》，北京广播学院出版社1993年版，第179页。

第五章

北京红色美术

北京红色美术以"为人民服务，为社会主义服务"的文艺方针为指导，整体上遵循现实主义创作原则，积极关注现实生活和民族命运，具有独特的视觉形象魅力、强烈的情感导引功能、深刻的人文教育价值。其门类众多，主要以中国画、油画、版画、雕塑、年画、连环画、宣传画等美术创作为主；其表现途径各异，有的忠实反映历史原貌，有的借物抒情表达感怀，有的以西融中坚守传统，有的探索创新另辟蹊径。以《开国大典》《人民英雄纪念碑底座浮雕》《祖国万岁》《万山红遍》等为代表的艺术作品，形象生动、深入准确地展现了中国革命历史场景与社会现实生活。

第一节　概述

一、近现代中国历史语境与红色美术起源

（一）普罗艺术与京派美术社团出现

鸦片战争以来，中华民族反帝反封建、救亡图存的历史进程，深刻影响了20世纪中国美术的选择和走向，奠定了中国近现代美术创作的发展基调。五四运动以后，国家、民族意识空前高涨，俄国十月革命后马克思主义文艺理论开始在中国传播。传统派与革新派、学院派与现代派、"为艺术的艺术"和为大众的普罗艺术①等思潮流派互相激荡。1930年7月，中国左翼美术家联盟成立，大众美术、普罗美术、"走向十字街头的美术"成为这一时期讨论革命与文艺关系的主题。

五四运动后，中国工人阶级登上历史舞台，北京美术界纷纷成立画会与社团，推动美术思想传播。从中国画学研究会、北大画法研究会，到以《新青年》杂志为阵地，陈独秀和吕澂②举起"美术革命"的旗帜，都从不同角度推进和改变了旧有画坛格局。与此同时，"京派"美术应运而生，带动了近代北京地域文化艺术的独立发展。

20世纪20年代，北京较为活跃的美术社团中，林风眠③主持的国

---

① 普罗艺术指以当时劳苦大众生活为题材的艺术作品的统称。普罗艺术遵循现实主义艺术创作原则，强调艺术为政治服务，艺术是政治经济的产物，成为当时的主流艺术潮流。

② 吕澂（1896—1989），原名吕渭，字秋逸，江苏丹阳人，现代佛学家、美术理论家。曾就读于常州高等实业学校、南京民国大学和金陵刻经处设立的研究部。1915年留学日本，回国后任上海美术专科学校教务长，著有《美学概论》《美学浅说》《现代美学思潮》《西洋美术史》《色彩学纲要》等。

③ 林风眠（1900—1991），字凤鸣，后改风眠，广东梅县人，画家、美术教育家。1919年参加勤工俭学赴法留学，入读法国第戎美术学院、巴黎高等美术学院。历任国立北京艺术专门学校校长、国立艺术院院长、中国美术家协会常务理事及上海分会副主席、主席，代表作品有《春晴》《江畔》《仕女》等。

立北京艺专时期的形艺社、艺光社、红叶画社、西洋画社、一五画社、糊涂画社、漫画社等活动十分频繁。1921年，由吴法鼎、李毅士、王悦之、夏伯鸣、章启等人发起成立西画社团——阿博洛学会，这些青年艺术家大多是留学归来的北京美专教师，创办社团的目的是为有志于从事艺术而未能进入美术学校的青年，提供辅导和交流的机会。他们通过举办会员作品展览，开办美术学习班等活动为中小学美术教员和业余美术爱好者讲授新美术知识，产生广泛影响。继该学会之后，1924年，王子云[①]发起红叶画会，以"革新美术，鼓动新艺术"为宗旨，举办美术展览等活动。胡蛮[②]则在20世纪30年代初期发起多个带有左翼文化思想倾向的社团，如北平普罗画工同盟、世界艺术学会、北平左翼美术家联盟等。北平左翼美术家联盟的成员多来自原世界艺术学会，成员有梁以俅、王肇民、李苦禅、罗展卿、徐火、王代之、杨澹生、沈福文、汪占非等，还包括九一八事变后从东北流亡到北平的国立北平艺专学生张仃。据叶浅予[③]说，"张仃在抗日战争前夕，和上海的漫画刊物取得联系，发表了大量针对反动政策的讽刺画，显示了这位漫画青年的政治敏感和造型才能，很快成为漫画界中坚力量"。

20世纪二三十年代的北京画坛，中国画的发展更具代表性。在

---

① 王子云（1897—1990），原名青路，字子云，江苏徐州萧县人，中国新美术运动的倡导者和参加者，中国美术考古学派的先驱，早年毕业于国立北京美术学校，后留法进入巴黎高等美术学院学习。回国后组建中国第一支艺术考古队西北艺术文物考察团并任团长，对中国古代美术遗迹进行长年考察研究，著有《中国雕塑艺术史》《中外美术考古游记》等。

② 胡蛮（1904—1986），原名王毓鸿，又名王钧初，笔名胡蛮，河南扶沟县人，著名画家、美术理论家。1929年毕业于国立北平艺专，曾赴苏联列宁城艺术学院油画系学习。1932年在莫斯科加入中国共产党。曾任国际革命美术家同盟执行委员会委员。回国后任教于延安鲁迅艺术学院美术系，论著有《中国美术史》《论神及其他》等。

③ 叶浅予（1907—1995），浙江桐庐人，中国近现代美术史上杰出的画家、美术教育家，曾任中央美术学院中国画系主任、中国美术家协会副主席，擅长以舞蹈、戏剧人物为主的国画创作，同时也是中国漫画和生活速写的奠基人。曾为茅盾小说《子夜》、老舍剧本《茶馆》等书插图，创作长篇漫画《王先生》《小陈留京外史》，中国画《北平解放》，等等。

提倡关注社会、推进新国画运动的国画社团中，最具影响力的是1926年由赵望云①、李苦禅、王森然等创立的吼虹艺术社。赵望云曾就读于京华美专和国立北平艺专，在艺术家应当"走出象牙塔"，"走向十字街头"的口号鼓舞下，1927年与侯子步、李苦禅、张伯武在中山公园水榭举办联合画展，展出《贫与病》《拓荒者》《疲劳》《厂笛》等描绘劳动人民生活题材的美术作品。事实上，赵望云和李苦禅合办吼虹艺术社的目的，也在于提倡新国画运动。1933年以后他先后赴冀南农村、陇海路沿线、塞上、长城诸口等地写生，出版写生集两集，在画坛及社会产生广泛影响，再版至数万册。爱国将军冯玉祥在序言中赞叹"他这种作为，才算真正尽着'大众时代'艺术的任务"，并认为"唯有描写劳苦大众实际的生活才是现代的任务，也唯有唤醒他们社会意识，奋起斗争，才能复地雪耻，挽救中华民族的沦亡"。

面对民族危亡与民众苦难，画家们纷纷拿起画笔。1937年7月3日，叶浅予、苏世、王青芳等为反对日本侵华，在中山公园春明馆举办北平第一届漫画展览会。几天后，卢沟桥事变爆发，画展草草结束，展品皆尽销毁，只有部分作品发表于当时《实报半月刊》第42期之《北平第一届漫画展览会特辑》上。"这次画展主要内容之一是揭露日本帝国主义侵华阴谋，暴露当时在受日操纵的伪冀察政务委员会统治之下，那帮汉奸走狗卖国求荣的各种丑恶嘴脸。""在当时的历史条件下，它起到了鼓舞群众，宣传抗日，打击日寇和汉奸的作用。"②

---

① 赵望云（1906—1977），河北束鹿（今辛集东南）人，早年与王森然、李苦禅等组织吼虹艺术社，1937年创办《抗战画刊》。擅长山水、人物，创作面向生活，画风于质朴厚重中蕴含秀雅，尤长于表现陕北山水和各族人民的劳动生活，为"长安画派"的开创画家之一。曾任西北军政委员会文化部文物处处长、中国美术家协会常务理事、陕西省美术家协会首任主席。

② 原文题目为《忆七·七前夕北平的一次漫画展》，初载于1982年7月《学习与研究》，现已收入《张启仁传》。

(二)新兴木刻运动与30年代北平地区的左翼美术活动

20世纪上半叶中日之间民族矛盾逐渐上升为主要矛盾,救亡图存的民族意识使写实主义美术创作兴起,左翼和革命美术得到空前发展。

"当革命时,版画之用最广,虽极匆忙,顷刻能办。"新兴木刻从诞生那天起,便和中华民族的解放事业紧密相关,与广大人民群众的命运血肉相连,它是中国革命文艺的一个重要组成部分,在思想教育战线上发挥了巨大作用。鲁迅对左翼木刻版画的倡导为革命美术发展培养了人才。1912年,鲁迅在北京做《美术略论》演讲。1929年起相继编辑出版《近代木刻选集》和《艺苑朝华》,此后又编辑出版了《梅斐尔德木刻士敏土之图》《引玉集》《凯绥·珂勒惠支版画选集》《苏联版画集》等画册,为普及版画艺术做出重要贡献。此外,他还编印《木刻纪程(一)》总结中国青年木刻家成绩。

随着中国新兴木刻版画运动兴起,木刻创作在北平美术创作领域占据重要位置,体现为一些木刻艺术社团的兴起。这一时期北平地区具有代表性的木刻团体,有1932年成立的北平木刻研究会,由国立北平艺专学生王肇民、杨澹生、沈福文、汪占非等发起,他们原是国立杭州艺专的学生,因参加杭州一八艺社被开除,在北平艺文中学美术教员、木刻家王青芳帮助下,转学到北平。1933年4月他们在艺文中学举办"北平·上海木刻作品联展"。1934年夏天,北平、天津木刻青年发起成立平津木刻研究会,金肇野任会长、许仓音(蔡思诚)、唐可、段干青、杨叙才、李捷克、周涛、董化羽等人参加,是左翼美术运动在北方的联络基点,曾借位于地安门冰窖胡同的司徒乔画室南屋为临时地址。该研究会成立后,在艺文中学举办平津木刻展览会,在北平、天津两地举办木刻讲座,普及木刻创作技法。1935年,他们在太庙(今劳动人民文化宫)举办全国木刻联合展览会,展出了李桦、黄新波、罗清桢、张慧等全国各地木刻家的优秀作品,连同古代木刻版画、民间木版年画及鲁迅编选的外国版画作品《引玉集》等一同展出。这一展览得到广大观众关注与好评，仅首日参观人数就达千人之多，之后又在天津、保定、济南、太原、汉口、上海、广州、南京等地巡展，形成以北平为中心、播散全国各地的木刻艺术热潮。

二、抗日战争和解放战争时期的北平红色美术

在毛泽东《在延安文艺座谈会上的讲话》精神指引下，木刻创作获得质的飞跃，扭转了旧时代美术作品主要表现王公贵族、士大夫等形象的特点，劳动人民成为画面主人公。

为适应战时需要，鲁艺先后派出鲁艺木刻工作团、鲁艺文艺工作团等赴前线或敌后开展工作，因其"顷刻能办"的特点，木刻与漫画成为鲁艺最重要的创作方式。1944年春，鲁艺与延安大学合并，1945年撤离延安时，鲁艺美术系一部分人员组成华北文艺工作团，艾青任团长、江丰任支部书记，前往华北地区，并在1948年合并为华北大学文学院美术系，后与国立北平艺专合并组建中央美术学院。平冀地区的美术工作主要有两个方面：一是加强对部队的教育，二是向新解放区劳动人民宣传解放军的方针政策。根据工作重点，一部分美术工作者被安排到前线开展工作，另一部分人员到地方参加农村土改。

1938—1945年，在北平新成立的美术社团仍以中国画界为多。如由侯子符、蒋兆和、王青芳、李苦禅等参与的艺术研究社；杨淑贞、萧重华等组成的绮春社；张其翼、陆鸿年等组成的竹社；唐云汉、陈士杰、侯少君等组成的端午画会；张汉存、黄奇南、李苦禅等创办的艺术研究室；陈临山、齐良迟组建的初夏画社；陆鸿年、陈志农、刘凌沧组成的东兴画社等。西洋画方面，1941年卫天霖发起成立中国油画会，郭柏川组织中国新兴美术会等。

这一时期，在北平红色美术创作领域最活跃的画种是漫画。1938年，中国漫画家成立黑白漫画协会，由王野农任会长，陈震、王青芳、张振仕、穆家麒等人参与；1941年成立的北平漫画社、1943年成立的华北漫画协会等，都在当时产生重要影响。

美术教育方面，国立北平艺专在美术创作技法与观念的引导方面起到重要作用。1946年初，徐悲鸿北上出任国立北平艺专校长，途经上海时在郭沫若家里与周恩来相会，周恩来鼓励他，并希望他把北平艺专办好，为人民培养一批有能力的美术工作者。得到周恩来鼓励，徐悲鸿信心满满，后来在给吴作人的信中写道："我打算办一所左的学校，至于教务长一职非弟莫属。"这种明确的思想倾向，使他在上任校长后，首先将日伪时期被开除的进步学生学籍恢复，将原有教员中落水失节或无真才实学者一律停聘。在师资选择上，徐悲鸿在四川筹建的研究机构"中国美术学院"中大部分研究员，如冯法祀、艾中信、李瑞年、孙宗慰、宋步云、文金扬、宗其香等都进入北平艺专任教，另加入当时较为年轻的李斛、戴泽、韦启美、梁玉龙等。此外，20世纪30年代新兴版画运动的积极参与者、曾受鲁迅亲自指导的木刻家李桦，原在北平的画家李苦禅、田世光、蒋兆和等都被徐悲鸿邀请任教。

1947年，以"反饥饿、反内战、反迫害"为口号的五二〇学生爱国运动爆发，国立北平艺专教师高庄（沈士庄）、冯法祀、李宗津与艺专学生也加入了游行队伍。示威运动之后，国民党当局坚持开除参加游行的艺专师生，徐悲鸿出面力保，除高庄到解放区以外，其他教师得以在艺专任教。[①]国立北平艺专师生投身于爱国民主运动当中，在斗争中得到锻炼，为新中国成立后建立中央美术学院储备了红色美术创作人才。

三、新中国成立后17年的北京红色美术

（一）改造北京新国画

近现代中国的民族危难、救亡图强的民族意志，决定了新中国北

---

① 侯一民：《我的老校长》，徐悲鸿纪念馆编：《徐悲鸿诞辰九十周年纪念文集》，1985年印行。

京红色美术创作的主要题材与价值取向。20世纪上半叶，受俄国十月革命和五四运动影响，文艺精英提出"走出象牙塔"，"走向十字街头"，充分实践了毛泽东《在延安文艺座谈会上的讲话》所强调的艺术创作立场，增强了新政权的建立对中国知识分子的鼓舞与激发，丰富了"人民的新文艺"的新内涵。

新中国的诞生，深刻影响了文艺的发展。主题性中国画的创作，在很长一段时间里面临着双重转换。第一重转换体现为延展与改造，即形式风格上从文人画传统主线的延续，到以写实改造中国画现代形态的转变；题材内容上从人物形象与衣饰的古典题材，到现代重大历史与现实题材的转变。第二重转换则体现为传递与变异，即新中国成立后富有时代性与意识形态性的内部改造，到融合西方艺术样式风格的外部整合。前者发生于中国画创作的本体层面，主要是对于笔墨与造型的理解和重构与线条的形式转换等，具体表现在中国画写生的问题；后者渗透于社会文化层面，主要呈现为主题性绘画与不同时代价值观的关联。

新中国成立以后，红色美术题材成为美术界的创作主线，美术作品中蕴含的阶级性和时代性，也为此时红色美术增添了新内涵，显现出空前强烈的时代精神。这一现象不仅体现在美术作品所表现的题材上，更渗透于美术创作各画种画科与画理画法的本体层面。新中国成立后的17年时间，在"文艺服务于政治"的要求下，伴随绘画创作高产同时出现的是美术思潮的活跃，此间北京中国画坛围绕"国画"的名称与分科、"新国画"的改造、中国画的民族形式，以及笔墨与创新等问题，展开新一轮讨论。

传统中国画的改造，伴随共和国新政权的建立而开始，一系列讨论与创作的开展，使这一艺术改造的进程与社会改造的脉搏同频共振。1949年4月，《人民日报》组织开展"国画讨论"；1950年，《人民美术》创刊号发表专题文章，讨论中国画问题。1949年4月，中山公园举行新国画展览会，集中展示了北平画坛80余位中国画画家改造中国画的最初成果。此后，徐悲鸿创作了《在世界和平大会上听到南京解放的消息》，这些作品，是认识中国画主题创作早期状况不可缺少的内容。

以蒋兆和、李斛、宗其香等画家为代表的写实水墨人物画，在素描与笔墨或彩墨的融合方面积极探索，在题材上进一步贴近现实社会。蒋兆和的《把学习成绩告诉志愿军叔叔》、姜燕的《考考妈妈》、汤文选的《婆媳上冬学》、李斛的《女民警》等作品，在题材和表现手法上都有新的拓展，在人物形象的塑造上将素描的明暗光影和中国画传统笔质相结合。叶浅予的舞蹈人物和黄胄的新疆人物则致力于速写与彩墨的融合。黄胄的《洪荒风雪》、卢沉[①]的《机车大夫》等写实水墨人物画，在素描造型与笔墨技法的结合上各有特色；林岗的《群英会上的赵桂兰》和中央美术学院附中集体创作的《当代英雄》等工笔重彩人物画，吸收了年画的装饰风味；刘凌沧的《赤眉军无盐大捷》、潘絜兹的《石窟艺术的创造者》、王叔晖的《西厢记》、刘继卣的《大闹天宫》等古代题材的工笔重彩人物画，人物造型和笔墨色彩都具有新意。

（二）初建革命历史画创作体制

新的国家政权的建立，需要新的文艺作品，更需要适应时代社会的新的艺术表现样式。这一时期，革命历史题材绘画创作机制的建构，及几次大规模革命历史题材美术创作的推动，对北京红色美术创作起到至关重要的规划与奠基作用。

1950年5月，中央美院完成了文化部下达的绘制革命历史画的任务。但由于"中国画的不科学""不能反映现实""不能作大画"，这一时期承担革命历史题材表现的主要还是油画创作。同年6月，《人民美术》编辑部组织召开历史画座谈会，讨论"如何才能正确地反映历史的真实，以教育群众；如何尊重历史资料，如何不拘于事实的

[①] 卢沉（1935—2004），江苏苏州人，早年在苏州美术专科学校学习西洋绘画，1953年考入中央美术学院中国画系，师从叶浅予、蒋兆和、李可染、刘凌沧等，1958年毕业并留校任教，后担任中央美术学院中国画系教授。

复述；如何统一现实理想的矛盾"等问题。1960年，董希文①、关夫生、刘仑与董寿平、溥松窗、陶一清两批画家重走红军长征路，沿途写生。1961年6、7月间，中国美协在京召开三次革命历史画创作座谈会，罗工柳、董希文、艾中信、侯一民、林岗、王恤珠、鲍加、詹建俊②、靳尚谊③、秦陵、肖锋、全山石等参加。会议主要讨论了革命历史画的题材与创作手法问题，如革命历史画的群众场面如何处理、革命领袖与群众的关系如何表现、革命受到挫折时的悲壮题材如何处理等。与会者的普遍共识是，要表现好这种题材，关键在两点——一是立场，即对史实的正确理解；二是艺术处理，即形式与内容的统一。④与此同时，《美术》也开始发表一些文章，评论或介绍革命历史画创作的经验，开展"关于革命历史画问题的探讨"。

　　20世纪50—70年代，中国革命博物馆（以下简称革博）和中国历史博物馆（简称历博）组织四次大规模的革命历史题材美术创作，产生和保存了一大批在中国现代美术史上具有重要地位、表现革命历史题材的经典作品。尤其是1958年，随着中国人民革命军事博物馆筹建，文化部组成历博和革博筹建小组，分别推出中国通史陈列和新民主主义革命、社会主义革命与建设陈列。两馆均于此前组织历史题材创作。但是，这几次由国家组织的革命历史题材绘画创作，中国画的

---

① 董希文（1914—1973），浙江绍兴人，著名油画家、美术教育家。1949年12月加入中国共产党，曾任中央美术学院教授，开设油画工作室培育人才，倡导"油画中国风"并在美术界影响深远。代表作有《开国大典》《春到西藏》《哈萨克牧羊女》《苗女赶场》《百万雄师过大江》等。

② 詹建俊，1931年生，辽宁盖州人，满族。1953年中央美术学院绘画系本科毕业，1955年研究生毕业，1957年中央美术学院苏联专家马克西莫夫油画训练班毕业，同年在中央美术学院任教。中央美术学院教授、中国油画学会主席，曾任全国政协委员，中国美术家协会副主席。代表作有《狼牙山五壮士》《高原的歌》《潮》等。

③ 靳尚谊，1934年生，河南焦作人，1953年毕业于中央美术学院绘画系，1957年结业于中央美术学院马克西莫夫油画训练班，并留校任教。曾任中央美术学院院长、中国美术家协会主席、中国文联副主席、全国政协常委。其作品《塔吉克新娘》《青年女歌手》《瞿秋白》《晚年黄宾虹》等，成为中国当代油画的代表。

④ 陈履生：《革命的时代：延安以来的主题创作研究》，人民美术出版社2009年版。

比重极小，以1959年为例，创作的21件作品中，油画10幅，雕塑8件，壁画2件，而中国画只有1幅。①

新人物画的变革，在内容上以反映现实生活、歌颂工农兵群众和领袖人物的主题性创作为主，在形式和章法上突破了传统文人画的图式与人物形象。很多作品采用中西融合的写实手法，力图把西画的素描造型与中国画的笔墨技法相糅合，有时也采用新年画单线平涂的装饰性风格。这一过程中，徐悲鸿倡导的以写实主义改良中国画、以素描为造型基础的教学体系影响最大。

（三）新国画在题材与形式上的创新

新中国成立以后，新年画运动成为推动当时美术创作与思想改造的重要手段。很多传统中国画画家，从延安时期以来的新年画中汲取养分，并以中国画的技法风格创作了一批新年画作品。如李可染②的《土改分得老黄牛》(1950)、《老汉今年八十八，始知军民是一家》（1950）等，这些作品体现出适应与调整的过程。

1950年，《人民美术》的创刊号上刊登了李可染的《谈中国画的改造》，提出"解放后中国画突然降临的沉寂"的时代现象。1953年初，艾青在《文艺报》上发表《谈中国画》，提出"新国画"概念，认为新国画须"内容新""形式新"。"新国画"一词最早出现在1949年5月22日《人民日报》刊载的蔡若虹《关于国画改革问题——看了新国画预展以后》一文。③在蔡若虹看来，当时的一部分国画家"深切地感受到国画有急需改革的必要，使国画也和其他艺术一样适应于广大人民的要求，从而达到为人民服务的目的。为了这，他们曾先后召开了好几次座谈会，交换了如何改革国画的意见，而且，在

---

① 《关于中国革命博物馆借调一批美术家的通知》，1959年6月，中国国家博物馆馆藏档案。

② 李可染（1907—1989），江苏徐州人，中国近代杰出的画家、美术教育家，画家齐白石的弟子。曾任中央美术学院教授、中国美术家协会副主席、中国画研究院院长。擅长画山水、人物，尤其擅长画牛。代表画作有《漓江胜境图》《万山红遍》《井冈山》等。

③ 据陈履生在《新中国美术图史 1949—1966》中的记述。

按西方写实绘画素描的要求，而是进行了平面化处理；为了空间整体感，画面右侧部位减去一根柱子……这些均为配合整体需要、强化画面主题，适应民众审美标准。

作品完成后，受到毛泽东、周恩来等党和国家领导人的肯定和称赞。周扬等领导带董希文去中南海汇报，见到毛泽东、刘少奇、周恩来、董必武等国家领导人。当他们一起观看《开国大典》时，几位国家领导人都很兴奋。毛泽东点头赞道："是大国，是中国！"还自豪地说，"我们的画拿到国际上去，别人是比不了我们的，因为我们有独特的民族形式。"

这幅巨作的作者董希文，在创作此画时还只是不到38岁的中央美院教师。1951年初，革博遵照中宣部、文化部的指示，开始筹备建党30周年绘画展览。经过几个月征集准备，画家们为这次展览拿出近百件绘画作品，但结果并不令人满意，体现共和国成立的气氛不够。1952年，革博决定委托中央美术学院组织完成一批表现新中国的油画，《开国大典》就是其中之一。董希文在1949年7月曾参加绘制第一幅天安门上的毛泽东油画像，后三赴西藏，深入生活，写生创作。在他民族风油画的创作实践中，吸收了中国传统艺术的营养，如明快鲜亮的色彩、具有装饰意味的图像等，都显现出中国民族艺术特有的审美精神。

二、《人民英雄纪念碑底座浮雕》（刘开渠、滑田友等主创）

1949年9月，中国人民政治协商会议第一届全体会议做出决议，在天安门广场兴建人民英雄纪念碑。1951年国庆之际，在征集的200多幅设计方案中，决定以梁思成的设计方案为主，再综合其他3个方案建筑纪念碑，并于1952年8月1日正式动工兴建，人民英雄纪念碑的建筑架构由梁思成主持。碑体呈方形，灵感来源于中国古代的四方形塔，造型则更为挺拔壮观。碑身正面刻有毛泽东亲笔题写的"人民英雄永垂不朽"八个大字作为主题，背面雕刻由周恩来手书的全国政协通过兴建纪念碑决议的碑文。精致的浮雕镶嵌于碑身下部台基四面,按时间顺序,从东至西分别为《虎门销烟》《金田起义》《武昌起义》《五四运动》《五卅运动》《八一南昌起义》《游击战——抗日战争》《支援前线》《胜利渡长江解放全中国》《欢迎解放军》。

雕刻家们在研究人民英雄纪念碑"胜利渡长江"浮雕。右起第二人是刘开渠(毛松友 摄,新华社 提供)

以刘开渠[①]为组长的中央美院雕塑家群体创作这些作品。1952年,刘开渠奉周恩来之命,赴京担任人民英雄纪念碑设计处处长兼雕塑组组长,负责纪念碑的整体设计,滑田友[②]、曾竹韶、王临乙、萧传玖等参与创作。浮雕组结合西方雕塑的宏大体量与中国侧影浮雕的古典样式,凭借其巨大的体量、精练的构图和写实的手法,波澜壮阔地展现出中华民族百年革命的光辉历程,再现了

---

① 刘开渠(1904—1993),江苏徐州人,雕塑家,早年毕业于北平美术专门学校,后赴法国巴黎高等美术学院雕塑系学习。归国后任杭州艺术专科学校教授,后任杭州艺专校长、杭州市副市长、中央美术学院华东分院院长、中央美术学院副院长、中国美术馆馆长、中国美术家协会副主席。中华人民共和国成立后,领导人民英雄纪念碑浮雕的创作工作。

② 滑田友(1901—1986),江苏淮阴人,原名滑廷友,字舜卿,雕塑家,1933年赴法国巴黎高等美术学院学习,作品《沉思》获1943年巴黎春季沙龙金质奖章。曾任中央美术学院教授、雕塑系主任,1952年参加天安门广场人民英雄纪念碑浮雕创作。

近代以来中华民族反抗外来侵略、自立自强的民族品格，凝结着新中国雕塑融合中西语言的开创性努力，呈现出新中国成立初期的朝气与理想。

作为新中国成立后第一个大型公共艺术项目，人民英雄纪念碑成为一个融合建筑、雕塑、书法等多重艺术形式的综合艺术工程，同时也是经由国家领导人与建筑师、工程师、石匠和一批以中央美术学院画家、雕塑家为主的优秀艺术家通力合作的成果，成为永远矗立在首都中心的丰碑。

三、《北平解放》（叶浅予）

北平解放是中国现代革命历史进程中的重大事件，画家叶浅予以传统的工笔年画形式对这一题材加以表现，实现形式和内容高度统一的艺术效果。画面表现了北平解放之际，人民子弟兵进城，万众欢腾的热烈场面。作者以勾线平涂形式，吸收民间年画设色特点，既艳丽厚重又具有浓厚的装饰意味。整个画面构图壮阔，气势雄伟，洋溢着普天同庆的节日气氛。值得指出的是，这幅《北平解放》中的人物表现与叶浅予一贯擅长写意的舞蹈人物不同，而是更多吸收了中国工笔重彩画的表现形式，作品中解放军整齐的队列在群众的簇拥中前进，数百个清晰可辨的群众形象，既显示了各自不同的身份、职业，又展现了欢快而不雷同的动作神态，充分体现了画家杰出的人物创作才能。

作品创作时正值新中国美术的"新年画运动"时期，画家汲取了传统年画艺术的表现形式，使这件作品更容易被普通观众接受。背景中的云气极具装饰感与祥瑞寓意，还明显带有敦煌壁画的影子；鲜红色调的大面积运用，则使画面呈现出年画的节庆特点，充满了喜庆热烈、欢乐祥和的气氛；另外，画面对焦点透视法的运用所产生的纵深感与景深表现，又使《北平解放》在艺术处理上较一般的年画显得更为深化。

画家严肃的创作态度和深厚的艺术功力，特别是在传统绘画形式

1961年，中央美术学院教师在中山公园水榭作画，庆祝五一国际劳动节。图为叶浅予教授当场作画（陈正青 摄，新华社 提供）

中运用了西方绘画的焦点透视法，使画面呈现出场景真实性，这也使《北平解放》在艺术处理上较一般年画和大型人物画等相关题材的作品显得更为精妙和醇厚。

四、《祖国万岁》（齐白石）

《祖国万岁》创作于1955年，是齐白石[①]95岁高龄时为庆祝国庆

---

① 齐白石（1864—1957），湖南湘潭人，原名纯芝，字渭青，号兰亭，后改名璜，字濒生，号白石、老萍、寄萍老人、三百石印富翁等，近现代中国绘画大师。早年曾为木工，57岁后定居北京。擅画花鸟、虫鱼、山水、人物，笔墨雄浑滋润，色彩浓艳明快，造型简练生动，所作鱼虾虫蟹，天趣横生。曾任中央美术学院名誉教授、中国美术家协会主席等职。代表作有《蛙声十里出山泉》《墨虾》等，著有《白石诗草》《白石老人自述》等。

而作。画面并不直接表现国庆期间的庆祝活动和热烈场面，而以一棵果实累累的万年青象征祖国的朝气蓬勃、欣欣向荣。加上"祖国万岁"四个篆书大字强烈地表达了老人的爱国之心。在审美形式上，图中的字、画总体看呈现为粗细长短不等、错落排列着的三条竖线，并不做复杂的穿插变化，而是取简括有力的纵势。色彩上红果、绿叶、黑字、留白，互为对比、互相映衬，既具有强烈的视觉冲击力，又蕴含着传统文人画写意达心的趣味。

作为20世纪具有世界影响的中国画大家，齐白石出身于湖南湘潭民间雕花木匠。他的画作无论在造型还是用色上，都自然

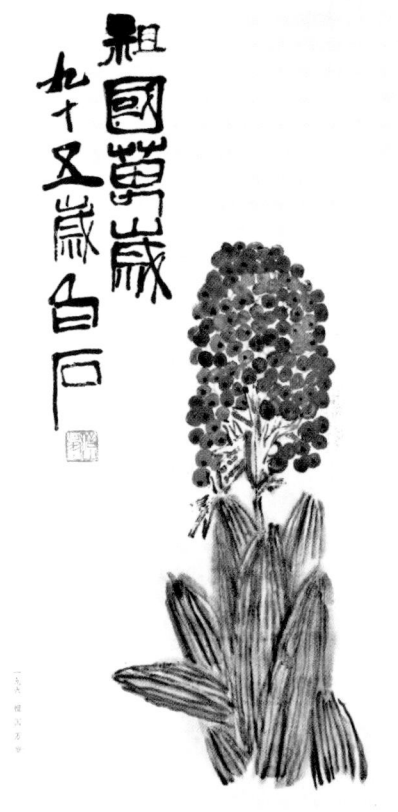

齐白石的画作《祖国万岁》（新华社 提供）

流露出民间艺术大方、强烈、单纯、稚拙的纯真格调，展现了文人画与民间艺术的奇妙结合，同时也是对传统文人画写意表现的现代性拓展。

1980年5月，国家邮电部发行了《齐白石作品选》小型张一枚，即选取了《祖国万岁》这件作品，使其具有更加广泛的社会影响力，也更为深入人心。

五、《首都之春》（北京画院集体创作）

向国庆十周年献礼作品《首都之春》全卷纵67.6厘米，横4560.6厘米，从尺幅上开创了新中国成立以来山水长卷之最。这幅山

水画巨制由北京画院六位画家[1]在1958—1959年合力创作，它以全景式构图，从北京东郊通县（今通州区）开始描画，一路经东单、天安门、西单、石景山至官厅水库，时至今日仍为表现首都时代风貌、具有重要历史文献价值的典范之作。

长卷末尾的题跋，揭示了画作的内容与意旨："《首都之春》，卷为二尺三寸五分（0.88米），一百三十八尺二寸（48米）。一九五八年十一月初旬到一九五九年六月初旬完成。计分：通县八里桥高炉群，热电站，天安门，柳浪庄人民公社，颐和园，石景山炼钢厂，丰沙线，及官厅水库九大段。企图从各个方面将首都活生生的事实，蒸蒸日上的景象表现出来。在创作过程中得到党和政府有关领导的支持以及同志们的热情帮助。画成后，经裱画家张贵同李荫基等协作装池，终于在最短的时间内完成这一艰巨的任务，来向伟大祖国十周年的国庆献礼。这是我们衷心所感为最光荣和最愉快的事情。惠孝同书。"

这件作品运用传统中国画的创作形式，以写实手法反映新中国成立后古都北京的巨大变化。更重要的是，六位风格各异的画家统一笔法，无论是表现道路、建筑，还是山川、人物，作品均如一人所作，是集体创作的经典范例。为后人称道的是，这幅作品在创作期间还留下大量珍贵图像，不仅记录了当时的城乡面貌，还描绘了20世纪50年代中后期北京民众的生活图景，城市物象精细到电影院、食堂、公

---

[1] 合作该画的六位画家是：古一舟、惠孝同、周元亮、陶一清、何镜涵、松全森。古一舟（1923—1987），山西运城人，曾用名古岛，擅长宣传画、连环画、工笔重彩画、山水画，曾任北京中国画研究会会长。惠孝同（1902—1979），北京市人，原名惠均，字孝同，1920年入中国画学研究会，拜金城为师，专攻山水，后为研究会研究员。周元亮（1904—1995），北京市人，字容庵，1920年考入北京中国画研究会，随陈师曾、汤定之、金绍城、萧谦中等习画，1957年进入北京中国画院。陶一清（1914—1986），原籍上海市，原名文通，斋号补斋，擅长山水画，曾任北京中国画研究会副会长，1961年任教于中央美术学院中国画系。何镜涵（1923—2008），北京市人，尤其以写意楼阁山水画著称，1957年进入北京中国画院。松全森，出生于1925年，北京市人，擅长中国画、工艺美术，1944年赴日留学，曾任教于北京师范学院、中央民族学院。

长卷《首都之春》（部分）（新华社 提供）

共汽车、广告牌等，内容丰富，形象生动，十分精彩。另外，作为一件新中国城市山水画珍品，此卷的引首画题"首都之春"为郭沫若题写，为画作增添了独特的人文价值。

六、《转战陕北》（石鲁）

《转战陕北》是一幅以大景山水为主的革命历史画，为"国庆十周年十大工程"①之中的中国革命历史博物馆创作。该画构思独特，意境深远，用传统山水画表现革命历史重大题材，令观者耳目一新。以往在表现这一历史题材时，很多作品多以毛泽东指挥千军万马为画面主要内容，石鲁的《转战陕北》却创造性地以山水为主，毛泽东和警卫员只在山水间占很小位置。石鲁在这幅

1961年6月27日，中国革命博物馆展出的油画《转战陕北》（许必华 摄，新华社 提供）

---

① "国庆十周年十大工程"，它们是：人民大会堂、中国革命博物馆和中国历史博物馆、中国人民革命军事博物馆、民族文化宫、民族饭店、钓鱼台迎宾馆、华侨大厦、北京火车站、全国农业展览馆、北京工人体育场。这"十大建筑"被视为建筑的经典之作，也是中华文明的形象化缩影。

画中采用间接描绘方式，内在表述内容仍为叙事性，但画面的主体意象却是山水。《转战陕北》以崇山峻岭的雄伟气魄为烘托，将毛泽东置于巍峨的群山之中，人物虽小，但形神兼备，十分突出，真实地再现了中国革命危急关头，毛泽东胸中自有雄兵百万，从容转战陕北黄土高原的泰然气魄和伟岸风采。也正因如此，虽然石鲁塑造的毛泽东形象为侧背影，但所蕴含的力量雄强博大，远甚于许多画家所表现的毛泽东正面形象的感染力。此外，作者通过描绘西北的壮阔山川，将观众带到具体的历史情景之中，唤起观者对革命历史现场的联想。画面上虽然看不见千军万马，给人的感觉却是在大山大川间隐藏着千军万马，画家用间接方式暗示出宏大雄强的历史场面。

这幅画堪称中国山水画的经典之作，一经问世便轰动画坛，也奠定了石鲁在美术界的地位。该画以纪念碑式的构图方法、厚重的笔墨质感，给观者以崇高的审美感受，成功地衬托出毛泽东高瞻远瞩、气吞山河的伟人形象。画面通过传统山水画高远和深远的景别结合，以有限的画面表现了无限的意境，使这幅作品具有雄健博大的风神气度与深邃寓意。作者以独到的眼光和创造性，将自然山川原本壮阔的自然场景转换为艺术意象，拓展了画作意境，使其成为革命历史题材绘画的经典之作。

七、《主席走遍全国》（李琦）

《主席走遍全国》创作于1960年，是画家李琦[①]的代表作品。该画具有广泛深入的社会影响，曾被选入中小学课本插图，入选联合国教科文组织举办的中国画展，在各国巡回展出，成为中国画坛上描绘

---

① 李琦（1928—2009），山西平遥人。1941年入鲁迅艺术学院部队艺术干部培训班，1950年入中央美术学院任教，曾任中国画系主任。李琦对革命领袖充满崇敬和感情，先后为毛泽东、周恩来、刘少奇、朱德、邓小平等领导人创作肖像画，其代表作有《主席走遍全国》《永远活在人民心中——周恩来》《我们的总设计师——邓小平》等。

领袖形象的划时代之作。

《主席走遍全国》只取了白背景，没有任何陪衬的景与物，但由于画家高超的造型能力和对人物形象气质的深入理解，一代伟人毛泽东被刻画得形神兼备。尤其是画家为毛泽东精心设计的一顶草帽，不但恰当点出"毛主席走遍全国"的主题，也真实反映了毛泽东作为党和国家领袖，全心全意为人民服务的优秀品质。

这幅画作所表现的历史阶段，正值新中国成立初期经济最困难时期。1960年底—1961年初，中共中央在北京召开工作会议。经过酝

国画《主席走遍全国》（新华社　提供）

酿与思考，毛泽东大兴调查研究之风的思想逐渐形成，并在会议最后一日发表了以大兴调查研究之风为主旨的讲话。此后，毛泽东本人也离开北京南下，经天津、济南、南京、上海、杭州、南昌、长沙，到达广州。此时，毛泽东克服经济困难、扭转整个形势的基本思路已经明确，那就是从解决农业问题入手，紧紧抓住调查研究这个工作环节。这幅画以毛泽东正面立像的瞬间，成功展现了一代伟人"走遍全国"调查研究、运筹帷幄的气质，堪称相关题材中的经典力作。

八、《万山红遍》（李可染）

《万山红遍》作为20世纪中国画大家李可染的代表作，取毛泽东《沁园春·长沙》词意，气质雄壮豪迈。李可染1964年创作此画时，正处于经历大量写生后的理性思索期，逐渐摆脱写生状态，把写实

描绘变为抒情性的写意表现，画面物象经营布局具有形式感，笔墨韵味也得到加强，既有严谨的刻意经营，又不失情感的自然流露。此画以墨作底，红为主调，强调"遍"字的饱满阔阔。正如李可染关于艺术创作的名言："以最大的功力打进去，以最大的勇气打出来。"作者在色彩的表现上有经营亦有胆魄，他以朱砂色大胆铺陈整个画面，极具胆魄的创新之举，使画面滋润明亮而富有层次变化。

对于同一题材，1962—1964年间，李可染共创作七幅尺幅各异的《万山红遍》。其中三幅现

李可染创作的《万山红遍》（新华社 提供）

分别藏于中国美术馆、中国画院和荣宝斋，一幅为李可染先生家属收藏，另有三幅被海内外藏家珍藏。李可染以"为祖国河山立传"为意旨描绘了祖国大江南北的山河景象，无论是江南小镇的秀美、漓江胜境的缠绵，还是北方山壑的强雄，他都以饱满充实的色彩、巨嶂式的章法构图、色墨淋漓的笔法，来展现祖国河山不朽的生命力。而李可染对于山水的感情，正如他自己所说："我们画山水画也就是为祖国河山树碑立传，这就是山水画的爱国主义之所在。"在这样博大胸怀的感召下，创作出的作品必定具有宏伟雄强的艺术风格。这也是李可染中晚期山水画中"纪念碑性"在其创作风格上的重要体现；以山川作丰碑，展现伟人革命诗意，这也正是新中国成立初期新山水画创作精神的延展与创造。

九、《狼牙山五壮士》(詹建俊)

油画作品《狼牙山五壮士》是中央美术学院教授、著名油画家詹建俊的代表性作品，创作于1959年，现由中国国家博物馆收藏，曾出版独幅精装画页，被列为新中国成立以来最具代表性的优秀美术作品。

1941年9月，日本侵略军对河北省西部的革命根据地发动"围剿"，并对狼牙山地区晋察冀军区第一分区第一团进行围攻。晋察冀军区某连奉命掩护党政机关、部队和群众转移。完成撤离任务时，留下第六班班长马宝玉、副班长葛振林和战士宋学义、胡德林、胡福才担负后卫狙击，掩护全连转移。他们全力抗击日寇，面对步步紧逼的日伪军宁死不屈。油画《狼牙山五壮士》描绘的正是五位八路军战士在寡不敌众的形势下，据险抵抗，直至弹尽援绝，毅然砸枪跳崖的英勇场面。

詹建俊油画《狼牙山五壮士》(新华社　提供)

《狼牙山五壮士》塑造了五位八路军战士纪念碑雕塑式的英雄群像。作者以金字塔式的纪念碑性构图、雕塑般的造型将五壮士矗立在山巅上，并与远处的山峰形成对比。五位战士有的回头怒视，有的紧握双拳，表现出身处绝境依然要消灭敌寇的愿望和面对牺牲视死如归的精神，表现了毛泽东所赞扬的"重于泰山"的品格。

詹建俊为中国油画界中较早对油画的现代性意味进行探索的画家。他对画面的处理，概括性、象征性的元素比较多，他对革命英雄主义的歌颂，正是这幅画的感人之处；他恰切地处理了整体造型与性格刻画的关系，同时把形象塑造和周围环境联结到一起，给人以烈士与山河同在的感觉，将悲壮而伟大的瞬间图像镌刻进历史之中。

十、《毛泽东在十二月会议上》（靳尚谊）

1957年6月，苏联画家马克西莫夫在中央美术学院主持的油画训练班圆满结束。苏式的现实主义风格，深刻地影响了20世纪五六十年代中国学院油画的发展，也培养出一批写实功底扎实的中青年画家，日后成为中国油画新古典主义领军人物、曾任中央美术学院院长的靳尚谊就是其中的佼佼者。他当时最引人注目的作品，是在20世纪60年代初创作的《毛泽东在十二月会议上》。

1947年12月，中共中央在陕西米脂县杨家沟召开扩大会议，即十二月会议，全面制定了党的行动纲领，准备夺取全国胜利。这幅画

靳尚谊画作《毛泽东在十二月会议上》（新华社　提供）

作正是以这场在中国革命战争历史转折关头召开的会议为主题，表现了十二月会议上毛泽东正在做报告的场景。朴素简陋的会议室中，中国共产党精英们济济一堂，毛泽东诗人般的风采和对未来的判断，使与会者如沐春风。在这幅作品中充分体现了作者刻画形象的能力和构图技巧，将阳光铺洒在室内，体现了画面的暖色调，使这幅画充满了丰富的色彩感和节奏感，在柔和的诗意表现中呈现出深沉的象征意义。回看这幅作品，与20世纪50年代充满革命热情的政治气氛遥相呼应，也与延安流传下来的现实主义精神一脉相承。

十一、《天安门前》（孙滋溪）

孙滋溪[①]油画作品《天安门前》创作于20世纪60年代初，描绘的是一个节日的瞬间：在温暖明媚的阳光照耀下，天安门城楼红灯高挂，红旗飘动，全国各族同胞错落地站在天安门前，等待照相机按下快门。人物分组被画家设计成三个层次：近景是北京郊区公社的老、中、青、少四代人，有农村干部、青年社员、复员军人等；左右两边中景、远景人物，有边防战士、少数民族代表团、戴着红领巾的小学生，还有幼儿园阿姨带着小朋友在金水桥上散步玩耍；画面中间的支部书记，则以北京市劳动模范李墨林为原型。

这幅尺幅巨大的群像作品，以天安门为背景，构图采用中心对称的形式。画中有意减弱了自然光的明暗关系，呈现稳定庄重的视觉效果，作者通过捕捉瞬间动态和微妙表情，描绘了人民群众对生活、对祖国的热爱和他们坚毅、坦率、真诚、友爱的性格品质。《天安门前》不仅记录了20世纪五六十年代民众在天安门前留影的瞬间，也是共和国成立初期社会图景的生动写照，还是当时最为生动鲜活的视觉图像

---

① 孙滋溪（1929—2016），山东龙口人，曾任中央美术学院教授、中国美术家协会插图装帧艺术委员会副主任、中国油画学会理事。代表作品有油画《天安门前》《母亲》，石版画《小八路》，文学插图《林海雪原》，等等。

一名参观者在中国美术馆内参观孙滋溪的油画作品《天安门前》（新华社　提供）

之一。它既表现出一个时代的社会风貌，更展现了国家与民众的血肉关联。

十二、《当代英雄》（中央美院附中集体创作）

《当代英雄》绘制于1960年，有油画、宣传画两个版本。油画作品主要由孙滋溪绘制，宣传画由中央美术学院附中教师集体创作，卢沉主笔。这幅作品作为年画宣传画发行，创当年年画发行量纪录。作品以人民群众喜闻乐见的视觉语言，表现了领袖与民众走在人民大会堂前的瞬间场景，成为一个富有时代寓意的经典画面。

1960年，孙滋溪接受采访和宣传全国人大会议的任务，每天早晨6点钟就来到人民大会堂，在那里感受到了人民大会堂的雄伟，感受到了人民当家做主的气氛。他有感于人大代表们每天步入会场雄赳赳、气昂昂的英雄气概，决定"用英雄的气概画英雄，用时代的情感

油画《当代英雄》（新华社　提供）

画时代"，描绘出人民大会堂"群英会"——会议闭幕时人大代表们迈着稳健的步伐如奔腾的潮水般涌向人民大会堂的场景。作为宣传画创作，作品平面化的场景描绘、清整响亮的人物造型，都使这幅特定年代、特定题材的人物群像给观者留下深刻印象。

第六章

北京红色摄影

北京红色摄影具有鲜明的时代感和革命属性。伴随着中国共产党领导的革命战争，尤其是当时北平及周边地区的革命战争，北京红色摄影不断发展壮大，诞生了一大批红色摄影家，出现了《八路军战斗在古长城上》《北平入城式》《开国大典》等一批经典影像。

基于摄影艺术直观记录真实、大量保存史料的特点，北京红色摄影在反映特定时代和特殊环境方面具有重要意义。同时，红色摄影活动培养了大批摄影人才，形成了一种摄影实践模式，总结出了一套摄影理论，对当下乃至其后的摄影发展都具有深远的影响。

第一节 概述

一、民主运动中萌芽

清朝末年,许多外来事物涌进被列强炮火打开的国门,其中便有摄影技术。伴随洋务运动的兴起,摄影更广泛地在中国传播开来。但是,在中国最早进行摄影活动的,仍是一些外国人,如法国人于勒·埃及尔(Jules Itier)、意大利人费利斯·比托(Felice A. Beato)、美国人弥尔顿·米勒(Milton Miller)、英国人约翰·汤姆森(John Thomson)等。随后,在广东、上海、天津等通商口岸地区,出现了第一批中国摄影师。北京是当时北方照相业中心城市之一。1892年(光绪十八年),辽宁实业家任景丰开设的"丰泰"照相馆,是北京最早的一家照相馆。之后,其他照相馆纷纷出现,琉璃厂土地祠一带成为当时北京照相业集中的地区。五四运动前,北京照相馆已有80多家。然而,这时的中国摄影尚处于萌芽阶段,具有民主进步意义的摄影活动,则出现在五四运动前后。

五四新文化运动时期,"科学"和"民主"等进步思潮席卷中国知识界。《新青年》杂志首倡新文化运动,强调文学要"言之有物",要"是什么时代的人,说什么时代的话"。同时,知识界强调个人主义,倡导关注民间、关注底层、关注弱势群体(妇女、儿童)、关注一切被压迫的民族。摄影天然具备的客观性、真实性、瞬间性、便捷性,很容易与这种时代思潮契合,只要条件适当,就能在时代潮流中得到社会意义和艺术意义的双重发展。用今天的眼光来看,摄影所制造的图像,与文字文本一样,既帮助当时知识界"发现"新的"风景",也是今天进行细致探索、深入研究的绝佳历史材料。

由于高校比较集中、四方知识者云集,中国最早的摄影社团也出现在北京。五四运动之前,北京大学等高校里就出现了一批摄影爱好者。五四运动时期,受新思潮影响,摄影社团开始出现。1919年,北京大学黄振玉、陈万里在校内举办第一次摄影作品展览,以后每年举办一次。1923年冬,陈万里、吴郁周、吴辑熙等倡议成立"艺术写真研究会",后改名为北京光社,这是中国第一个业余摄影艺术团体。到1926年,刘半农、老焱若、郑颖荪、孙仲宽、刘玄虎、伍周甫、张云阶、周志辅、程知耻等加入北京光社,使光社超出大学范围,成为北京地区的摄影组织。

中国第一个正式的新闻摄影机构,也肇始于北京大学。五四时期(至少在1920年之前),北大学生发起建立"中央写真通讯社",迅速及时地拍摄当时的社会事件。该社曾经为上海《时报》提供有关1921年北京大学教授马叙伦领导的学界请愿运动照片,其中就包括马叙伦被军警打伤的照片。

摄影尚处于萌芽阶段,北京进步人士已经开始以此作为工具,宣传马克思主义思想。1920年5月1日,李大钊将《新青年》第7卷第6号编成"劳动节纪念"专号,其中配有大量反映当时全国各地(包括北京)下层劳动人民生活状况的纪实照片,反映了机器工人、手工业者、各种零工的悲惨境遇。有学者认为,如果不是有计划有组织地进行拍摄,要得到这样多有系统的照片几乎是不可能的。因此,我们可以把筹备该期杂志的前期拍摄理解为一次有目的的进步摄影活动,而且是中国第一次对工人阶级生活状况进行集中拍摄和大规模报道的活动。类似的进步摄影活动,可以看作是北京红色摄影的萌芽。

在近现代中国,报纸成了传播进步文化的重要阵地,摄影也不例外。20世纪20年代中期后,北京(北平)已经是全国报纸摄影附刊最集中的地区之一,许多有影响的报纸都有摄影附刊。如《京报》的《图画周刊》,《晨报》的《星期画报》,《世界日报》的《世界画报》(周刊)、《民报画刊》,《新晨报》的《日曜画报》,《华北日报》的《华北画刊》,《平报》的《平报画刊》,《北平晚报》的《霞光画报》及《时代晚报》的《时代画报》等。

邵飘萍1924年创办的《京报·图画周刊》,开创了华北地区报纸出版摄影附刊的先例。该刊注重揭露社会现实,反映民间疾苦。1925

年孙中山先生在北京逝世,《图画周刊》出了悼念孙先生的专号,表示对进步的革命事业的支持。1926年4月,邵飘萍被奉系军阀杀害,京报馆被查抄,《图画周刊》被迫中断。1929年,《图画周刊》得以复刊,继续其进步倾向,开辟过《旧都社会写真》专栏,展现北平下层市井生活,刊登《卖杂碎》《捡柴》《拾粪夫》《洗衣妪》等反映北平下层劳动者辛酸生活的照片,为他们鸣不平,这在当时的画报、画刊中极为罕见。

北京也走在全国摄影教育的前列。1923年,"北京平民大学新闻系"成立,这是中国人自办的第一个正规新闻教育机构。1924年,燕京大学在文学院内设立新闻系,教授报刊图片编辑和制版知识,摄影正式进入大学教育。

1931年九一八事变后,东北沦陷,华北危急,知识界逐渐转向抗日救亡的时代主题,摄影又一次站在了时代前列。1935年,北平爆发一二·九爱国学生运动,再次点燃了人们的抗日救亡热情,全国救亡运动出现了新高潮。这一"北平题材"被进步的报刊媒体广泛采用。邹韬奋主编的《大众生活》周刊连续发表摄影图片和评论,包括表现游行队伍的《集体的力——北平学生救亡运动第二次大示威》,表现国民党军警殴打镇压学生的《为大众而牺牲》《英勇的创伤》两组专题照片,还有进步组织"平津学生联合会"下乡宣传抗日救国的照片;其中第6期,以一位女大学生发表抗日演讲的放大照片作为封面。

这些新闻摄影作品,直击抗日救亡爱国运动的现场实况,声援了北平爱国学生运动,暴露了国民党当局的妥协退让,宣传了抗日救亡和中国共产党的抗日主张。作为一种客观直接、传播迅速、容易被大众理解的新武器,在历次爱国民主运动中,摄影已经开始凸显它的重要性。

这一时期,进步力量以摄影的方式在北平展开抗日救亡斗争。如:"北大摄影学会"对李大钊公葬和一二·九运动的拍摄;1936年,"北平青年会银光社"在北平、太原和保定等地举办进步摄影展览等等。同年,北平的《民主周刊》杂志刊登了美国记者埃德加·斯诺（Edgar Snow）在陕北拍摄的著名的戴帽子的毛泽东肖像,这是毛泽东形象第一次出现在国统区杂志中。同时期北平也出现了由进步人士秘密翻译、出版的斯诺《西行漫记》的节译本,其中收录了30多幅宣传抗日民族统一战线、展现中共领导人形象的照片。

同时,北京（北平）地区也出现了一些有名的摄影记者。如王小亭（1900—1981）和魏守忠（1904—1987）,两人都是北京人。九一八事变后,王小亭拍摄了《失去的热河》《北平印象》等作品。1937年,他拍摄了《日机轰炸下上海南站的儿童》,成为日本帝国主义侵略中国的代表图像,在国际上产生了很大影响。

二、战火中成长发展

（一）抗日硝烟里草创

北京红色摄影乃至中国红色摄影,是伴随着中国共产党领导的革命战争过程发展壮大的。五四运动以来,北京摄影在工具、技术和理念上都得到了发展。七七事变后,全民族抗战爆发,红色摄影从理论到实践形成了自身的体系。考虑到晋察冀抗日根据地在华北地区红色摄影中的重要性,在此也将平西、平北、冀东的红色摄影活动纳入北京红色摄影的范畴。考虑当时特殊的历史环境,这些地区的摄影活动实际上远比北平城内的有关活动更为重要。

1937年,全民族抗战爆发,中国文化地理格局发生新的变化,也造成了大量的人员流动。中国红色摄影奠基人沙飞就是1937年从华南地区来到华北,参加八路军,并从事摄影活动。正是在沙飞的领导下,精美的摄影画报得以在条件艰苦的抗日根据地问世,华北摄影事业得到飞速发展,一套适合解放区的摄影模式逐渐形成。

沙飞本名司徒传,1912年生于广州的一个商人家庭。由于广东是近代中国的对外通商门户,是屡次革命运动的发源地。因此,少年沙飞得以受到革命精神熏陶。司徒氏是当地的名门望族,文化根底深厚,家族中艺术家辈出，加之广东也是摄影最早传入、领一时之先的地区，沙飞在20岁出头的时候就接触到了摄影，在业余时间从事摄影活动。

1936年，沙飞放弃在汕头无线电台的工作，只身前往当时左翼文化的中心上海，步入了摄影生涯的新起点；同年10月，在第二届全国木刻流动展览会上邂逅鲁迅，拍下了《鲁迅与青年木刻家》等几幅经典作品。不久，鲁迅逝世，沙飞拍摄鲁迅葬礼的新闻图片，在各地多种报刊发表，获得很大成功，由此名声大振，也为他日后的社会纪实摄影、新闻报道摄影奠定了基础。值得一提的是，同样来自广东开平司徒家族、比他大10岁的画家司徒乔，此时画下了日后广为流传的鲁迅遗像，两位年轻人用不同的工具，一同创造了有关鲁迅最后时刻的经典图像。

沙飞到达晋察冀抗日根据地后，随即展开采访摄影活动。1938年12月，另一位重要的红色摄影先驱罗光达[①]也抵达晋察冀抗日根据地，成为沙飞的助手。1939年，两位摄影家在冀西平山蛟潭庄举办第一次新闻图片展览。因为这种图片展示形式不受文化程度的限制，展览异常热闹，当地部队、群众踊跃观看，宣传效果明显。

这次展览的成功，引起了晋察冀军区司令聂荣臻的注意。在他的支持下，1939年2月，"晋察冀军区政治部宣传部新闻摄影科"正式成立，沙飞任科长，罗光达任摄影记者，主要工作是巡回展览和对外发稿。摄影科的成立是华北地区红色摄影历史上的一件大事，自此摄影工作有了组织保障，得以全方位发展壮大。同时，看到了摄影宣传的惊人能量，沙飞等人萌生了创办一种革命摄影画报的想法，这就是后来大名鼎鼎的《晋察冀画报》。摄影科的成立和创办画报的念头，

[①] 罗光达（1919—1997），浙江吴兴县人。1935年，在上海受中共地下党教育，积极参加抗日救亡活动，开始学习摄影。1938年，赴延安参加革命，同年加入中国共产党。1938年底，到晋察冀抗日根据地，任晋察冀军区司令部新闻摄影记者。1940年，与沙飞一起进行《晋察冀画报》的创建工作，任画报社副社长。1943年，调任晋察冀边区政府点滴出版社社长。1944年，奉命带队去冀热辽前线创办《晋察冀画报》分社，任分社社长。1948年，调任东北电影制片厂制作处处长。1949年后，先后在中央电影局、中国电影发行总公司、中央戏剧学院、美术学院、文学艺术研究所、北京电影学院担任领导。

催促着红色摄影事业取得了多方面的进步，以至于在未来取得了他们当初不曾料想的辉煌成就。

与此同时，正在沙飞、罗光达借助新成立的组织筹划一份革命摄影画报之时，1939年10月，另一位"重量级"摄影家石少华①随中国人民抗日军政大学总校离开延安，来到华北，在冀中军区开展摄影工作。石少华的到来，对红色摄影事业的影响是十分深远的。

在条件极其艰苦的抗日根据地创办画报，面临着难以想象的诸多困难。

一是人员。虽然摄影科已经有七八个人，但是面临头绪纷繁的筹备工作，一边要采访发稿，一边要筹备画报，人手显得很紧张。沙飞、罗光达后，刘沛江、叶曼之②、周郁文、杨国治③、白连生④、赵

---

① 石少华（1918—1998），原籍广东番禺，生于香港。1932年，在广州读书时接触摄影。岭南大学附属高中毕业后，1938年4月，自带相机和大批胶卷投奔延安参加革命，同年加入中国共产党。1939年，调任中国人民抗日军政大学总校摄影记者。同年秋，随总校赴晋察冀根据地，在冀中军区开辟摄影工作，任摄影科科长。1943年，调任晋察冀画报社副主任，协助沙飞领导画报和晋察冀军区摄影工作。1949年7月，作为中国摄影界代表，出席全国第一届文学艺术工作者代表大会。1950年，任新闻出版总署中央新闻摄影局副秘书长兼摄影处处长，后历任新华社摄影部主任、新华社副社长、国务院文化组秘书长等。

② 叶曼之，1917年生，广东人。学生时代开始从事摄影活动。1938年，从北平经平西进入晋察冀抗日根据地，参加八路军，同年加入中国共产党。1939年，调任晋察冀军区摄影科专职摄影记者，拍摄了不少经典作品。1946年，调任《冀晋子弟兵》主编，后任华北军政大学《生力报》主编。

③ 杨国治，1921年生，河北清苑县人。1936年，到保定照相馆做学徒；1938年，参加八路军，在晋察冀军区第一军分区做摄影工作，与李途一起建立晋察冀八路军第一个摄影组，培养了优秀摄影工作者刘峰。1942年，参加《晋察冀画报》筹备工作，后留画报社任摄影记者；1944年，协助主持举办晋察冀军区第一、二次摄影训练队，任队长兼授部分课程，后参与抗日大反攻和解放战争前线摄影采访；1947年，调至冀热察军区开辟摄影工作，后调东北解放区任骑兵、炮兵团政委，抚顺军分区副政委等。

④ 白连生，1923年生，河北满城县人。1939年参加革命，1940年参加八路军，同年加入中国共产党，调至晋察冀军区政治部摄影科工作，学习摄影。参与《晋察冀画报》筹备工作，后历任画报社摄影员、摄影干事、摄影记者。中华人民共和国成立后，调任解放军北京空军训练大队队长，1958年转业至天津。

烈等一批人陆续加入，日后都成为重要的红色摄影家，取得了很大成就。但是，技术人员的欠缺还是致命的问题。办画报不光要采访和拍摄，如果不能找到熟悉制版、印刷等相关技术的人员，办画报就是空谈。

1939年，罗光达通过晋察冀军区，把何重生、王丙中、徐复生、高华亭、杨瑞生、周德缘、马化民等几位从北平来的照相制版、印刷专业人员，调到军区从事摄影工作。1940年，罗光达在百团大战娘子关战斗采访时，结识了原来在北平故宫印刷厂搞照相制版的康健；在华北联大周年纪念活动采访时，又遇到了同样曾在故宫印刷厂搞照相制版的刘博芳①。这些专业人员后来都成为创办画报的技术骨干，对画报和摄影事业发展做出了重要贡献。1941年，沙飞通过军区调来了文学编辑章文龙、赵启贤和美术编辑唐炎等人；军区调派了铅印技师彭启亮、焦卓然，排字技术工人侯培元、吕红英，刻字工人刘春，装订工人张学勤，等等。这样，加上原来的几位摄影记者，出版发行一份画报所需的技术人员才基本配齐。

二是工具材料。办画报需要制版机器、印刷机器，以及纸张、油墨等材料，这在条件极其落后的敌后山区是绝不能弄到的，只有北平、天津、上海等几个大城市有。因此，他们经常派人冒险潜入北平去采购。王丙中、李途②等采购人员冒着生命危险，穿过日伪封锁线，拿着真金白银之类"硬通货"，进北平城买来照相药品、铜版、

---

① 刘博芳（1915—1982），北京人，后改名刘北方。1938年离开北平，自带照相机和照相制版机镜头、网目版到晋察冀抗日根据地参加革命。经常从事业余摄影活动，作品大多反映革命根据地人民群众生产劳动、经济建设和民主生活。1944年随罗光达赴冀东前线，创办《冀热辽画报》，还是主要负责照相制版。1945年，担任《东北画报》印刷厂厂长；1950年，调任北京美术印刷厂厂长，后任北京印刷公司总经理。

② 李途（1911—1992），原名李鸿年，河北易县人。七七事变前在保定照相馆、钟表店做学徒，三年师满后开设照相馆兼营修表生意。抗战爆发后回到易县，1937年冬参加八路军，在杨成武部队做印刷工作，后任印刷所所长。1939年调分区政治部，在杨成武司令员亲自支持下建立摄影组，任组长。1940年结识沙飞。1942年参加《晋察冀画报》筹备工作，留画报社任摄影记者。后历任晋察冀画报社材料供应科科长、新时代图片公司经理、华北军区政治部供给科科长等。

锌版、木造纸、铜版纸、进口油墨等被日伪当局控制的物资,再运出敌占区,通过接应人员送回根据地。

为了保证在极为艰苦的条件下顺利印刷、出版,保证设备工作起来有效、快捷、轻便,不被随时来犯的日伪军破坏、掠走,技术人员发明了用铅皮代替铜版的"铅皮制版印刷"法,制造了重量仅为50斤的木结构轻便印刷机,还发明了轻便制版机、轻便排字房、远距离摄影机、多灯光植物油灯、排字房打字盘等,不断解决着设备技术难题。

三是斗争环境。面对日伪军的频繁"扫荡"和骚扰,红色摄影工作者其实就是拿着不同武器的战士。画报社必须一直处在战斗状态,经常遇到敌人的攻击,经常需要临时转移。因此,每到一地,他们都要首先察看地形,做好人员、物资疏散和坚壁清野的准备。他们经常一天只能吃上几个窝窝头,喝点凉水,或者因为要挖山洞藏设备,挖到手磨出血泡。

然而,条件越是艰苦,摄影家的斗志越高昂,越是将不可能变成可能。1942年5月,晋察冀画报社成立,沙飞任主任,石少华任副主任,赵烈任政治指导员。7月1日,第1期《晋察冀画报》装订完成,敌后抗日根据地第一次有了自己的画报。7月7日,正值全民族抗战爆发五周年纪念日,1000本《晋察冀画报》成功装订完毕。此后,在残酷的战争年代,画报社成员通过智慧和辛劳,甚至付出生命的代价,坚持出版《晋察冀画报》,前后共出版13期,发行3.2万份,在全国及海外产生了极大影响,当时甚至有八路军宣传工作两大法宝是"陕甘宁的广播,晋察冀的铜版"之说。《晋察冀画报》日后也延伸出了一个解放区摄影画报体系,其影响一直持续到中华人民共和国成立之后。《晋察冀画报》为中国红色摄影写下了光彩的一页。

(二)抗日烽火中成长

如果说建立摄影科、创立《晋察冀画报》,是北平乃至华北地区红色摄影的初创和奠基时期,那么从创刊到抗战胜利阶段,就是红色摄影经受血与火的洗礼、锻炼，迅速蓬勃壮大的时期。这一时期，受晋察冀军区摄影科以及《晋察冀画报》影响，北平以至华北各地摄影组织纷纷成立，摄影人才在各地不断涌现，形成了环绕北平城的摄影工作网络，有研究者称其为红色摄影的"第一个高峰"时期。

北平红色摄影工作的进一步发展主要在平西、平北和冀东地区。除了晋察冀军区摄影工作的辐射影响外，这主要跟八路军尤其是冀热察挺进军的军事战略有关。1939年，八路军冀热察挺进军成立，萧克任司令员，程世才任参谋长，伍晋南任政治部主任。同年年底，萧克提出了"巩固平西、坚持冀东、发展平北"的"三位一体"的战略方针，也就是力图把环绕当时北平城的地区连成一片、形成整体、包围北平。因此，作为配合抗日军事斗争之一的红色摄影工作，自然也在这些地区发展起来。

平西军区①摄影工作开展得比较早，1940年就成立了摄影科，陈静担任科长，张绍柯担任摄影干事，敌工科科长萧芳兼搞摄影，战斗部队中也有摄影人员日夜活跃在前线。萧芳拍摄过《平西群众给八路军送粮》《回旋在平西百花山上的八路军英勇战士》等反映平西抗日斗争的新闻照片。他还有一项技术创新，把原来照16片的机子改成照32片。方法是分成两次拍照，第一次先照上半边，照完后把胶片从护纸上撕下来，倒过来用胶布粘好，再照下半边，头尾部分也要充分利用。这样，一个120胶卷实际能照36片。1944年冬，萧芳到晋察冀画报社参观访问，把用这种方法拍摄的两个胶卷带去，冲洗出来之后效果很好。他详细介绍了改装机子的方法，并把这些底片交给画报社保存。1938—1945年，原燕京大学英国籍教授林迈可在冀中、平西、延安等根据地活动，也留下了珍贵的照片

---

① 平西军区原是晋察冀抗日根据地的一部分，1937年冬，晋察冀军区第一军分区部队在开辟冀西北部山区时曾经活动到这一带，此后邓华、宋时轮、萧克先后率部挺进，相继在这一地区开展过工作，逐步建成平西根据地，主要包括宛平、房山、昌平、延庆、良乡和沸水、涿鹿、涿县、蔚县、宣化等县的一部分。

资料。

陈静是平西根据地摄影工作的开创者和组织者,张绍柯拍摄了不少反映平西军民抗日斗争的作品。但十分遗憾的是,平西地区离日伪军占领的北平较近,日伪军经常重兵"扫荡",斗争形势严峻而残酷,他们的照片大多在战争中丢失。

平北地区的摄影工作也得到了一定发展。刘沛江原来是晋察冀军区新闻摄影科的暗房工作人员,后调往平北根据地任摄影干事、组长。他拍摄了不少有关平北地区战斗的优秀作品,如表现1944年收复日军长期把守的明十三陵之景陵的《攻克景陵据点》组照等。

抗日战争时期的雷烨(新华社 提供)

1944年,贾健入晋察冀军区第一期摄影训练队学习,后调任平北军分区政治部摄影干事、晋察冀军区第四军分区政治部摄影组组长。他参加了抗日大反攻的战地采访,拍摄了《逼近新保安》等战斗新闻摄影优秀作品。

雷烨①是冀东抗日根据地红色摄影工作的代表人物。他既是出色的新闻记者、摄影家,也是一位抗战烈士。他拍摄了一批反映冀东抗日战争的优秀作品。如表现冀东八路军转战塞外、在荒山之中点燃篝

---

① 雷烨(1916—1943),浙江人。1937年参加革命,加入中国共产党。擅长文学写作,爱好摄影,兼任多种报刊特邀记者、通讯员。1939年被任命为八路军总政治部前线记者团记者,同年8月到达冀东,从事抗日文艺活动和新闻采访报道,开辟了该地区的新闻摄影工作。1940年组织发起"路社",先后出版文艺刊物《路》《文艺轻骑队》和《国防最前线》。他曾创作诗歌《滦河曲》、长篇通讯《我们怎样收复了塞外的乡村》《那是从喀喇沁赶来的牛群》等。1941年调任冀东军分区政治部宣传科科长、组织科科长。1942年当选为晋察冀边区参议员。1943年4月20日在与日军战斗中牺牲。摄影代表作有《熊熊的篝火》《山岗晚炊》《滦河晓渡》《日寇烧杀潘家峪》等。

1941年1月25日，日军在河北丰润制造潘家峪惨案，杀害群众1300余人（雷烨 摄，新华社 提供）

火取暖的《熊熊的篝火》，揭露日军1941年在丰润县潘家峪残杀无辜村民罪行的《日寇烧杀潘家峪》组照等。其中《熊熊的篝火》是他的代表作，也是发表、展览次数最多的红色摄影精品之一。该作品构图巧妙、姿态生动，从一个侧面反映战争环境中人的精神面貌，于安静姿态之中显出动势，于客观记录之中蕴藏温暖与力量，达到了光影与情感的统一。这幅照片后来被晋察冀画报社放大挂在会客室墙上，也屡屡作为摄影训练班讲课的案例。

雷烨与晋察冀画报社交往频繁。1943年，日军突然袭击晋察冀画报社，来送稿的雷烨突围后与日伪军遭遇，身负重伤，子弹将尽，他誓不做俘虏，砸碎身上带着的照相机、望远镜、钢笔，将最后一颗子弹射向自己，年仅26岁。

1944年，晋察冀画报社副主任罗光达奉命带领十几名编辑和摄影、制版、印刷人员，来到冀东，建立晋察冀画报社分社，1945年出版《冀热辽画报》（1945年初冀东军区改为冀热辽军区），推动冀东地区摄影工作进一步发展。

(三)解放洪流中发展

1945年8月,《晋察冀画报》第10期还在编排的时候,日本帝国主义投降的消息传来,抗战胜利了,画报社奉命去北平执行接管任务。但国民党当局要求八路军原地驻防待命,不许北平日军向包围自己的八路军投降。此时北平城内,进步摄影力量逐渐摆脱日伪统治,开始积极活动。9月,"北平摄影学会"成立,选举著名摄影家张印泉[①]为主席、蒋汉澄为副主席,并且举办了影展,这是抗战胜利后全国第一个摄影展览。

进不了北平城,八路军只能转道张家口。画报社副社长石少华参加了解放张家口的战斗,拍摄了八路军攻占火车站、开进大境门的镜头。他还按沙飞嘱托,接收了城里日军司令部印刷厂、一家日军照相馆、一所日军妓院房产和两座楼房,缴获三部电影放映机。9月15日,大开张的《晋察冀画报·时事增刊》出版,登载了石少华、刘峰[②]、沈力、力竞等人的新作,对八路军解放张家口等地进行了全面报道,并在显著位置刊登了毛泽东、朱德像。

张家口的条件满足不了需要,印刷物资仍要依靠北平。随后赶到张家口的沙飞,派对北平情况比较熟悉的裴植和李遇寅,带上白连生,化装成商人去北平,和早先派去的王丙中、李途取得联系,一方面采购紧缺物资,一方面设法吸引技术人员。

1946年6月,国民党挑起内战。7月,大同自卫反击战打响,张

[①] 张印泉(1900—1971),河北丰润县人,著名摄影家。五四时期接触摄影,1927—1937年云游各地,拍摄名山大川。受抗日救亡思想影响,提出"中国所需要的新的艺术,不是风花雪月,不是旖旎温柔;是披荆斩棘,是开创兴奋",并提出拍摄要"明朗、简洁、生动、有力",创作了《力挽狂澜》《负重村姑》《前进》等作品。抗日战争及解放战争期间,他在北平从事摄影科技研究,设计制造出能变三种焦距的镜头,著有《摄影的原理与实用》《摄影应用光学》等。中华人民共和国成立后,任新华社新闻摄影部研究员、中国摄影学会副主席等。

[②] 刘峰(1923—1979),河北新城县人。1939年参加八路军,同年加入中国共产党。1940年开始专职从事摄影工作,历任晋察冀军区第一军分区摄影干事,晋察冀野战军第4旅摄影组组长、第2纵队、北岳军区、察哈尔军区摄影股股长,《晋察冀画报》《华北画报》《解放军画报》摄影记者、组长、社长助理等。

家口面临敌机空袭危险。9月，国民党军对张家口发动大规模进攻，画报社只能撤出张家口，回到河北阜平老根据地。为了密切配合新的战争形势，摄影工作贯彻"为兵服务"方针，画报社工作也加以调整。一是将工作重点放在前线；二是由于《晋察冀画报》出版周期较长，不适应当时需要，决定出版周期更短的单页画刊，即《晋察冀画刊》。1946年12月，《晋察冀画刊》第1期问世。

《晋察冀画刊》为8开单页、4个版面（有几期加到8个版面）、双面印刷，每期发表3~5组照片，共20张左右，有时也发表美术作品。每期表现一个中心内容，并有简要文字介绍。每期印刷一万份，主要发到野战部队，也送给在延安的党中央，并与兄弟解放区各新闻出版单位交换。

早在抗日战争时期，《晋察冀画报》就起到了战斗动员作用，不少指挥员在战前以"上画报"来鼓舞战士斗志，战士们在行军中会高喊"打好仗，争取上画报"。有摄影记者在的部队，战士作战也往往格外勇猛。解放战争时期，摄影工作目的性更明显、服务性更鲜明、宣传鼓动效果更强。一是新闻时效性强，面对新的战争形势，争分夺秒进行报道，及时出版画刊；二是服务性强，强调"为兵服务"，紧密配合军事斗争，相关人员和设备灵活机动，部队走到哪里就跟到哪里，就地编印，就地出版，马上提供给战士们看；三是普及性强，为了鼓舞战士，让群众看懂，《晋察冀画刊》文风平易，语言追求通俗，有时甚至直白。

总的来说，解放战争时期的北平红色摄影，成功达到了"为兵服务"的目的。美观大方、内容熟悉、形式活泼、制作精良的画刊深受战士们欢迎，他们在画刊上看到自己冲锋陷阵、立功受奖的照片，无比兴奋。但因为强调功能性、实用性，摄影内容的多样性相对下降。据统计，《晋察冀画报》表现抗日战斗的，占全部照片的53%，其他则是抗日根据地方方面面的；《晋察冀画刊》直接表现战斗的占17%，表现立功、战利品、俘虏、部队生活、军民关系的占比高达69.3%，二者相加几乎等于全部内容。也就是说，"画刊"时期红色摄影作品大多表现与部队战斗相关的内容，反映社会其他方面的较少。出于同样原因，"画刊"时期摄影作品艺术性、创造性不足，自然、瞬间、生动的作品变少，模式化倾向较以往更明显，有些流于图解式、招贴广告式的宣传或者摆拍。

1948年底，晋察冀画报社与人民画报社合并，成立华北画报社，沙飞任主任，石少华任副主任。但沙飞此时因严重肺结核和精神错乱住院，由石少华主持全面工作。平津战役开始后，画报社组织摄影人员到前线采访，同时准备放大照片，以备北平、天津解放后街头宣传之用。经过一个月的突击准备，300多张16寸放大照片制作完毕。1949年1月31日，北平和平解放，华北画报社随军进入北平，摄影人员用镜头定格了解放军进入北平城这一重要历史时刻。

进入北平的华北画报社是中国共产党在北平唯一的新闻摄影单位，由于还没有建立国家层面的统一新闻摄影机构，华北画报社自然担负起了对外发稿、供应新闻图片和各种有关历史资料的任务，国际国内一些重大新闻报道也由华北画报社负责。据不完全统计，1949年内，华北画报社编发供应北平和全国各新闻单位、机关团体、画报画刊和国外的新闻稿件、展览照片约12400张。同时画报社还编辑出版了摄影业务刊物《摄影网》，交流心得、介绍经验，推动摄影事业发展。

（四）主要成就与特点

一是记录历史真实，留下一笔珍贵的史料。紧密围绕中国共产党在北平和华北地区的革命军事活动，红色摄影为后人留下了关于北平地区抗日和解放战争的全纪实式的直观影像资料，具有非常重要的历史价值。尤其是这些照片定格了一些容易被忽略的瞬间，留存下来一些现在人们很难想象的历史细节。

沙飞1939年曾拍摄过一张照片，表现了冀热察挺进军偷渡拒马河，开辟抗日根据地的情景。照片中，战士们脱下衣服，搭在肩上，蹚过不深的河水。他们的样子可能和我们想象中的八路军差别很大，但当时条件艰苦，每人只有一套衣服，也没有内衣，怕过河弄湿了，只能赤身裸体过河。

1940年沙飞拍摄的另一组照片，画面中一列战士好像正在朝前冲锋，但其中一位战士身体向后倒，似乎要坐在地上。实际上，这是八路军在河北阜平王快与日军激战、冲锋下山，准备拼刺刀反击的情景，画面中央那位姿势奇怪的战士此时正中枪倒下。沙飞不顾枪弹，跟着一起冲锋，及时按下快门，记录这一难得的实战瞬间。有研究者称，这是目前唯一一幅战士在冲锋时中弹倒下的现场画面。只有战地摄影记者有机会记录下这些瞬间，也只有摄影能完整准确地将其记录下来。这种对于历史真实情景的重现，弥足珍贵，其他艺术方式很少能提供这样真实的历史场面。

　　二是培养摄影人才，培训新闻摄影工作者队伍。沙飞培养了罗光达、赵烈、刘沛江、白连生、冀连波、张进学等摄影家。1940—1942年，石少华连续开办四期摄影训练队，培养了包括流萤、李械、刘明、宋贝珩、袁克忠、孟庆彪、杜根元、黎呐、梁明双、杨振亚、宋克章、刁寅卯、荣右名、韩金声、李学增、袁苓、董青、杜海振、刘克己、李峰、宋谦、李晞等上百名摄影人员，为各部队提供了摄影人才。1944—1945年，又连续举办三期摄影训练队，培养了高粮[①]、顾棣、郝建国等摄影人员。很多人日后成为新中国新闻摄影事业的骨干力量，为中国新闻摄影事业的发展做出了重要贡献。

　　三是形成一整套工作方法和模式。革命战争年代，摄影工作者首先是记者，要具备战地记者的素质，既要能拍摄，更要有"新闻嗅觉"。在拍摄方面，强调要现场拍摄，一旦错过了想要的内容，应立即"抓取新的时机，摄取新的场面"；注重深入现实生活，反对千篇

---

① 高粮（1921—2006），河北易县人。1936年，参加中华民族解放先锋队；1937年，参加八路军，同年加入中国共产党。1939年，在战斗中负伤成乙级残废。1944年，入晋察冀军区第一期摄影训练队学习，后留《晋察冀画报》任摄影记者。1946年，任晋察冀画报社摄影采访组组长。1947年起，历任《晋察冀画报》前线工作组摄影组组长，晋察冀、华北野战军第4纵队摄影股股长，《华北画报》摄影组组长，华北军区第20兵团政治部宣传部部员兼摄影科科长，华北军区政治部战士文化读物社副总编辑。1950年，参加抗美援朝。1955年，调任《人民日报》摄影组组长，后兼任中国社会科学院新闻摄影研究室主任。

一律的"摄影八股"。在暗室工作方面，钻研技术，精益求精，掌握了在战争的困难条件下冲卷、印片、放大等技术。在保存资料方面，十分重视底片保护，提出"人在底片在，人与底片共存亡"的口号，底片由专门组织统一保管，也专门培养了资料整理人才。

四是提出了有价值的摄影理论。早在1936年，受左翼文化思潮影响的沙飞，就提出"摄影是暴露现实的极为有力的武器"和"描写现实诸相的工具"，同时他批评"多数人还把它作为一种纪念、娱乐消闲的玩意儿"的看法，这就是他著名的"摄影武器论"。他也十分注重摄影的现场性和真实性，这为他日后的创作奠定了基础。石少华认为"摄影是一种新的斗争武器，要由革命的阶级及广大人民使用它、掌握它，才可能发挥更大的力量"，强调摄影工作的政治属性。对于抓取典型，他认为要抓住"事件的主脉、斗争的焦点"，也要注意人物性格、背景与气氛。罗光达在1945年撰写《新闻摄影常识》一书，从摄影美学角度对新闻摄影的构图等方面提出了建议，明确了成功的新闻摄影作品要达到"政治性""新闻性""艺术性"的统一，肯定了红色摄影"有形的保留现实"这一历史意义，初步建立了解放区红色摄影的美学理论。

五是创造全新风格，留下"红色摄影精神"。红色摄影将镜头指向现实生活，以鲜明的政治立场和朴素的美感，发挥了摄影这一艺术的特长，留下了集体的影像记忆。为了达到这种效果，受制于当时的器材，摄影记者往往跟随战斗部队冲锋，哪里战斗激烈哪里去，哪里危险哪里去，甚至冒着枪林弹雨，借着手榴弹爆炸的光拍下照片，不少人因此受了伤，还有人付出了生命的代价。因此，红色摄影为后人留下的，不只是一张张照片，还有一笔宝贵的精神遗产。

三、与新中国一起繁荣

1949年3月，中共中央、中央军委和毛泽东等抵达北平。7月，全国第一届文化艺术工作者代表大会召开，主持华北画报社工作的石少华出席大会。会上，石少华、高帆①、吴群②联名正式提出创办全军、全国性大画报的提议，周恩来安排廖承志办理。9月，中国人民政治协商会议第一次全体会议举行；10月1日，中华人民共和国成立。吴群、陈正青③、侯波④、林杨、杨振亚、孟昭瑞⑤等摄影家组成了拍摄阵营，一同记录下这一伟大的历史时刻，成就了经典的"开国大典"

---

① 高帆（1922—2004），浙江萧山县人，1938年参加革命，1939年，到八路军第129师做美术、摄影工作。是晋冀鲁豫军区新闻摄影工作的创始人之一，参与创办《战场画报》（美术）、《人民画报》（摄影，任主编）。1947年，任晋冀鲁豫军区宣传科科长；1948年起，历任第18兵团摄影科科长、华北画报社副主任。中华人民共和国成立后，任《解放军画报》副总编、总编、社长，中国摄影家学会第五届主席，《中国摄影》杂志主编，长城出版社社长，中国摄影家协会主席等。

② 吴群（1923—1996），广东顺德人。1938年赴延安参加革命，1939年加入中国共产党，同年在中国人民抗日军政大学总校第五期毕业，后长期在晋察冀抗日根据地和华北解放区从事报刊编辑与新闻摄影工作。历任晋察冀军区第二军分区《部队生活》报、冀晋军区《冀晋子弟兵》报编辑兼记者、《晋察冀画报》编辑兼摄影记者、华北野战军第18兵团摄影科科长、华北画报社副主任。中华人民共和国成立后，任中央军委总政治部解放军画报社摄影科科长、副总编辑。1956年参与筹建中国摄影学会，当选并连任前三届常务理事、秘书长。1958年后历任《大众摄影》主编、新华社摄影部副主任。是中国当代摄影史研究的权威专家之一。

③ 陈正青（1917—1966），祖籍福建福州，生于湖南长沙，后随家庭迁居北平。1936年毕业于上海大同大学，同年离家赴西安，又入延安抗日军政大学。1937年加入中国共产党，同年9月调西北战地服务团，任戏剧队队长、编导。抗战胜利后，任辽宁文工团副团长。1946年调任东北画报社摄影科科长。中华人民共和国成立后，任中央人民政府新闻总署摄影处副处长。1952年4月新华社摄影部成立后，历任通联科科长、记者室主任、研究室主任、摄影部副主任等职。

④ 侯波（1924—2017），山西夏县人。1938年赴延安，先后就学于陕甘宁边区中学、延安大学高中、延安女子大学。1946年开始从事摄影工作。中华人民共和国成立到20世纪60年代，主要担负党和国家领导人的拍摄任务。她历任东北电影制片厂、北京电影制片厂照相科科长、中共中央办公厅警卫局摄影科科长、新华社摄影记者、中国女摄影家协会主席等。

⑤ 孟昭瑞（1930—2014），河北唐山人。1946年，在晋察冀边区联合中学学习；1948年，参加解放军，同年6月入华北军区政治部举办的摄影训练队学习。后留任华北画报社摄影记者，赶赴平津战役前线采访，参加北平入城式、开国大典、亚洲妇代会、亚澳工代会等重大新闻的摄影报道。中华人民共和国成立后，担负国家和军队重大新闻的摄影采访工作，参加抗美援朝、中越自卫反击战。他是我军第一个参加核武器试验的摄影工作者。

系列。1950年1月，中央人民政府新闻总署成立新闻摄影局，其下专设新闻摄影处，办公地点在北京石碑胡同甲22号。石少华离开华北画报社，任新闻摄影局副秘书长兼新闻摄影处处长。

1950年初，中华全国总工会《中国工人画刊》创刊；7月，新闻摄影局《人民画报》创刊，创办全国性大画报的理想得以实现。9月1日，华北画报社全体人员及底片资料、住房、影具等，一齐上调中央军委总政治部，华北画报社建制撤销，中国人民解放军画报社宣告成立，后改称"解放军画报社"，社址在原华北画报社所在地西四北大街大红锣厂甲8号。创办全军性大画报的理想也实现了。1951年2月，《解放军画报》创刊号问世。

1950年10月1日，"中国人民解放军战绩展览会"在故宫开幕，朱德总司令为展览剪彩。这是反映革命战争历史的最大规模展览，共展出各类图片2000余幅，展期一个多月，是解放区红色摄影的一次精华大汇总，也是全军摄影工作者20多年工作成绩的总检阅。观众超过150万人次，影响巨大。

1952年，新闻摄影局分解，石少华带领全体人员归属新华总社，更名为新华社摄影部。他又从各部队、各地调来他和沙飞、罗光达、郑景康等战友的学生、部下，进入新华社摄影部。随后，新华社摄影部成为全国新闻摄影事业的旗舰部门。1955年，著名摄影家吴印咸参与北京电影学院创建工作，任副院长兼摄影系主任，主要从事教学工作。1956年，在石少华、吴印咸、张印泉、田野[①]、高帆、吴群、陈勃等摄影家的推动下，中国摄影学会（中国摄影家协会前身）成立。

伴随着新中国的成立和成长，北京红色摄影进入了新的历史阶

---

① 田野（1911—2004），河北束鹿县人。1930年参加北大摄影学会，1934—1936年主持该会工作。1936年毕业于北京大学中文系。全面抗战爆发后离开北平，参加八路军，1938年转入延安中国人民抗日军政大学，同年加入中国共产党。1939年起历任《军政杂志》《战士课本》和延安新华社编辑，出版有《军政杂志》摄影画页38期、影集《抗战中的八路军》等。解放战争期间历任《冀热辽日报》副总编、东北军区政治部前进报社社长兼总编。1950年调任解放军画报社社长兼总编。1958年转业，任国家科委第50局副局长、生物物理研究院科技领导组副组长等职。

段，过去分散在各根据地、解放区的摄影力量得以在北京集中，并进行新的组合与分配；过去地区性的摄影刊物被全国性、全军性的大画报等平台代替；出现了对全国新闻摄影工作进行管理或者牵头的机构。最重要的是，解放区摄影工作为革命战争服务的任务已经完成，摄影工作的任务从此转变为为新中国、新政权服务，为"工农兵"服务。从那时起，北京摄影工作者们为后人留下了有关新中国诞生、社会主义革命和建设、改革发展以及历届党和国家领导人的一系列图像。

回顾历史，可以清晰看出，清末至五四时期，摄影作品大多表现风花雪月，呈现一种接近中国传统绘画式的主题和表达。而在当代，人们很自然地将摄影看作一门独立的艺术，将其纳入"纯艺术"领域，倾向于以艺术学的方式探讨有关摄影的问题。但两者之间存在一批可以称作"特殊"的摄影作品，也就是今天被人们称为"红色摄影"的宝贵遗产。北京红色摄影贴近并关怀现实，充溢着家国天下的情怀，参与到抗日救亡和人民解放斗争过程之中。从抗战时期创立的红色摄影血脉，在首都北京得到延续、传承和发扬。红色摄影的理念、方法和精神不仅没有消亡，其影响至今仍旧持续。

第二节　重要作品评介

一、《八路军战斗在古长城上》（沙飞）

《八路军战斗在古长城上》摄于1937年秋天，地点在河北涞源浮图峪，是中国红色摄影奠基人沙飞在晋察冀抗日根据地的早期代表作，也是他最为人熟知的作品之一。他的"战斗在古长城"系列摄影作品，直到今天都是反映中国人民抗日斗争题材的代表性图像。

1938年，守卫在河北涞源浮图峪长城上的八路军（沙飞　摄）

照片中，一位八路军指挥员手握驳壳枪，注视遥远的前方，似乎在观察敌情；另一位战士架着机枪，凭借长城之险峻，似乎正要对敌进行射击；还有一位躲在他们的后面。前景两位军人姿势一高一低，一动一静，斜照的光线刻画出他们沉着刚毅的神情；巍峨的长城在他们身后蜿蜒，直到大山的深处；大山之外，迷蒙的远山无尽地连绵着。整个画面庄严凝重，主题鲜明突出。

看到这张照片，仿佛身临其境，触摸到了抗战最前线的脉动，似乎构成了一个实战现场。然而，有学者指出，这张照片中的八路军战士并不是真正在实战，也有亲历者证明，这段长城并未发生抗敌战斗。也可以说，照片中的几位八路军战士，只是按照沙飞的要求，摆出战斗姿势；通过这种"摆拍"来"模拟"战争场面，或者叫"情景再现"。因此，这张作品虽享有盛名，但恰恰在这一点上，也让沙飞饱受非议。有人批评他有意"摆布"场景，甚至说他"弄虚作假"，认为他不算是合格的摄影记者。对此的争论，从照片问世以来，似乎从来就没有停歇。正如很多战地摄影名作一样，聚焦在争论中心，使作品似乎更拥有了一种别样的分量。

那么，今天我们要如何理解这幅作品呢？从照片内容本身来看，当时浮图峪长城附近的涞源、蔚县一带，的确经历过抗日战斗，照片中八路军战士的战斗行为以及他们的身份、服装等细节，都不存在刻意修饰或雕琢。这幅作品总体上并没有背离历史真实。从拍摄者沙飞个人情况来看，他当时刚刚以摄影记者身份进入晋察冀抗日根据地，还没有足够的时间深入现实斗争。当时新闻记者想要冲到战斗第一线拍摄战斗场景非常困难，晋察冀军区司令员聂荣臻严令各部队控制记者到过于危险的地方去，以保护"军区的摄影事业"。正如有学者指出的，这张照片当时并不算是"新闻摄影"，因为从拍摄到发表已经时隔多年，作者更关注的是作品的宣传激励含义，而不是即时的新闻属性。

早在1937年，沙飞在《广西日报》发表《摄影与救亡》一文，阐明当下摄影的目的，是要"激发民族自救的意识……务使多张有意义的照片，能够迅速地呈现在全国同胞的眼前，以达到唤醒同胞共赴国难的目的"。因此，在未能全面深入实际斗争的时候，年轻的摄影家满怀热情，要以摄影为"救亡武器"，去唤醒民众、鼓舞士气、团结抗战，拍出《八路军战斗在古长城上》这样的作品，也是理之必然。作品问世以后，在当时达到了理想的效果，日后也成为那个时代八路军奋勇抗敌的图像代表。

　　了解作者及历史背景后，回过头来再看这张《八路军战斗在古长城上》，我们能感到他对构图美感的有意追求，也能感到沙飞对八路军战士的热情赞美，更能感到作品中洋溢的理想主义和象征色彩。可爱可敬的战士，与背后雄伟绵延的长城似乎已经融为一体，共同构成着抗敌御辱、保卫家园的铜墙铁壁。作者充分借用长城这一物象的象征意义，不仅激起观者的抗敌意志，唤醒了文化深处的民族情感，也赋予这个图像无比的正义力量——无论是战士、长城、中国人或是中华文明，这里都昭示着一种不屈不挠的、不可战胜的永恒。因此，这里的赞颂与某些图解政策口号的"摆拍"有着天壤之别。年轻的沙飞以其艺术家的饱满激情、昂扬的革命理想主义精神，为他那个时代描绘了可能比实录现场更加真实的写照，为后人制造了不仅真实也值得敬礼并流淌热泪的图像，在纪实性摄影的"艺术性"和"新闻性"的平衡方面，做出了可贵的探索。

　　这种充满理想主义和象征色彩的摄影作品，在抗战初期并不罕见，不少红色摄影家都为后人留下了这样的作品。

　　罗光达1939年拍摄的《英勇卫士》，是作者来到晋察冀抗日根据地一年后的作品：简洁明快的画面上，一个八路军战士坚强有力的剪影赫然挺立；他双手持枪，目光直视远方；头顶上是连绵的云，群山之外，朝阳正在升起，发出强烈的光芒，照亮远方的天空。这幅照片比沙飞的《八路军战斗在古长城上》，更加直接地刻画了一个刚强不屈的八路军战士形象，也更直接释放着作者自身的浪漫激情。这张照片是当时的经典之作，在摄影训练班中经常被当作教材。

　　石少华1940年在冀中拍摄的《儿童团》，同样是初到前线的作品，充满了理想主义精神。作者极其考究地摆布相机，以一个特殊的角度拍小孩子，制造了完美的构图和影调层次，不仅表现了两名儿童团员的勃勃生气，也让这群"小八路"的形象顿时高大起来。

　　相比以上几幅作品，《农家之夜·纺纱图》则诗意地处理了根据地的日常生活。作者李途用破旧相机和过期胶卷，十分巧妙地利用破旧房间的幽暗灯光，营造出古典油画般的光影关系，将年轻女子低头纺纱的瞬间姿态，融化成行云流水的诗意片段，增添了作品的抒情性，寓意根据地人民自己动手创造生活的幸福美好。这幅照片曾被选作第3期《晋察冀画报》的封底，以后被多次使用。

二、《解放平西西斋堂里》（罗光达）

1938年，日军占领广州、武汉后，抗日战争进入相持阶段。日军逐渐从正面战场转移其主要兵力打击八路军、新四军，将重点置于华北，并且制定了在华北先取平原、后取山区的方针。中共中央决定，华北主要是巩固已经建立起来的抗日武装，以便在相持阶段中战胜日伪军的残酷进攻，坚持已有的根据地。据此，中共中央军委派遣八路军三个师的主力，分别进入冀中、冀南、冀鲁豫边界平原地区和山东，协同各地中国共产党领导的抗日武装，开展游击战争，巩固和扩大抗日根据地。

1938年11月25日，中共中央决定成立八路军冀热察挺进军，萧克任司令员。1939年新年刚过，萧克及马辉之率领一批干部和小型的直属机关部队，越过紫荆关，走过南城司、营安等地，进入平西，再经板城、赵各庄、蓬头、野三坡、罗鼓台等地进入宛平县，1月中旬到达斋堂川上、下清水村。八路军冀热察挺进军在平西成立后，司令部就设在现在的斋堂马栏村的一座四合院内。平西成为冀热察抗日根据地党政军领导机关所在地。

挺进军成立后，坚持敌后抗日游击战。经过几年艰苦奋斗，挺进军粉碎了日伪军数次"扫荡"，巩固了平西，开辟了平北，坚持了冀东的抗日斗争。平郊抗日根据地直指日军在华北的军事政治中心北平。

罗光达拍摄的《解放平西西斋堂里》，记录的就是1939年冀热察挺进军进驻平西、解放平西重镇西斋堂里的情景。照片中，战士们军容整肃、气宇轩昂，走过标有"西斋堂里"四个大字的城门。城

《解放平西西斋堂里》（罗光达 摄，新华社 提供）

门为作品添加了准确的历史信息，使作品的地域背景变得清晰。从构图上，一旁是古朴坚实的石墙，头顶是苍翠茂盛的古树。作者借助古树、城门和石墙，形成自然的"画框"，让观者视觉自动聚焦在照片中心的那些人物上；借助城门和石墙的透视关系，突出队列的延伸感，使得这不到十人的队列能够代表和暗示整个挺进大军。同时，作者成功地抓住了前景人物向前迈开腿的这一动势，与向后消失的城墙、远山这一透视关系一起，格外强调了队列昂然前进的势态，似乎是对冀热察挺进军中"挺进"二字最生动的解说。

作为中国最早的红色摄影家之一、沙飞前期的得力副手，罗光达为中国红色摄影的发展做出了重要贡献。从时间上看，这张《解放平西西斋堂里》是他较早期的作品。

1939年5月，晋察冀八路军杨成武支队在易县、大红门等地，消灭几百日伪军，缴获大批武器装备，尤其是缴获了日军机密文件50多册，内容包括政治、经济、军事等诸多方面。其中有日军华北方面军司令部颁发的《关于剿匪与警备的指针》、《关于使用特种器材（毒气）之参考》、对晋察冀抗日根据地的《1939年第一、二、三期肃正作战概要》，以及日军第110师团司令部颁发的《对山区方面匪团封锁计划》等文件。这次战役被称为大龙华歼灭战。

接触战地摄影不久的罗光达，再三恳求司令员，在战斗快结束时随搜索部队前进，拍摄了一系列有关大龙华歼灭战的照片，《搜索敌军司令部》就是其中之一。到达日军司令部后，他利用低角度的方法，让前景地面占据了照片的大部分，夸张地展现了散落的大量日军文件，强调了日军撤退时的仓皇忙乱，既突出了这场战斗的特点，也从侧面反映了战斗的胜利。

此外，罗光达还拍摄了《凯旋归来》《萧克将军指挥平西挺进军作战》《占领妙峰山》等优秀作品。

三、《给马县长献花》（刘博芳）

红色摄影家们不仅用镜头记录了抗日根据地精彩的战斗瞬间，还保留了民主选举的生动时刻。在保存至今的摄影作品当中，我们能找到不少有关选举、当选的影像记录。刘博芳拍摄的《给马县长献花》就是其中的优秀代表。该作品时代感强、真实感人，是当时抗日根据地民主生活的真实写照。

照片中那个大学生模样的年轻人，就是马县长。他名叫马叔乾。1940年7—10月，晋察冀抗日根据地举行民主大选举，他当选为阜平县县长、边区第一届参议会参议员。在县城召开的万人庆祝大会上，一位来自齐家沟村的70多岁的老大娘上前为他献花，真诚地向他表示祝贺。据当时人回忆，马县长为人清廉勤政，虽然当时制度规定县长可以配马、带警卫员，但他出门下乡从不骑马，也不带随员，都是单身独行。他办事公正果断，待人和蔼可

阜平群众给新选县长马叔乾献花（刘博芳 摄，新华社 提供）

亲，深受老百姓拥护，甚至有人给他取名"马青天"。马叔乾在阜平县当了六年县长，1945年调往延安，临行时群众烧香放炮、夹道相送。抗战胜利后，他任察哈尔龙烟铁矿党委书记；中华人民共和国成立后，一直在冶金部门工作。

《给马县长献花》发表于1942年7月的《晋察冀画报》创刊号。1946年收入《晋察冀画报》丛刊之三《民主的晋察冀》。中华人民共和国成立后，收入《人民战争必胜》《中国人民解放军历史资料图集》等多种画册，也入选多种展览，是华北地区乃至全国解放区新闻摄影精品之一。

照片中的人物神情都非常生动。马县长的谦虚随和、老大娘的真诚欣慰，以及周围交谈群众或工作人员都表现得很到位，而且人物之间不是孤立存在，彼此的眼神、动势，形成了一个互相交流的"场"，而且这个"场"的焦点聚集在那一簇小花上，强化了"献花"的主题。在平衡匀称的构图中，布置场地搭设的棚子在日照中形成的暗影，以及站在马县长和老大娘中间深色衣服的女士，很好地衬托出了浅色衣服的马县长，"挤"出了明晰的侧脸形象，突出了边区政府干部的面貌、精神和气质。背景中的领袖和领导人像，那些锦旗、条幅以及上面"人民救星"等字眼，提供了有价值的信息，将主要人物放进了一个有关选举的特定历史场合中，增加了作品的赏读性和历史资料价值。同时期其他有关民主选举的作品，要么特别突出人物竞选演说的激情、当选的喜悦幸福，但背景信息不足；要么特别突出整个选举活动的场面、场所，但主要人物不突出。这张照片在情景和场所之间、在情感表达和信息传达之间，都取得了较为完美的平衡。

刘博芳当时是在边区人民银行工作。他以前在北平故宫博物院印刷厂当制版技工，精通照相制版技术。他结识罗光达时，刚成立一年的晋察冀军区摄影科正缺技术人才，罗光达迅速把他调到军区摄影科，担任照相制版技师，参与创办《晋察冀画报》筹备工作，对画报做出了重要贡献。

这里再介绍其他有关选举的几幅摄影作品。1940年叶曼之拍摄的《陈舜玉当选女县长》。顾名思义，这是一张有关妇女参政的照片，展示了一名年轻女性在晋察冀边区民主大选举中当选县长的情景。当时在大选举运动中妇女参政现象很突出，据统计妇女参选人数占选民人数比例高达83.6%。陈舜玉是福建人，政法大学毕业，原在晋察冀抗日根据地三分区某部当政委，当时被群众选为县长，这一情景恰被叶曼之用镜头捕捉到了。

叶曼之所摄另一幅作品《儿童团举起当选代表》，漂亮的构图、生动的形象、突出的中心及分明的层次。一群孩子高兴地扛起一位有点害羞的年轻人，围观的群众都在握拳举手叫好，背景中写在土墙上的字，告诉这一切发生在民主选举后。

1943年，晋察冀边区进行第二届县议会改选，进一步巩固和加强"三三制"民主政权。在此过程中，李途拍摄了一张《竞选参议员》。照片中，阜平县一位叫段桂章的小商人登台演说，发表自己的竞选纲领，他一手捏着纸片子，挥舞着胳膊，信心十足，情绪热烈，面带喜悦。这些表现民主生活的摄影佳作，既是出色的艺术作品，也是有力的宣传武器。不需要什么言语，只要把这些照片摆在面前，什么叫作"人民当家做主"，就如此清晰地展现在观者的眼前。

四、《爆炸英雄李勇》（李途、叶曼之）

塑造人物形象是摄影这门艺术的重要功能，塑造英雄模范人物形象，更是红色摄影工作者必不可少的任务。红色摄影作品中，有不少优秀作品，有不少过目难忘的英雄形象。

李勇是河北省阜平县五丈湾村一个贫苦农民的儿子。在1942年反"扫荡"战斗中，他带领爆炸组炸死、炸伤日军36人，打死日军小队长，受到嘉奖。在1943年持续3个月的反"扫荡"战斗中，他与爆炸组又毙伤日伪364名，炸毁敌军汽车5辆，荣获晋察冀边区"爆炸英雄"的光荣称号。

《爆炸英雄李勇》是李途、叶曼之六幅组照中的一幅。在这幅摄

爆炸英雄李勇（1944）（李途 摄，新华社 提供）

影作品中，作者为了表现这位既普通又不普通的民兵队员，借助他一身的打扮，尤其是肩上扛着的枪和挂着的地雷，表明了"爆炸英雄"的身份；通过中正的构图和草帽整齐和谐的形状，吸引人们的视觉注意力，且将观者视线直接聚焦到人物面部。此外，作者熟练地运用自然光照，在人物五官上"制造"了相对强烈的明暗对比，细腻刻画了他紧锁的双眉、凝望的双眼、坚挺的鼻梁、坚毅的嘴唇，在凸显英雄人物坚毅神情的同时，给人们留下一个刚强、自信而质朴的英雄形象。

另外，硕大的人物占据了照片几乎所有空间，略微仰拍的角度使得人物形象更显高大，圆而大的草帽，其编织的肌理环绕着头部，就像一圈圈光轮——这一切让这张作品充溢着一股英雄气概。从这幅作品可以看出，拍摄者的艺术处理是多么重要。否则，照片中的他便只是一个普通农民的样子，并无什么特殊之处。

同样是民兵英雄，1947年刘峰拍摄了一幅表现民兵参战、缴敌机枪的照片《复员军人立新功》，拍摄背景是河北望都县一名叫刘金国的复员军人带领民兵参战，捉到五名俘虏，缴获步枪五支、轻机枪一挺。作品中，民兵英雄们排着整齐的队形，直视镜头，抱着缴获的战利品，露出非常自豪的胜利笑容。

在战争年代，拍摄战斗英雄形象是必不可少的工作。1940年，杨国治拍摄有一张照片，照片中的年轻战士叫李永生，在涞源三甲村战斗中，独自一人缴获轻机枪一挺、三八式步枪三支。很明显，摄影家让这位英雄扛上他的战利品，站在空旷的背景前，使整个画面充满一种荣誉感。因此,这些战斗英雄的照片,不是事后的、个人的记录,而是鼓舞集体斗志、争取胜利的有力工具。

除了战斗英雄之外,当时红色摄影家还留下一批群众模范的形象。如白连生1943年拍摄的《劳动英雄韩凤龄背着收获的大北瓜》,构图简洁,人物姿态自然又体现了重量感,一位勤劳、能干、朴实的农村妇女跃然眼前。

上述表现英雄模范的作品,在艺术处理手法上有一些共性,比如大多采用半身构图和简洁的背景,使用突出身份特征的摆拍,采用仰拍角度,等等。这些都有利于塑造那些从普通人中脱颖而出的英雄的高大形象。

与上述作品不同,1943年石少华拍摄的《子弟兵的母亲——戎冠秀》,则采用了另外的艺术处理方法。戎冠秀是一位河北平山县妇女,在反"扫荡"斗争中抢救过数十名八路军伤员,获得了"子弟兵的母亲"的称号。在这里,石少华没有试图表现她完整的形象,而是拉近距离去特写;没有在干净、简明的背景中摆拍,而是抓住了她捧碗给伤员喂饭的瞬间情景,在一个相对自然的状态下塑造了人物,表达了人物的真实情感,也体现了作者的艺术功力。

这些战斗英雄、劳动英雄代表了无数类似的平凡人物。英雄从人民中来,英雄只不过是从平凡中浓缩的典型。上述作品,无论表现的是什么人、运用什么手法,都包含浓浓的朴实之美,让观者扑面感到那个烽火岁月和养育他们的那块土地。

五、《北平入城式》(高粮、高帆、孟昭瑞等)

解放军攻克重要城市,列队进城,是当时红色摄影的重要题材。

1948年11月29日,平津战役打响,1949年1月31日,傅作义率部25万余人接受和平改编,北平和平解放。2月3日,中国人民解放军举行北平入城式,上午10时,入城式开始,平津前委首长、中共北平市委、市军管会领导以及北平联合办事处傅作义方面的代表,登

人民解放军在万众欢呼中进入前门大街（新华社　提供）

上正阳门箭楼城楼，检阅入城部队。威武雄壮的入城部队，受到北平市民夹道热烈欢迎。高帆、高粮、杨振亚、孟昭瑞等摄影工作者，拍摄了一系列这一主题的作品，记录了这一重要的历史瞬间。

高粮拍摄的《北平入城式》，表现了解放军机械化炮兵部队通过前门大街的情景。作品意在呈现场景，威武整齐的炮兵车队、大量围观群众、举起的欢迎标语、街道两旁的旧建筑、远处的牌楼和城门，一起构成了一个相对完整的历史场景，反映了解放军进入北平城的盛况。

高帆拍摄的几幅作品也展现了解放军进入北平城的场景。其中有列队进入北平城、武装车队经过正阳门、第一批入城部队经过天安门、前来观看的北平群众等。与高粮相同，这些作品构图比较开阔，摄入的背景信息量较大，画面中人物较多，比较好地再现了一个个生动的场景。

与上述作品不同，孟昭瑞的《北平入城式》重点不在场景，而在情感。画面中，不少兴高采烈的北平市民爬上解放军缓缓行驶的坦克，朝下面的人挥手欢呼，有的人还往坦克上贴"打到广州"等字样的纸条。画面构图并不开阔，几乎没有"留白"，显得很拥挤，背景信息交代不多，没有出现标志性的建筑，横幅上面的字也看不清楚。作者忽略了整齐的队伍、完整的场景，关注的是具体的人。正面抓拍了一个"片段"，极其准确地记录下人们高兴的神情，有力地突出了北平人民对解放军的期盼与欢迎，表现了他们终于翻身当家做主的喜悦。因此，这幅作品成为具有典型意义、极其成功的一张佳作。

六、《开国大典》（陈正清、侯波等）

1949年9月，全国政协第一届会议在北平召开，会议设立了新闻摄影科，吴群任科长，科员包括陈正青、侯波、林杨、杨振亚、孟昭瑞。新闻摄影科除报道政协会议外，一个极其重要的任务，就是报道在天安门广场举行的开国大典。

10月1日，毛泽东在天安门城楼向全世界庄严宣布："中华人民共和国中央人民政府今天成立了！"这标志着中华民族受屈辱、受压迫的历史已经结束，人民当家做主的新时代已经到来，中国人民站起来了。毛泽东讲话时间很短，位于各个不同角度的摄影家们，紧张地抢定机位、随时跟拍，试图抓住当时的现场气氛和人物动态。很多摄影师后来回忆，当时为了找到好镜头，冒险把身体探出城楼的栏杆，幸亏一旁的人眼疾手快按住，才没有造成事故。

吴群科长把陈正青、侯波、杨振亚三人安排在天安门城楼上，把林杨安排在受阅飞机上，他和孟昭瑞在天安门广场上。陈正青负责拍摄党和国家领导人，承担主要发稿任务；杨振亚负责拍摄阅兵场面和游行队伍全景；侯波是中南海摄影工作者，没有发稿任务，主要是为党和国家领导人拍摄图片资料。由于陈正青占据最佳的拍摄位置，他不失时机地一次次按动快门，135相机整整拍了一个胶卷，终于拍到

1949年10月1日,中华人民共和国宣告成立(新华社 提供)

了理想的画面,成就了著名的摄影作品《开国大典》。

当时被调往中南海当摄影记者不过一两个月的女摄影家侯波,用一台德国罗莱相机和用外汇从香港买回来的胶卷,从不同的角度,拍摄了另外一些开国大典的重要作品。当时条件很艰苦,胶卷很有限,她后来回忆说:"我很珍惜,每摁一张,心里都要数一下。整个大典只用了三个半胶卷,舍不得啊。"陈正青、侯波的上述作品,恐怕是那个时候有关北京的红色摄影作品中,最为人熟知、出现频率最高的,堪称当时红色摄影的代表性作品。

此外,吴群拍摄了朱德总司令检阅部队的场面,石少华拍摄了飞机飞过天安门及坦克、装甲车列队接受检阅的场面,孟昭瑞、熊知行从天安门正面拍摄了欢庆全景,宋贝珩拍摄了五星红旗第一次升起的情景,红枫、罗光达拍摄了受检阅的步兵及高炮。当天,在开国大典上,新闻摄影科先后选编发稿7次,共发照片175张,后来部分重要作品还结集为《新中国画库第一种——"开国大典"》由摄影画报社出版。

  当时，参加拍摄的摄影家有石少华、吴群、宋贝珩、林杨、罗光达、红枫、陈正青、毕深忠（毕东）、徐肖冰、侯波、孟昭瑞、高粮、杨振亚、熊知行、张力、陈勃等，很多作品都被叫作《开国大典》（如陈正青和侯波的照片），或者说，与"北平入城式"的情况类似，这些作品汇聚到一起，或许可以共同构成名为"开国大典"的集体创作。这些摄影作品不仅具有非凡的新闻价值、永恒的历史价值，也为后来其他艺术领域的重要创作奠定了影像材料基础，如画家董希文的著名油画《开国大典》。

第七章

北京红色舞蹈

20世纪三四十年代是中国红色舞蹈酝酿和发展的重要时期,新舞蹈运动、边疆舞、苏区歌舞和延安新秧歌运动等进步舞蹈活动,都为中国红色舞蹈艺术的创新发展起到了积极的推动作用。长期处于沦陷区和国统区的北平,进步舞蹈数量并不多,主要集中在部分舞蹈家和各大院校当中,但仍以自己积极的方式鼓舞着人民勇敢地向旧势力宣战。

新中国成立后,北京的红色舞蹈大放异彩。一批经典的红色舞蹈,如《人民胜利万岁》《和平鸽》《不朽的战士》《东方红》《红色娘子军》等相继诞生。北京红色舞蹈以艺术的方式,表现对人性的思考、对生命的理解、对时代的憧憬及对历史的礼赞,成为中华民族不朽的红色精神记忆。

第一节 概述

一、开启红色舞蹈的萌芽

新舞蹈艺术是一代舞学宗师吴晓邦[①]率先提出的,高扬"为人生而舞""为人民而舞"的艺术追求,把创作民族的新舞蹈与时代相连,与革命相连。

（一）新舞蹈艺术

20世纪30年代,新舞蹈艺术在左翼文化运动的影响下产生。九一八事变后,抗日救亡成为时代主题。新舞蹈艺术在这种时代背景下产生,注定表现革命主题和战争内容,具有时代的进步意义,充满爱国主义和国际主义精神。卢沟桥事变后,中国开始全民族抗战,新舞蹈艺术从这一年开始,也不再属于吴晓邦个人的研究工作,而转化成为抗日战争中宣传和组织的工具。

新舞蹈艺术伴随着中国社会发展孕育而生,跟随着中国革命战争的发展而蓬勃发展。它反映着中国现实,鼓舞着人民群众,配合着抗战活动,抵制着西方殖民主义传播的黄色歌舞,对中国近现代舞蹈的发展起到了积极作用。所谓"新"的意义就是站在劳苦大众的一边,反对帝国主义、殖民主义、封建主义和旧文化的禁锢。[②]作为精神的战斗武器,新舞蹈艺术不断表现反抗斗争,表达革命精神,激发人民的斗志,带有鲜明的革命性、斗争性和进行性,与时代和人民生活息息相关。"新舞蹈艺术的创作手法体现出了早期现代舞的特征。如同早期现代舞主要以反映现实社会为主,新舞蹈

[①] 吴晓邦（1906—1995）,20世纪中国新舞蹈艺术的拓荒者和奠基者、著名舞蹈艺术家、舞蹈教育家、舞蹈理论家,是中国创办专业舞蹈学校的第一人,是提出舞蹈学科建设的第一人。主要舞目有《丑表功》《思凡》《饥火》《罂粟花》《虎爷》等。历任中央民族歌舞团团长、中国艺术研究院舞蹈研究所所长、中国舞蹈家协会主席。

[②] 吴晓邦:《吴晓邦舞蹈文集》第三卷,中国文联出版社2007年版,第44页。

艺术大都围绕这一主题，并同时折射出舞蹈家对社会现实的反思及满腔的爱国热情。现代舞强烈的内心表达和舞蹈动作语汇的不拘一格，正好为这一时期的舞蹈艺术家表达自己内心的情感提供恰当的形式。"①

20世纪三四十年代的新舞蹈艺术，经历了抗日战争和解放战争这两个时期，一直以"反抗外来压迫，争取民族解放"为主题，以"反映现实题材，揭露社会黑暗"为内容。从名词上阐释，新舞蹈艺术是与传统舞蹈相区别而独立存在的一个舞蹈类型，主张用舞蹈反映现实人生的苦难与希望，是中国当代舞的前身，为当代舞的属性确立提供了理论支持和艺术范本。新舞蹈艺术在内容上主要以现实主义创作方法为基础，体现着以吴晓邦、戴爱莲②为代表的舞界志士的审美理想，是将中国传统文化精神与社会现实紧密结合的现实主义舞蹈。新舞蹈艺术在这个时期逐渐形成规模化和专业化的舞蹈队伍，唤起了中国人民的斗争意识和爱国热情，为中国革命的发展起到了助推的作用。

（二）吴晓邦的新舞蹈运动

新舞蹈运动的兴起绝非偶然。舞蹈家吴晓邦青年时代受到了五四新文化思潮的影响，马克思主义思想的哺育激发了他心中民主革命的思想，使他成为新舞蹈运动先驱者、开拓者。身处帝国主义侵略和中国人民奋起反抗的年代，他积极地投身于如火如荼的革命潮流之中，学习马克思主义和孙中山的学说，并从中受到进步思想的启迪。

1929年春，他东渡日本早稻田大学求学，寻求改变旧中国的道路。由于仰慕波兰音乐家肖邦的爱国思想和艺术才华，他把自己的名字"吴锦荣"改为"吴晓邦"。在日本留学时，舞蹈《群鬼》通过塑

---

① 仝妍：《中国舞蹈史》，东北师范大学出版社2010年版，第203页。
② 戴爱莲（1916—2006），中国当代舞蹈艺术先驱者和奠基人之一，著名舞蹈艺术家、舞蹈教育家，中国舞蹈家协会名誉主席，被誉为"中国舞蹈之母"。主要舞目有《思乡曲》《卖》《拾穗女》等。新中国成立后，戴爱莲出任第一任中华全国舞蹈工作协会主席，第一任北京舞蹈学校校长，第一任中央芭蕾舞团团长等。

造各种鬼的形象表现了社会的不平等和现实生活的种种丑恶现象。短短几分钟的舞蹈,却强烈地震撼了吴晓邦的内心,他立志献身舞蹈事业,决心用舞蹈去传播人间的真、善、美,去鞭挞社会的一切虚假和丑恶,从此他走上了一条"为人生而舞"的道路。

1931年秋,晓邦舞蹈学校正式在上海开办,从此,吴晓邦开始了令他操劳一生的舞蹈创作、表演和教育事业。1935年9月,吴晓邦在上海举办了他人生中第一次个人舞蹈作品发表会"晓邦舞蹈作品发表会",这也是中国近代史上第一次以个人名义进行发布和演出的作品集锦。1937年4月,吴晓邦举行了第二次舞蹈作品发表会,1938年他又举办了第三次舞蹈作品发表会。前两次演出的舞蹈作品,形式新颖而各有特色,内容严肃而情感浓厚,大都直接反映了当时中国人民水深火热的生活,表达了对帝国主义的强烈憎恨,标志着他真正用新舞蹈艺术的方式向封建主义、帝国主义及一切反动势力宣战。重庆《新华日报》对第三次新舞蹈表演做了很高的评价:"与旧的失去了灵魂但有形式的躯壳的旧舞蹈相反背的新舞蹈,在世界上还是一种新兴的艺术,在中国更是一个新的运动……而由于今日的时代为新的潮流所激荡,许多艺术都从旧的废墟上开始发芽成长,而开出新的花朵来。这新的舞蹈就是从旧的废墟上新生起来的艺术的一种,它将脱离了过去滥觞在宫廷中的'巴来特',而以'现实为题材',以斗争向上的时代为背景的一种新兴的艺术。"[①]

抗战期间,吴晓邦颠沛流离,辗转往返于全国各地,宣传抗日救国,唤起民族的精神觉醒,创作了大量揭露社会黑暗并向往和憧憬光明的舞蹈,如《送葬》《傀儡》《小丑》,以及反映时代主旋律的舞蹈《游击队之歌》、《义勇军进行曲》和《大刀进行曲》等。1945年6月,吴晓邦奔向革命圣地延安,在鲁艺教授舞蹈,之后又辗转到解放区开展新舞蹈运动。1948年,他与人合作创作了舞蹈《进军舞》,经常为即将发起进攻的战士表演。

---

① 《关于新舞蹈表演》,载自重庆《新华日报》副刊,1941年6月19日。

吴晓邦作为新舞蹈的先驱者、开拓者和实践者，主张用舞蹈反映现实人生的苦难与希望，为时代发声，为人生而舞。伟大的时代赋予了新舞蹈以艺术生命，在抗日战争时期得到了较大的发展，在党和进步文艺的支持下得到了更广阔的传播，形成了一种强大的战斗力量。

（三）戴爱莲的边疆舞运动

中国当代舞蹈艺术先驱者和奠基人之一的戴爱莲，被誉为"中国舞蹈之母"，是新舞蹈艺术的另一位代表人物，在革命进步舞蹈的创作与传播上发挥了巨大作用。"人们都说戴爱莲爱国，我是爱国的，我爱的'国'是什么？不是中国的风景，很多别的国家的风景也很美丽。我爱的是中国人，爱的是我们的民族，我们的文化。"[1]

早在伦敦的时候，她就曾多次参加伦敦"中国运动委员会"为宋庆龄领导的"保卫中国同盟"的募捐演出活动。她编演了《警醒》《进行曲》等作品，用自己的舞蹈来唤醒更多的民众参与到抗日救亡的运动中。1941年，吴晓邦、戴爱莲、盛婕三位舞蹈家共同在重庆举行舞蹈专场演出。他们的精彩表演被当时的报界誉为"新舞蹈的先锋"。此后，戴爱莲努力开拓和耕耘着舞蹈这片阵地，她创作和演出的舞蹈作品主要有《警醒》《进行曲》《东江》《游击队的故事》《思乡曲》《卖》《空袭》，以及芭蕾《森林女神》、现代舞《拾穗女》等。

"一踏上祖国的土地，我就开始满腔热情地学习中华文化，积极从各民族民间舞蹈艺术的沃土里探寻中国舞蹈之根，终于在1946年第一次将中国民族民间舞整理成表演艺术搬上舞台，这就是当时轰动全国的'边疆舞'。"[2]她创作了第一个少数民族舞蹈《瑶人之鼓》，受到了当地百姓的欢迎。1946年3月6日，她在育才学校及社会各界的资助下，于重庆青年馆公演"边疆音乐舞蹈大会"，演出五天共八场，后来又在民众教育馆剧场演了十一场。"边疆音乐舞蹈大会"表演的

---

[1] 戴爱莲口述，罗斌、吴静姝整理：《戴爱莲：我的艺术与生活》，人民音乐出版社、华乐出版社2003年版，第7页。

[2] 戴爱莲口述，罗斌、吴静姝整理：《戴爱莲：我的艺术与生活》，人民音乐出版社、华乐出版社2003年版，第7页。

舞蹈有《瑶人之鼓》《嘉戎酒会》《羌民端公跳鬼》《哑子背风》《倮倮情歌》《巴安弦子》《春游》《青春舞曲》《坎巴尔汉》等十余个舞蹈，其中表现了汉、藏、维吾尔、彝、瑶、羌六个民族的舞蹈文化。"边疆音乐舞蹈大会"的社会影响很大，文艺界人士纷纷赞许她开创了中国民族舞蹈的先河，不仅使中国各民族的民间舞蹈登上现代舞台，而且掀起了一个民间舞蹈的普及运动。

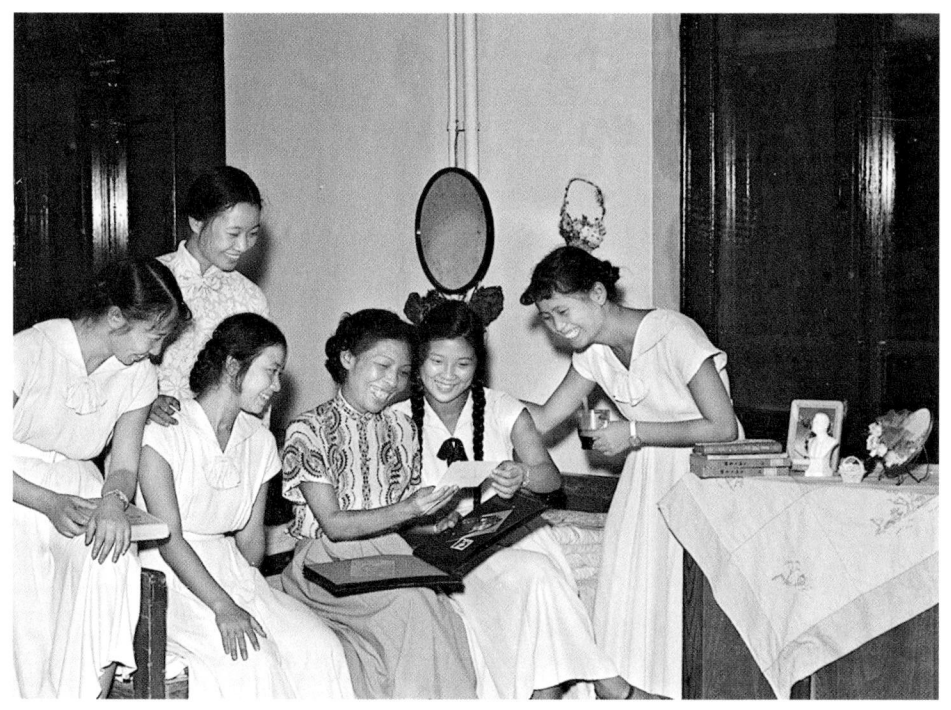

戴爱莲校长（右三）在学生宿舍里和学生们谈心（黄景达　摄，新华社　提供）

1948年，戴爱莲北上，在北平各大学教授边疆舞，在北平国立师范学院（今北京师范大学前身）体育系教民族舞蹈和现代舞；此外，应北京大学、清华大学学生的邀请教授边疆舞。1949年1月，北平和平解放，她在迎接解放军入城大会上，表演了《青春舞曲》。2月27日，在北平艺术专科学校举行舞蹈专场演出，表演了九个舞蹈作品，文艺界著名人士郭沫若、周扬、田汉、艾青等观看了她的表演，并祝贺她演出成功。

作为中国新舞蹈艺术的开拓者，戴爱莲为中国舞蹈事业，尤其是对中国民族舞蹈艺术的发展做出了卓越贡献，人们称她为"边疆舞蹈家"。戴爱莲晚年几乎把所有的精力和时间都用在了舞蹈事业上。2005年12月26日，戴爱莲站在党旗下宣誓，光荣地加入了中国共产党。临终之际，戴爱莲在病床边对家人口述了一份遗嘱："我是国家的人，我是中央芭蕾舞团的人，我回国是参加革命的，我希望把属于我私人的房子和银行存款贡献给国家，希望中央芭蕾舞团能够接受。"

二、点燃红色舞蹈的火种

1927年，大革命失败后，中国共产党为了挽救革命，先后在各个地区创建了革命根据地，开展各种形式的革命活动。1929年12月，古田会议召开，毛泽东起草了大会决议案，明确提出红军文艺宣传工作是红军革命建设的一项重要工作。决议规定："各政治部负责征集并编制表现各种群众情绪的革命歌谣，军政治部编制委员会负督促及调查之责。……化装宣传是一种最具体最有效的宣传方法，各支队各直属队的宣传队均设化装宣传服，组织并指挥对群众的化装宣传。"[①] 在这一片红色文艺土壤中，革命文艺活动如火如荼地进行着，"天天有歌声，舞蹈常表演"。红色歌舞或称苏区歌舞就是在这一特定历史条件下孕育而生、破土而出，以一种新型的歌舞形式鼓舞着人民群众的革命斗志。

（一）红色舞蹈的萌芽

红色歌舞的产生要追溯到1924年国共合作时期，最初以革命军中的宣传队方式存在，在鼓舞官兵士气、提高部队战斗力方面起着不

[①] 毛泽东：《中国共产党红军第四军第九次代表大会决议案》(1929年12月)，《毛泽东文集》(第一卷)，人民出版社1993年版，第101页。

可或缺的作用。1927年10月，毛泽东建立井冈山革命根据地后，红色歌舞获得了一个崭新的发展空间，同时承担了向群众宣传党的革命方针的重任。"为形势所需，红军中开始有了化装宣传。为加强宣传效果，先敲锣鼓吸引群众围起场子，然后化装演讲、教唱歌及编演简单的活报……为抒发自己当家做主的喜悦和拥护共产党、红军的感情，开始用传统民歌、山歌曲调填上新词，加上自己熟悉的本地区民间舞，或配上灯彩边歌边舞。"①

1927年，江西莲花县革命根据地为欢迎李特派员（即方志敏），把本县的歌曲《迎接满座嘉宾》改编成歌舞《欢迎李特派员》，并手舞红绸、脚踩"摇步"，载歌载舞地迎接他的到来。

遂川县工农政府1928年成立时，红军宣传队表演了歌舞《过新年》《打破旧世界》《分田歌》等。同年，朱德与毛泽东在井冈山会师，成立了中国工农革命军第4军。少先队队员们在成立大会上舞梭镖，表演了歌舞《朱德来会毛泽东》。在龙源口大捷后，慰劳队在提灯庆祝会上演出了根据这次战役而编创的歌舞《打垮江西两只羊》，舞蹈诙谐幽默，将两名杨姓军阀比作了羊。

1929年，活跃在赣东北，以周坊为中心的贵北、贵南的群众组织宣传活动，经常演出歌舞《妇女解放歌》《红旗飘飘》《慰劳红军歌》《红五星》《送郎当红军》《乌云重重》《小朋友》《葡萄仙子》《麻雀与小孩》《可怜的秋香》《月儿亮》等。

1930年，豫东南商城苏维埃政府召开工农兵代表大会，当时庆祝会的节目有当地群众所熟悉的民歌《八段锦》和改编创作的《八月桂花遍地开》。《八月桂花遍地开》节奏欢快，又有儿童团边唱边舞，是鄂豫皖苏区的第一个革命歌舞。这个歌舞不仅传遍了鄂豫皖及川陕苏区，也传到中央苏区，是红军时期具有代表性的歌舞之一。

伴随着中国人民革命的脚步，苏区歌舞一路成长，并得到了迅速

---

① 王克芬、隆荫培主编：《中国近现代当代舞蹈发展史》，人民音乐出版社1999年版，第82页。

发展。用文艺的形式教育人民，用歌舞的形式鼓舞人民，宣传革命真理和英雄事迹，为人类的民族解放运动服务，促进了中国革命事业的发展和革命队伍的壮大。即使是最简单的"开展演戏、打花鼓、出壁报、收集和编写革命歌谣活动"，在当时的革命根据地也发挥了功不可没的历史作用。

（二）新秧歌运动的影响

20世纪40年代，新秧歌运动从延安发起波及全国，成为革命与舞蹈的又一次历史性融合。古老的民间秧歌形式融合革命精神，用广为流传的方式，将全民抗战、全国解放的时代心声传递到根据地和国统区，并一直影响到新中国成立后舞蹈事业的发展。

秧歌是中国传统的汉族民间歌舞形式，集歌、舞、戏、杂耍、武术等多种形式于一体的群众性娱乐活动。在中国北方地区，逢年过节都有闹秧歌的风俗习惯，属于地道的农民艺术。《在延安文艺座谈会上的讲话》后，新秧歌不断地将工农商学兵等人物形象放进来，融入革命斗争的主题内容和思想，使得新秧歌成为一种娱人和育人的宣传利器，真正做到了为广大人民群众服务。1942年9月延安《解放日报》发表《秧歌简论》一文，提到："一般秧歌，多在冬季农闲时间作为劳动之余的娱乐，但在边区，扭秧歌除了为娱乐外，已成为参与政治斗争和社会活动的武器，起着较大的政治作用。"[①]

1942年底，延安举行拥军爱民活动，鲁艺组织了一支新秧歌队，走上街头慰问演出，勇敢迈出了剔除旧歌舞、开启新秧歌的第一步。这是鲁艺第一支秧歌队，由一部分年轻同志、勤杂人员和少数演员构成，总共不到20人，但得到了百姓的认可。随着新秧歌队的诞生，延安开始了热火朝天的新秧歌运动。一些专业剧团、机关单位和学校纷纷组织起秧歌队，下农村、下部队、下基层，演出了很多新创作的秧歌节目。当时比较著名的作品有新歌舞《七枝花》，也叫《四人花鼓》，由贺敬之作词，杜矢甲作曲，李刚、韩泳

---

① 丁里：《秧歌简论》，载重庆《解放日报》1942年9月23日。

等表演。还有狮子舞、旱船、推小车等民间舞蹈，表现边区人民美好的生活。鲁艺演出了《张公赶驴》《集体花鼓》《挑花篮》《南泥湾》等歌舞节目。随着秧歌活动的普及，上百支秧歌队成立，每个秧歌队各有特色：西北艺术工作团秧歌队有歌舞《小放牛》《赶毛驴》《挑花篮》，桥儿沟秧歌队有歌舞《推小车》《跑水船》《霸王鞭》《踢场子》等。

  鲁艺创作的秧歌剧《兄妹开荒》在当时非常出名。该剧原名"王二小开荒"，是秧歌运动中产生的第一个秧歌剧。作品根据当时陕甘宁边区开荒劳动模范马丕恩父女的事迹编写而成，反映解放区大生产运动和新的社会生活。1943年春节演出后，延安《解放日报》用整版篇幅刊载了剧本和乐谱，同年4月24日，发表社论《从春节宣传看文艺的新方向》，肯定《兄妹开荒》是一个很好的新型歌舞短剧。《兄妹开荒》标志着新秧歌剧的正式诞生，对秧歌运动的开展起了非常重要的促进作用。很多小型秧歌剧相继创作完成，如《一朵红花》《牛永贵负伤》《钟万财起家》《下南路》《张丕谟除奸》《夫妻识字》《组织起来》等。

  "在延安时期波澜壮阔的革命文艺大潮中，新秧歌运动的兴起与发展具有十分突出的意义。因为它不但是延安文艺座谈会后毛泽东讲话精神的最早体现，而且是文艺同工农兵相结合，努力为最广大的人民群众服务的具体实践和典型代表。"[①]《在延安文艺座谈会上的讲话》后，新秧歌运动发展速度之快，影响范围之广，作品内容之丰富，演出场次和教育人数之多，群众反响和社会影响之深远，都是当时其他艺术形式所无法比拟的。新秧歌运动开创了中国工农兵群众文艺运动的新时代。

[①] 仝妍:《中国舞蹈史》，东北师范大学出版社2010年版，第223页。

三、高举新社会的革命大旗

（一）新中国成立前的北平进步舞蹈

新秧歌运动从延安发起，逐步扩展到了其他敌后抗日民主根据地以及重庆、昆明等国统区的主要城市。北平在沦陷期间，舞蹈活动并不多，主要集中在部分舞蹈家和各大院校当中。1943年，著名舞蹈家贾作光[①]与几位爱国学生创建了"作光舞蹈团"，先后演出了由他创作的舞蹈《渔光曲》《摩》《少年旗手》《苏武牧羊》《国魂》《西线无战事》等作品，其中很多舞蹈都表现了爱国主义的主题。

解放战争时期的北平，各大专院校相继成立了进步社团，积极推广和传授解放区的秧歌和边疆舞等进步舞蹈。学生和民众利用各种集会集体扭大秧歌，传播革命激情与进步思想。以北京大学和清华大学为代表，合校后各自纷纷组织起各种进步社团，如剧艺社、合唱团、民间歌舞社等。

1946年成立的北大民间歌舞社，主要以歌舞的形式传播进步思想和团结进步学生，在其影响下北平各大院校也相继成立歌舞社。当时北京大学的民主广场和清华大学的大操场被称为"小解放区"，人们经常利用周末、节假日及纪念日在那里举行各种集会活动，包括联欢会、晚会、营火会等。每次集会，除了诗歌朗诵、合唱外，还有集体扭大秧歌等项目。唱的大部分都是抗战时期的进步歌曲或解放区歌曲，如《团结就是力量》《生产大合唱》等，还会配合一些舞蹈动作；跳的都是解放区的秧歌和边疆舞，如秧歌舞《新旧光景》《王老汉》《一朵红花》等。学生自治会主席王连成和华顺曾带头演出过《兄妹开荒》。北大的民间歌舞社还演出了《朱大嫂送鸡蛋》《青春舞曲》《喀什克尔》《巴安弦子》《春游》《嘉戎酒会》等，同时还自己创作了反映现实生活的《矿工舞》《凿冰工人

[①] 贾作光（1923—2017），辽宁沈阳人，满族。1938年考入伪满洲映画株式会社学习舞蹈，后在北平成立"作光舞蹈团"。他的众多舞蹈作品在国内外广为流传，有"东方舞神"之誉，是中国现代民族民间舞的奠基人。

舞》等。

清华民间歌舞社的舞蹈活动,除扭秧歌和跳边疆舞外,还编演了《凤阳花鼓》《王大娘补缸》《兄妹开荒》《朱大嫂送鸡蛋》。程璧(张文玉)曾到解放区参观培训过,学习了秧歌,看过《白毛女》演出,回校后将这些节目进行了复排,取得了极好的演出效果。这些社团组织往往团结民众、交流思想、传播进步文化。秧歌剧《兄妹开荒》和秧歌舞《新旧光景》就经常在"小解放区"演出,在北平地区产生了较大的社会影响。这些文艺活动在"反对美帝国主义扶植日本军国主义"及反饥饿、反内战、反迫害、争民主、要和平的学生运动中起到了重要作用。

1947年8月,为庆祝北平大专院校民间歌舞社成立一周年,清华、北大、北师大、辅仁、燕京、中法等高校的学生在中法大学礼堂举行联合演出。舞蹈有《青春舞曲》《喀什克尔》《马车夫之恋》《巴安弦子》《春游》《嘉戎酒会》等,以及由他们自己创作的舞蹈《矿工舞》《农乐舞》等。这次联合演出广泛地团结了北平各大高校的学生,分享和交流了传播进步思想的经验。1948年五四青年节,500多名学生又在北大民主广场举行北平民间歌舞社成立两周年纪念会,同学们在欢快的锣鼓声中扭起了大秧歌,充满着朝气和自信。新秧歌在内容与形式上具有鲜明的时代特征,传达积极进步的民主思想,以群众喜闻乐见的艺术形式鼓舞人心、激发斗志。延安新秧歌运动快速地传遍北平乃至全国各地,在特定的历史时期发挥着重要作用。

(二)新中国成立后的北京红色舞蹈

中华人民共和国诞生前夜,北平已是一片曙光,即将书写下中华民族最具华彩的历史篇章。1949年1月31日,北平和平解放,随后解放区和国统区的许多文艺工作者都会聚到这里,为建立全国性文学艺术界的新组织,总结工作经验,统一思想认识,最终确定新的历史时期文艺工作的方针任务。经过数月的紧张筹备,文艺家们于7月举行了中华全国文学艺术工作者代表大会。毛主席亲临大会并讲话:"同志们,今天我来欢迎你们。你们开的这样的大会是很好的大会,是革命需要的大会，是全国人民所希望的大会。因为你们都是人民所需要的人，你们是人民的文学家、人民的艺术家或是人民的文学艺术工作的组织者。你们对于革命有好处，对于人民有好处。因为人民需要你们，我们就有理由欢迎你们。再讲一声，我们欢迎你们。"①来自解放区和国统区的文学界和艺术界的代表们，就文学、戏剧、电影、音乐、美术、舞蹈等工作，做了专题发言。戴爱莲代表舞蹈界向大会做了《舞蹈工作发言》的讲话，就解放区和国统区的舞蹈运动情况做了介绍，并对今后的舞蹈工作提出了建议。

舞蹈界出席这次大会的代表，除了平津代表二团的戴爱莲，还有东北代表团的吴晓邦、南方代表团的梁伦、部队代表团的胡果刚，列席会议和参加表演节目的还有来自全国各地区各民族的舞蹈工作者。整个会议期间，由戴爱莲、彭松、叶宁、梁伦、隆征丘及华北大学舞蹈队的全体演员联合参加"边疆民间舞蹈介绍大会"的演出。晚会演出了《瑶人之舞》《架子骡》《蒙古舞》《嘉戎酒会》《马车夫之恋》《阿细跳月》《跳春牛》《羌民巫舞》《青苗舞》《哑子背疯》《撒尼跳鼓》《青春舞曲》《藏人春游》等13个民族舞蹈和小舞剧《卖》《五里亭》。鲁艺舞蹈班、内蒙古文艺工作团联合演出了《希望》《牧马》《新年拜》《鄂伦春舞》4个具有内蒙古地区风格的民族舞蹈。中国人民解放军166师宣传队演出了朝鲜族舞蹈《春耕舞》《手鼓舞》和小舞剧《蛇与农夫》。

第一次全国文代会召开期间还成立了中华全国舞蹈工作者协会，选举戴爱莲为主席、吴晓邦任副主席，并选举全国委员会的成员和候补委员。全国文代会的召开使得解放区和国统区进步的舞蹈工作者紧密联系起来，总结了过去一个时期的舞蹈工作经验，明确新时期的舞蹈工作为人民服务并首先为工农兵服务的方向和当前人民的文艺要为社会主义革命和社会主义建设服务的新任务。

---

① 王克芬、隆荫培主编：《中国近现代当代舞蹈发展史》，人民音乐出版社1999年版，第175—176页。

为庆祝中国人民政治协商会议第一届全体会议的召开，迎接中华人民共和国成立，华北大学文艺学院创作演出了大歌舞《人民胜利万岁》。这部大歌舞是新中国历史上第一部红色大歌舞，于1949年9月底在北京中南海怀仁堂举行了首场演出。

　　以红色舞蹈为代表的红色经典精神是永远不会过时的，因为经典中寄托了民族精神爱国情感，也寄托了每一位生命个体的信念与目标。正是这种坚忍不拔的红色经典精神，感动了一代又一代中国人，使得中华儿女在每个危难时期都能重新燃起对中华民族的希望与憧憬。红色经典随着时代前进的步伐并未渐行渐远，红色精神依然长存，并构筑起中华民族自我警醒的一面镜子。正如北京大学张颐武教授所说："红色经典包含着一个时期的纯洁的人民记忆，蕴藏着一种高尚的伦理标准。任何一个底蕴深厚、昂扬向上的民族都不会忘记从自身的传统和历史中汲取发展的动力与营养，并始终将其视为巨大的精神财富。"

第二节　重要作品评介

一、大歌舞《人民胜利万岁》（华北大学文艺学院）

1949年7月，首届全国文代会举行，郭沫若为会议做总报告，高度体现出"人民需要"的题旨，号召与会代表"为建设新中国的人民文艺而奋斗"。随后，中国人民政治协商会议第一届全体会议于9月召开，同时商定10月1日正式向全世界宣告中华人民共和国的成立。正是为了庆祝中国人民政治协商会议的召开和新中国的成立，文艺工作者们共同创作和演出了大歌舞《人民胜利万岁》。戴爱莲和徐胡沙出任总导演，由光未然、徐胡沙、陈正、张蓬、李悦之、桑夫、葛敏、赵戈枫作词，刘铁山、刘行、林里、乔谷、李群作曲，李一鸣、刘恒之、严良堃、瞿希贤配器，王梨、化群、柯平、奇虹、杨凡、狄耕、彭松、葛敏、叶宁为分场导演，洪正伦、管佑民、刘锐担任舞美设计。

《人民胜利万岁》共分十段：以大合唱拉开序幕，气势恢宏的歌声唱出了人民革命所取得的伟大胜利，表达了中国人民翻身当家做主人的激动心情；《开场锣鼓》以河北民间舞蹈战鼓舞为表现形式，震天动地的鼓声、气势磅礴的喊声、英姿飒爽的舞姿、紧锣密鼓的节奏，激励着参会的所有观众，开场舞似乎在向全世界宣告东方睡狮已经醒来，中国人民从此站立起来；下面是《歌舞序曲》，以歌舞的表演，庆祝中国人民政治协商会议开辟了中国历史的新纪元；接着是《花鼓舞》，表现了中国人民获得胜利后的喜悦心情；紧随其后的是《献花舞》，凝聚了全国人民的祝福与心声；《进军舞》展现了人民子弟兵挥舞红旗、高举战刀、纵马飞奔地跨过黄河，渡过长江，把革命进行到底的决心和勇气；《四姐妹夸夫》表现了四个姐妹争相夸奖自己的丈夫对革命所做出的无私贡献，烘托了工人和农民群体义无反顾、义不容辞地支援人民解放战争的感人事迹；接着以《腰鼓舞》来庆祝革命的胜利；以儿童表演《走马灯》来祝贺胜利的果实；晚会最后是工农兵和各族人民高声齐唱《在毛泽东的旗帜下胜利前进》，表现了一种对胜利的喜悦、对成功的自豪、对建设新中国的坚强信心和决心……大歌舞结束后，所有的演职人员都接受了毛主席等党和国家领导人的检阅。

作为开国大歌舞的《人民胜利万岁》，不仅见证了新中国的诞生，而且开启了新中国舞蹈的启蒙之光。该作品在艺术形式上全部采用汉族和各兄弟民族的民间歌舞，其中汉族的"鼓舞"占了很大比重，包括"战鼓舞"改编的《开场锣鼓》、《花鼓舞》和《腰鼓舞》等。大歌舞中对蒙古族、回族、藏族、苗族、彝族、高山族等少数民族民间舞蹈的串联式展现方式，成为大型音乐舞蹈史诗《东方红》中庆祝新中国诞生一场（《中国人民站起来了》）的主要表现方式。以《在毛泽东的旗帜下胜利前进》结束的大歌舞，其实就是一部具有史诗性的歌舞艺术作品，是一部体现"人民需要"从而创建"人民文艺"的"优秀大歌舞作品"。[①]大歌舞《人民胜利万岁》，可以说是大型音乐舞蹈史诗《东方红》的前身。

二、舞剧《和平鸽》（中央戏剧学院舞蹈团）

1950年3月，为保卫世界和平而发布的《斯德哥尔摩和平宣言》传到中国，同年朝鲜战争爆发，中国人民志愿军奔赴朝鲜前线，与以美国为首的"联合国军"进行作战。基于这样一个时代背景和国际局势，中国第一部舞剧《和平鸽》就此诞生。这部大型舞剧作品拉开了中国舞剧新时期的序幕，聚集了当时中国著名的戏剧家、舞蹈家、音乐家和舞台美术设计家，堪称中国文艺演出的盛事。导演团成员有戴爱莲、高地安、丁宁、王萍、陈锦清、彭

[①] 于平：《从〈人民胜利万岁〉到〈复兴之路〉：新中国舞蹈60年感思》，载自《中文文艺论文年度文摘》，吉林人民出版社2010年版，第508页。

松，作曲有章彦、刘式昕、杜宇、张定和、刘炽、陈紫、边军、杨碧海，舞台设计有刘露、张尧、洪正伦，装置设计有李畅，灯光设计有何一健，服装设计有洪正伦、穆义清，主要演员由戴爱莲、丁宁、彭松等艺术家担任。

《和平鸽》全剧由七场组成。

第一场《红星照耀着和平》：一群和平鸽在天空中自由地飞翔，仿佛在以优美和谐的舞蹈动作传播和平的福音。突然从远处传来两声枪响打破了宁静的氛围，和平受到了威胁，群鸽停止了舞蹈，警觉地向四周张望。此时两只鸽子向枪声响起的地方飞去。

第二场《战贩与和平鸽》：枪响处是反动区域的一片坟场，上置探照灯，下设铁丝网。战贩们背着"卐""$"口袋，带着武器似幽灵般地四处巡视。法西斯标志"卐"和美元符号"$"表示法西斯与金元主义的结合，限制自由，破坏和平。两只和平鸽飞来，号召群众"和平就是幸福，大家要团结起来争取和平"。气急败坏的战贩向和平鸽开枪，一只和平鸽飞向群鸽报信，另一只受伤而被工人救起。

第三场《工人与和平鸽》：工人是和平的保卫者。和平鸽在工人的精心护理下逐渐康复，伤口也已愈合。群鸽飞来与工人共舞，表达感激之情。

第四场《群众的愤怒》：孩子们看到天空中飞舞的和平鸽，便开始模仿它们自由飞翔的动作，还在木板上画出和平鸽的形象，用自己的行动表达对和平的向往和憧憬。战贩们见到木板上画着的和平鸽，召唤狗去伤害孩子。愤怒的群众在工人的召唤下组织起来进行斗争。群鸽也飞来散发和平传单，与大家团结在一起。

第五场《拒运军火》：在码头上，战贩要把军火运往朝鲜，码头工人发现后一致拒运。民众再次集合到一起，拥护码头工人们的行动，展开和平旗帜进行拒运军火的斗争。

第六场《魔鬼的梦》：战贩抚摸着飞机和大炮的模型进入梦乡，梦见自己坐上了独裁者的宝座，有反动势力前来拜见，有拿着地球仪的舞女前来献媚，还有捧着皇冠、献着地图、拿着原子弹的傀儡前来，仿佛战贩已经征服和控制了世界。示威群众举着红旗游行，直逼战贩的窗口，和平的号角惊醒了战贩的黄粱美梦。

第七场《和平鸽飞到北京》：天安门象征着北京，中国的工人、农民、士兵正在签名响应"世界和平"运动。中国人民与国际友人共舞一堂，天幕上出现了斯大林与毛泽东握手的影像。和平鸽又飞回来了，象征着世界和平，也象征着中国人民争取和平的美好意愿。和平鸽与爱好和平的中国人民站在一起，为保卫世界和平而斗争。

该作品首演于1950年，在政治和艺术两方面都有特殊的意义。在政治方面，《和平鸽》于国庆一周年之际演出，又恰逢世界和平日（10月2日），向全世界呼吁圣洁的和平不可破坏，表达了中国人民对全世界和平的真诚热爱。在中国抗美援朝的运动中和《斯德哥尔摩和平宣言》发布之际，《和平鸽》以舞剧作品的形式表达中国人民保卫和平的信念，积极响应世界保卫和平大会的号召，支持抗美援朝的反侵略斗争。"该剧一方面加强了国际和平运动的宣传，一方面歌颂了中国革命的胜利对于人类和平的伟大作用，占尽了天时、地利、人和。"[1]舞剧《和平鸽》在北京首演，对于加强国际和平运动的宣传，表达和平战士乐观必胜的信念和不屈不挠的斗争精神，以及中国革命的胜利对人类和平的伟大作用，都有不可磨灭的贡献。

在艺术方面，《和平鸽》是中国第一部大型舞剧，也是舞剧艺术形式的第一次尝试。茅盾在题词中说："这是我们第一次尝试综合中国民间舞蹈的宝贵传统，以及西欧古典舞蹈的优点，而创作的大型舞剧。"光未然也写道："像《和平鸽》这样大型舞剧的演出，在我国还是第一次尝试；一次的尝试并不代表一种肯定的方向，肯定的方向是从多次的目的性明确的实践中总结与肯定下来的。虽然如此，我觉得这次大胆的尝试还是很有益处……"[2]西欧古典舞蹈指的就是当时的芭蕾舞，"和平鸽"的扮演者戴爱莲就是采用芭蕾舞的动作语言

---

[1] 于平：《中国现当代舞剧发展史》，人民音乐出版社2004年版，第68页。
[2] 秦之：《革命的艺术，战斗的行动》，载《北京日报》，1965年5月29日。

塑造了一个"和平鸽"的舞蹈形象。光未然提到:"戴爱莲同志替我们创造了纯真、美丽、活泼、热情而坚定的和平鸽形象。"①"和平鸽"是有象征性意义的和平使者,它贯穿整个舞剧,所到之处就给那里的人民带来和平的福音。文艺评论家钟惦棐认为:"它唤起了我们应该及时地去注意和表现正在千百万人民中蓬勃展开的新的政治运动……中国人民将为有了这样的艺术家而感到喜悦,因为他(她)究竟向全世界倾吐了我们最诚挚的心声!"②

《和平鸽》是新中国第一部大型舞剧,舞蹈动作主要以芭蕾舞为主,同时结合了现代舞和中国民间舞等舞蹈动作,这是西方的芭蕾舞蹈形式第一次正式出现在新中国的舞台,为后期的很多芭蕾舞剧作品做了铺垫,标志着新中国的舞剧艺术事业拉开序幕。

三、舞剧《不朽的战士》(中国人民解放军总政治部文工团歌舞团)

舞剧《不朽的战士》首演于1959年,由中国人民解放军总政治部文工团(简称总政文工团)歌舞团创作演出,张文明、薛天、朱东林担任编导,陆原担任作曲,孟宪成担任舞美设计,主演武文夫。舞剧主要歌颂抗美援朝战斗英雄黄继光。

全剧共分为三个段落,分别由"战前准备、接受任务""战斗受阻、黄继光献身""欢庆胜利、向烈士宣誓"组成,讲述了整个战役的开始、过程和结束。第一段主要表现战前动员的场景:在坑道内,连长下达战斗任务,战士们积极响应,纷纷请战表决心。连长最后将这个危险和艰难的任务交给了小战士,战士们开始进入紧张的备战状态。第二段表现的是激烈的战斗场景:战士们英勇地轮番冲击,冒着敌人的炮火冲锋陷阵。敌人的碉堡阻碍了战士们前进

---

① 于平:《中国现当代舞剧发展史》,人民音乐出版社2004年版,第68页。
② 钟惦棐:《论〈和平鸽〉》,载《陆沉集》,中国电影出版社1983年版,第75页。

的道路，情急之下两名爆破手为了扫清障碍而光荣牺牲。当战士们再次冲锋的时候，又遭到了敌人暗堡火力的抑制。为了开辟前进道路，减少战士们的牺牲，小战士义无反顾地扑向暗堡，用自己的身体堵住枪口。第三段表现庆祝战斗的胜利，悼念英雄壮举。阵地上的红旗飘扬，战士们发出庄严的誓言——保卫祖国，保卫和平，坚决消灭侵略者。

舞剧结构完整，按照情节的发展平铺直叙。舞剧采用最常见的线性叙事方式来讲述抗美援朝过程中发生的一个真实故事，以三段体的方式展现了战斗前、战斗中和战斗后的过程。编导用线性叙事方式讲故事的同时，更加注重情绪的展开，在作品中运用戏曲舞蹈和山东民间舞的动作素材和技巧，来塑造英雄人物形象和英勇就义的壮举。戏曲中的一些元素也被使用在该舞剧中，如体现小战士手持爆破筒表决心的舞段便结合了戏曲中把子功的动作。一些高难度的戏曲技巧首次出现在舞蹈作品中，具有开创性的意义，且沿用至今。扮演小战士的演员武文夫，舞蹈功底深厚，凭借高、飘、轻、帅的翻腾技巧和细腻准确的表演能力，成功地塑造了英雄形象。

《不朽的战士》曾获得"中华民族20世纪伟大经典提名奖"，是20世纪50年代最具有代表性的讲述部队战士的优秀舞蹈作品，讴歌部队英雄人物冲锋陷阵、英勇牺牲的先进事迹，塑造了人民战士"生命不息、冲锋不止"的光荣形象。

四、舞蹈《大刀进行曲》（中央歌舞团）

《大刀进行曲》是1962年中央歌舞团创作演出的舞蹈作品，编导赵宛华，主演彭清一。舞蹈以革命音乐家麦新为人物原型，讲述了革命战争时期麦新在上海、延安等地团结同胞、带领工友和各族群众抗击外来侵略者和土匪恶霸的故事，歌颂了主人公以音乐报国、投身革命、献身祖国的精神。

舞蹈《大刀进行曲》根据同名音乐作品《大刀进行曲》进行创

演。舞蹈的第一段呈现音乐《大刀进行曲》的主题，用舞蹈动作表现了歌词"大刀向鬼子们的头上砍去"至"抗战的一天来到了"的内容。大刀是舞蹈中的主要道具，很多动作的设计都围绕大刀展开，众战士与敌人搏斗厮杀都用大刀来体现作品的主题。三位领舞的动作整齐划一、英姿飒爽，鼓舞军民奋勇抗战。舞蹈中还运用"双飞燕""分腿跳"等舞蹈技巧，生动地塑造了战士们抵抗外敌的战争场景。

中央歌舞团表演的舞蹈《大刀进行曲》（黄景达　摄，新华社　提供）

舞蹈《大刀进行曲》延续了音乐《大刀进行曲》的气势，用肢体语言和技术动作再现了无数的抗日英雄为民族解放事业献出个人宝贵的生命，表现了中华儿女保卫祖国、不畏牺牲、不怕流血的英雄事迹，展现了战士们勇猛抗战、斗志昂扬的革命精神，也表达了人们对正义与和平的美好憧憬。

五、舞剧《狼牙山》（中国人民解放军总政治部文工团歌舞团）

《狼牙山》是一部独幕舞剧，由总政文工团歌舞团于1962年首演，主演刘英、武文夫、杨家政、王志刚、张志麟、许国成等。这是继《罗盛教》《不朽的战士》等小舞剧后，总政文工团歌舞团的又一成功力作。

舞剧《狼牙山》是根据狼牙山五壮士的英雄故事进行舞蹈创作。故事原型是抗日战争时期党领导的一支人民军队中担任掩护任务的五位战士。他们身陷狼牙山，在敌众我寡、敌强我弱的情况下，使用手榴弹、刺刀和石块等武器与日本法西斯展开殊死搏斗，牵制敌人的阻击，击退敌人多次进攻，最后在弹尽粮绝的情况下英勇跳崖，同时也让敌人付出了巨大代价。

狼牙山五壮士的故事家喻户晓，舞剧用独幕剧的形式紧密围绕着狼牙山五壮士英勇就义的故事，详细地描述了整个事件的过程。剧中的主人公分别是班长、机枪手、小战士及战士甲、战士乙五位英雄人物，舞蹈对每一位人物都给予足够的表现空间，充分展示了这五位英雄人物的内心世界。原故事虽然是以五壮士英勇跳崖、舍生取义作为结尾，但舞剧通过艺术的手法让五壮士在结尾时屹立在狼牙山顶，挺身于山河古松旁，仿佛主人公的英雄事迹在广阔的天地间传颂。结尾的艺术化处理，是舞剧最成功的地方，塑造了大义凛然、英勇就义的英雄人物，突出了令人敬仰的崇高气节。这种处理方法，使得五壮士的英雄形象在观众的脑海中难以磨灭，悲剧性的结局也毫不令人感到悲观失望，而是振奋人心、鼓舞斗志。

独幕舞剧《狼牙山》是20世纪60年代创作的优秀剧目之一，它将无产阶级人民战士高贵的思想品质和革命情操展现得淋漓尽致，这种红色精神唤起了观众强烈的民族意识和爱国情感，是一部不可多得的艺术精品。

六、音乐舞蹈史诗《东方红》

作为第一部全面反映中国革命历史的大型歌舞作品,《东方红》以其恢宏的场面和众多的歌舞表演,在新中国文艺史上写下了辉煌的篇章。

大型音乐舞蹈史诗《东方红》。图为表演唱《团结就是力量》(郑震孙　摄,新华社　提供)

在中国文艺发展史上曾出现过三部音乐舞蹈史诗[①],第一部便是《东方红》。1964年为庆祝中华人民共和国成立15周年,在周恩来的倡导下创作演出了这部作品。总策划和总导演周恩来亲自挑选了13位专家组成领导小组,周扬为组长,编导组以陈亚丁、周巍峙为首,作曲家时乐濛为音乐创作组组长,严良堃为指挥组组长,舞蹈编导组由以查烈为首的29人组成。《东方红》荟萃了当时国内一流的编导、作曲家、歌唱家、舞蹈家等各类艺术家,同时吸收了北京所有文艺团体、五大军区的文工团以及数百名工人和学生业余合唱团的成员,参

---

① 综合了音乐、舞蹈、诗歌、舞台美术等多种艺术手段,以宏大的结构方式概括地表现了具有重大历史意义的事件的表演艺术形式,再现了具有史诗般的历史环境、历史背景、历史人物和历史事件。

加演出者达3000人之多。

音乐舞蹈史诗《东方红》是中国第一部集文学、音乐、舞蹈、诗歌等各种艺术形式于一体的红色经典作品，在人民大会堂首演，连续演出14场，场场爆满、盛况空前。党和国家领导人毛泽东、刘少奇、周恩来、朱德、邓小平等，以及一些外国贵宾一同观看了演出。

序曲《葵花向太阳》后，全剧共分八场：

第一场《东方的曙光》，包括了舞蹈《苦难的年代》、歌舞《北方吹来十月的风》、表演唱《工农兵联合起来》。

第二场《星火燎原》，包括表演唱《就义歌》、舞蹈《秋收起义》、表演唱《井冈山会师》、歌舞《打土豪，分田地》。

第三场《万水千山》，包括歌舞《遵义会议的光芒》、舞蹈《飞夺天险》、歌舞《情深谊长》、舞蹈《雪山草地》、歌舞《陕北会师》。

第四场《抗日的烽火》，包括表演唱《救亡进行曲》《到敌人后方去》、歌舞《游击队之歌》、表演唱《大生产》、歌舞《保卫黄河》。

第五场《埋葬蒋家王朝》，包括表演唱《团结就是力量》、舞蹈《进军舞》《百万雄师过大江》、歌舞《欢庆解放》。

第六场《中国人民站起来了》，包括歌舞《伟大的节日》《抗美援朝，保家卫国》《百万农奴站起来》。

第七场《祖国在前进》，包括大合唱《社会主义好》《我们走在大路上》、歌舞《工人舞》《丰收歌》《练兵舞》、歌舞《全民皆兵》、大合唱《毛主席，我们心中的红太阳》、童声合唱《我们是共产主义接班人》。

第八场《世界在前进》，包括大合唱《全世界无产者联合起来》《全世界人民团结起来》。

在这部堪称新中国文艺史上红色经典的典范之作里，舞蹈是主要的艺术形式之一，其中涌现了很多优秀的舞蹈表演艺术家和舞蹈作品，如陈锦清、金明、查烈、王世琦、李群、向兵、胡国刚、程心天、王建华、游惠海、雪天等人。

序曲《葵花向太阳》，是以千人合唱《东方红》的形式作为整部作品的开篇和序幕。用太阳象征伟大领袖毛主席，用葵花象征全国人民，用舞蹈的方式表现"葵花向阳"和"人心向党"的意象主题。此段舞蹈的编排和设计是非常成功的，这种革命浪漫主义的表现方式在新中国成立初期的艺术创作中起到了引领作用，同时也积极影响着后期的很多艺术作品。

第一场《东方的曙光》中《苦难的年代》是一个较长的舞蹈段落，塑造了高大粗壮的码头工人、金发碧眼的洋人、饱经沧桑的白发老人等人物形象，用革命现实主义的手法展现了近代中国人民所经历的种种苦难。

第二场《星火燎原》中《就义歌》是一段表演唱，演唱之前有一段舞蹈表演。《秋收起义》是一个重要的舞蹈段落，也是整场的关键。周总理最关注党的诞生、秋收起义、遵义会议这几个重大历史事件的艺术创作，要求创作者反复进行研究，尽可能地完美表现，要敢于"标社会主义之新""立无产阶级之异"。《秋收起义》的创作灵感来源于毛主席"星星之火，可以燎原"的寓意，用舞蹈道具火炬的由少而多、由多至群的方式象征革命队伍的不断壮大。《打土豪，分田地》是一段歌舞表演，用前舞后歌的艺术手法表现了红军战士"打土豪，分田地"的场景；其中有一个老妇人手执血衣面对仇人的场景，编导用"控诉"的表演方式来"教育人民、打击敌人"，是当时比较常见和典型的一种艺术手段。

第三场《万水千山》中《飞夺天险》《雪山草地》是两段舞蹈，艺术再现了长征途中的艰难险阻。《遵义会议的光芒》《情深谊长》是两段歌舞。前一段歌舞表现了红军战士们"黑夜里想你照路程"的急迫心情和之后斗志昂扬的状态；后一段歌舞表现长征途中红军大搞"统一战线"的事迹，呈现了黎族、藏族的头人迎接红军，年轻的姑娘献上歌舞，小伙子参加红军队伍等情景。

第四场《抗日的烽火》中歌舞《游击队之歌》表现了全中国人民在中国共产党的领导下正在进行着如火如荼的正义之战。歌舞《保卫黄河》作为全场的终曲，无论在政治寓意还是在艺术结构上都有充分的考虑。

第五场《埋葬蒋家王朝》中《进军舞》和《百万雄师过大江》是前后呼应的舞蹈段落,从小队伍的"进军"到大部队的"过江",两个舞蹈段落承前启后地形成了势不可挡的雄伟气势,是整个作品中战争气氛最为浓厚的部分,也是整个作品的高潮。

第六场至第八场中也有很多舞蹈段落的展示,比如歌舞《伟大的节日》主要表现民族大团结,歌舞《工人舞》《丰收歌》《练兵舞》是主要表现工农兵的舞段。1985年,由八一厂、北影厂、中央新闻纪录电影制片厂联合摄制成彩色影片,共收入序曲和第一场至第六场。

《东方红》是新中国历史上最具影响力的红色经典,是真正意义上的一部政治性和艺术性都很高的红色主题作品。

七、芭蕾舞剧《红色娘子军》(北京舞蹈学校实验芭蕾舞团)

《红色娘子军》是中国最经典的红色芭蕾舞剧,是中国舞蹈史上一座傲人的丰碑,首演于1964年新中国成立15周年之际。作品运用西方芭蕾舞剧的形式,塑造了吴清华和洪常青两个革命英雄人物,破天荒地创造了"穿足尖鞋"的中国娘子军形象。

舞蹈编剧是集体创作,舞剧作曲是吴祖强、杜鸣心、戴宏威、施万春、王燕樵,舞剧编导是李承祥、蒋祖慧、王希贤。芭蕾舞剧《红色娘子军》根据梁信的同名电影改编而成,1963年由周恩来提议创作,1964年由北京舞蹈学校实验芭蕾舞团(中央芭蕾舞团前身)首演成功,饰演吴清华的演员先后有白淑湘、钟润良、赵汝衡、薛菁华、郁蕾娣、张丹丹、冯英、王珊等,扮演洪常青的演员有刘庆棠、王国华、孙正延、王才军、孙杰等。

舞剧编导李承祥说:"芭蕾舞剧《红色娘子军》的创意,源于周总理的一次谈话。"1963年,周总理在观看芭蕾舞剧《巴黎圣母院》

演出后提到：可以一边学习排演外国的古典芭蕾舞剧，一边创作一些革命题材的芭蕾剧目，也可以先编一个外国革命题材的芭蕾舞剧，比如反映巴黎公社、十月革命的故事。年底的舞剧选题会上，大家觉得《红色娘子军》的故事感人，《娘子军连歌》的旋律熟悉，又适合用芭蕾舞的形式表现剧中的女性人物，最后一致决定将此故事改编为芭蕾舞剧。从采用芭蕾舞剧的艺术形式，到舞剧的选材及彩排，都是在周恩来的直接关怀下进行的。1964年10月8日毛主席观看了《红色娘子军》芭蕾舞剧，指出："革命是成功的，方向是对头的，艺术上也是好的。"此后刘少奇、朱德、邓小平等党和国家领导人及外国元首、政府首脑都相继观看了舞剧。

舞剧主要以中国革命历史为背景，讲述了20世纪30年代的海南岛，丫鬟清华从恶霸南霸天的府中逃出来，在红军党代表洪常青的帮助下，从一名苦大仇深的下层劳动人民逐渐转变为一名有着坚定共产主义信念的娘子军战士的故事。《红色娘子军》由序和三幕六场组成，在第五场和第六场之间还加了一个过场。

同年上演的红色芭蕾舞剧还有《白毛女》。人们将《红色娘子军》与《白毛女》合称为"一红一白""一南一北"。南边是上海舞蹈学校创作演出的《白毛女》，北边是由北京舞蹈学校实验芭蕾舞团创作演出的《红色娘子军》。"一红一白"两部芭蕾舞剧作品都是根据1964年"三化座谈会"[①]和周恩来关于芭蕾舞剧要"搞革命题材舞剧"的指示，进行创作的优秀作品。

作品为了实现芭蕾的革命化和战斗的真实状态，编导们亲自下部队体验生活，从军人的操练与实战中选取了列队、看齐、射击、刺杀、挥刀、投弹等动作素材，编排了操练舞、九人刀舞、练兵舞等舞段，设计了"倒踢紫金冠"的技巧。演员还特别向京剧团的武术老师学习刀法的运用，男主人公洪常青的舞段中也融入了大量戏

---

① "三化座谈会"是由文化部、中国音协和中国舞协联合召开的"首都音乐舞蹈工作座谈会"。会议提出了音乐和舞蹈的革命化、民族化和群众化的问题。

曲动作，如"射燕大跳""飞脚""燕式跳""小蹦子""拉腿蹦子"等，显示了主人公革命军人的英雄气概。为了更加真实地展现战斗场面和塑造大无畏的英雄气概，舞剧借鉴了京剧、武术和民间舞蹈中的动作、技巧和表现手法，在芭蕾艺术中呈现了革命主题和革命

1964年，北京舞蹈学校实验芭蕾舞团在天桥剧场，为参加新年联欢晚会的人们演出芭蕾舞剧《红色娘子军》（顾德华 摄，新华社 提供）

内容。

芭蕾舞剧《红色娘子军》作为一个特定时代政治话语的文艺表达，延续了革命文艺的方针，并在芭蕾舞剧的革命化、民族化、群众化的艺术实践中取得了令人瞩目的成就。

八、芭蕾舞剧《沂蒙颂》（中央芭蕾舞团）

《沂蒙颂》是根据北京舞蹈学校的芭蕾舞剧《红嫂》改编的，1974年5月首演于北京，由中央歌剧舞剧院芭蕾舞团创作演出。李承祥、郭冰玲、徐杰担任舞剧编导，杜鸣心、刘廷禹、刘林担任作曲，程伯佳、张肃、韩大明、曹志光、李建青担任主演。

20世纪60年代，京剧《红嫂》进京演出，毛泽东对此给予了夸奖，并提出希望能改编成芭蕾舞剧。后来舞剧组的成员先后多次去沂蒙山的岸堤、横河等地体验生活，采访了"红嫂"的原型人物明德英。横河地处沂蒙山的腹地，一度被誉为"山东的小延安"，《红嫂》故事原型的发生地就在这里，也是明德英出嫁后长期生活的村庄。虽然《红嫂》的人物原型在沂蒙山区，但在革命战争年代，类似"红嫂"这样的贫农妇女不计其数。"'红嫂'是一个群体形象，已成了沂蒙山人民爱护子弟兵的女性的泛称"，"因为小说《红嫂》女主人公的名字叫'红嫂'，小说改编成京剧，京剧又拍成电影，传遍全国"[①]，成为那个时期文艺作品的优秀人物形象。

芭蕾舞剧《沂蒙颂》全剧由序幕、四场和尾声组成，是继《红色娘子军》之后，运用西方芭蕾的艺术形式反映中国革命题材的又一成功之作，演出后受到人们热烈欢迎。舞剧从生活出发，选取了具有浓郁生活气息的典型动作，将生活动作和芭蕾舞的技巧有机结合起来，塑造了反映新时代的"红嫂"人物形象。"就其在舞剧艺术史上

---

① 苗得雨：《血与火的岁月——抗战时期的沂蒙山人》，载自《时代文学》2005年第4期，第114页。

《沂蒙颂》中"红嫂"原型人物——明德英（新华社 提供）

的价值说，《沂蒙颂》在舞蹈语言上的创新是值得注意的，他们'坚持从生活出发，选取典型动作'，努力使观众一看就懂，同时又时刻注意其舞蹈造型之美。具体做法，是'在生活动作的基础上，吸取民间舞与戏曲表演身段中有用的动作，同时和芭蕾舞的技巧有机地结合起来'。《沂蒙颂》剧的舞蹈语言具有较明快简洁、表现力强、兼有生活美和舞蹈美的特点。"[1]

舞剧《沂蒙颂》以革命斗争的现实题材为艺术表现对象，塑造了一个在革命根据地朴实勇敢、真诚无私的贫农妇女形象，表现出解放军与人民群众之间的军民鱼水情。

---

[1] 冯双白：《新中国舞蹈史（1949—2000）》，湖南美术出版社2002年版，第75页。

第八章

北京红色民间文艺

北京红色民间文艺是在新文化运动的背景下，以1918年北大歌谣运动为发端，伴随着中国共产党领导的新民主主义革命斗争逐步发展起来的，发挥了揭露敌人、凝聚民心、鼓舞斗志的作用。新中国成立后，民间文艺工作者自觉以自己的艺术服务人民，北京红色民间文艺迈入一个新时代，揭开了历史新篇章。

　　红色民间文艺门类较多，歌谣与曲艺是其重要艺术形式。这里主要介绍歌谣、民谣、鼓词、儿歌、单弦牌子曲、相声、山东快书、北京曲剧八种艺术形式，评介了《五四罢课谣》《奋斗精神永不灭》《"五子"登科》《从此没了西霸天》《一车高粱米》《柳树井》《人民大会堂颂》等19部作品，力图多角度展示北京红色民间文艺的代表作品、艺术特色及历史作用。

第一节 概述

一、北京红色民间文艺的发轫

1915年9月,陈独秀在上海创办《青年杂志》(1916年9月改名《新青年》),新文化运动由此发端,初期的基本口号是拥护"德先生"(Democracy)和"赛先生"(Science),即提倡民主和科学。新文化运动倡导者大力提倡新道德,反对旧道德,提倡新文学,反对旧文学,提倡民主科学,反对专制迷信。1919年五四运动前后,研究和宣传社会主义逐渐成为进步思想界的主流。

在民间文艺研究领域,传统通俗文化向现代民俗文化转变,现代民俗学应运而生。无论民俗研究团体、民俗杂志还是民俗学者的学术活动,都具有一个共同特点,就是围绕着雅、俗文化对立的基本点,重新解释民俗与民俗文化,努力探讨民众的精神信仰、口头文艺和行为习惯,试图从中发掘被正统文化长期压抑的反封建意识和民主思想,利用民族民俗文化的民主性和丰富性,开展新文化的建设。[①]

现代民俗学早期学术建设,重视搜集和整理口头文学作品,宣传通俗文艺,提倡白话和推行国语。民俗学界普遍认为,1918年2月1日,北京大学刘半农在《北京大学日刊》发布《北京大学征集全国近世歌谣简章》,标志着中国现代民俗学的开端,这也是五四前后歌谣运动兴起的标志性事件。因此,1918年是北京红色民间文艺的起点。

1918年春,北京大学成立歌谣征集处,在校刊上逐日登载近世歌谣。1920年,歌谣征集处改为歌谣研究会,两年后发行《歌谣》周刊,出版了97期。此后周刊并入《国学门周刊》,继续收集、发表各类文学作品。为了适应征集工作需要,北京大学还相继成立了方言

---

① 钟敬文主编:《民俗学概论》,上海文艺出版社2003年版,第418页。

调查会和风俗调查会。北大校长蔡元培发表《校长启事》，提倡征集歌谣。

正是由于北大学术精英的提倡，歌谣运动很快发展为一场文化运动，成为推动民众思想启蒙的运动。有的民俗学者认为："要研究民俗和文化，不只要好的文学，'真诗'，还要能知道民族的心理学。要研究民族心理学，万不可不注意一切的民俗书籍。所以我爱读坊间的唱本、弹词、小说，较比那些大文学家的著作爱读得多。我想本可不必知道著者是谁，只要看他的内容取材于社会和影响于社会就得了。"[1]

发掘民间文化的思想资源，建设新文化与新文艺，是五四运动后很多知识分子的共同追求。很多民间歌谣与曲艺被发掘出来，民间与底层文化受到重视。同时，这些歌谣与曲艺不断被改编和加工，成为思想启蒙的武器。红色民间文艺正是在这个基础上发展起来的。

二、北京红色民间文艺的发展

新民主主义革命时期，在中国共产党的领导下，北京人民开展了波澜壮阔的伟大斗争，厚植了丰富的红色民间文艺土壤。正如1949年2月2日《人民日报（北平版）》代发刊词所指出的："北平在历史上，曾经是封建帝王、贵族、军阀、官僚、帝国主义者、官僚资本家等反革命势力统治的堡垒与罪恶的渊薮。但同时，北平也和别的现代都市一样，蕴藏着劳动人民与革命知识分子们丰富的创造力，蕴藏着进步的生产组织和文化组织，对于这些丰富的创造力，这些进步的组织和他们的经验，必须谨慎地予以保护和继承。"[2]

从《五四罢课谣》到反映二七大罢工的《奋斗精神永不灭》，从《地道战》到《宋哲元大战喜峰口》，从《"劫"收大员真混蛋》到

---

[1] 常惠：《谈北京的歌谣》，《歌谣》周刊第43号，1924年1月27日。
[2] 北京市档案馆编：《北平和平解放前后》，北京出版社1988年版，第7页。

《"五子"登科》，北京红色民间文艺不断发展，大量红色歌谣与曲艺，表达了北京（北平）人民的进步诉求和顽强抗争。红色民间文艺起到了揭露敌人、凝聚民心、鼓舞斗争的作用，成为北京红色文艺的重要组成部分。

三、揭开北京红色民间文艺新篇章

1949年7月2—19日，第一届中华全国文学艺术工作者代表大会在北平召开。以连阔如为首的北平曲艺界代表出席大会。会上，北平市曲艺工会演员与冀鲁豫民间艺术联合会演员一起，为代表们表演了根据新形势创作的反映新生活的曲艺节目，受到周恩来等中央领导和与会代表的一致赞扬。也正是在这次大会上，宣布成立"中华全国曲艺改进会筹备委员会"，第一次出现了现代意义上的"曲艺"[①]一词。

新中国定都北京之后，如何建设社会主义祖国首都，打造一个人民的"新北京"，成为中央及北京市政府都极为重视的问题。人民政权通过大量的市政建设与民生工程、城市空间规划与景观建设，以及社会关系与身份认同的变化，达到了重塑"新北京"的目的。[②]以歌谣与曲艺为代表的北京红色民间文艺，对这种翻天覆地的变化，有着直接的鲜活的反映。

1949年，北京市大众文艺创作研究会成立，倡导大众文艺包括新曲艺创作。同年冬，北京曲艺工作者代表连阔如、曹宝禄、尹福来、关学曾、魏喜奎等人，在前门箭楼成立专门演唱新曲艺的组织——北京大众游艺社，连阔如任社长、曹宝禄任副社长，提倡演出新曲目。[③]这标志着北京曲艺艺术和曲艺工作者迈入一个新时代，一

[①] 现代意义的"曲艺"概念，涵盖各种说唱艺术的表演形式，泛指各种有说有唱、只说不唱和只唱不说的曲种，是各种说唱艺术的总称。

[②] 李扬：《论1950年代"新北京"形象及其叙事的成立》，《文化研究》第30辑，社会科学文献出版社2017年版，第224—238页。

[③] 丁琳主编：《北京曲艺60年》，北京出版社2015年版，第18页。

个自觉以自己的艺术为人民服务的新时代。

1950年3月29日，中国民间文艺研究会宣告成立。周扬在大会的开幕词中提出："成立民间文艺研究会是为了接受中国过去的民间文艺遗产。民间文艺是一个广阔的富藏，它需要我们有系统的有计划的来发掘。在五四时期曾有些爱好民间文艺的文艺工作者，出版过不少各种的关于歌谣的刊物，在我们解放区也曾有过地方戏剧的研究，如今天优秀的歌剧作品，都是研究民间文艺的成果。但我们觉得最出色的民间艺术还没有发掘出来。今后通过对中国民间文艺的采集、整理、分析、批判、研究，为新中国新文化创作出更优秀的更丰富的民间文艺作品来。"[①] 老舍以《老百姓的创造力是惊人的》为题发言，强调要"了解老百姓的生活，把握他们的感情，明白他们如何想象"[②]。这些论述为新中国民间文艺的发展指明了方向。中国民间文艺研究会推选郭沫若为理事长，老舍、钟敬文为副理事长。在钟敬文等人推动下，对北京民间歌谣的搜集与研究逐步展开。

1958年4月14日，《人民日报》发表《大规模搜集全国民歌》社论，指出民歌的搜集和整理是"一项极有价值的工作，对我国文学艺术的发展（首先是诗歌和曲艺的发展）有重大的意义"[③]。党中央对民歌的重视和提倡，在中国民间文艺领域产生了深远的影响，极大地促进了民间文艺的发展。

---

① 贾芝主编：《新中国民间文学五十年》，大众文艺出版社2004年版，第2页。
② 贾芝主编：《新中国民间文学五十年》，大众文艺出版社2004年版，第7页。
③ 华中师范学院中国语言文学系编著：《中国当代文学史稿》，科学出版社1962年版，第538页。

第二节　重要作品评介

一、《五四罢课谣》（歌谣）

北京是五四运动的发源地，学生运动又是五四运动不可或缺的重要一环。"在变态的社会国家里，政治太腐败了，国民又没有正式的纠正机关（如代表民意的国会之类），那时候，干预政治的运动一定是从青年的学生界发生的。"①青年学生是不容小觑的进步力量，他们受过比较良好的教育，接受了新思想新文化新知识，对封建军阀专制统治十分不满，很多人积极参加爱国学生运动。

1919年4月，北洋政府在"巴黎和会"上的外交失败，成为五四运动的导火线，北京大学成为五四运动的发源地。5月3日晚7时，北京大学、北京高等师范学校等校学生代表，在北大法科礼堂（今东城区北河沿大街147号院）集会。北大法科学生谢绍敏破指血书"还我青岛"四个大字，会场气氛瞬间沸腾。会议决定次日举行学界示威游行。学生们连夜撰写宣言，印制传单，制作标语和旗帜。5月4日，北京大学、北京高等师范学校等13所大中专学校3000余名学生举行游行，痛打章宗祥，火烧赵家楼，32名学生被捕。当晚，北大学生返校后即在三院礼堂开会，商讨如何营救被捕学生，决定从5月5日起宣布总罢课。②《五四罢课谣》正是在这一背景下诞生的。

北京大学的《歌谣》周刊是中国现代民俗学诞生之初标志性的刊物。1937年《歌谣》周刊第3卷第13期发表的陶元珍《歌谣与民意》一文，收录了文狸记录的《五四罢课谣》。③

---

①　胡适：《为学生运动进一言》，《独立评论》第182号第4页，1935年12月22日。
②　王学珍等编：《北京大学纪事（1898—1997）》（上册），北京大学出版社1998年版，第60页。
③　赵世瑜：《眼光向下的革命：中国现代民俗学思想史论（1918—1937）》，北京师范大学出版社2006年版，第2页。

五四罢课谣

罢不罢,看北大;

北大罢,不罢也罢;

北大不罢,罢也不罢。

歌谣短短21个字,顺口好记,出口有力,堪称现代红色民谣的经典之作。文后还特意标注,此歌谣曾经通行北大。[1]正如《歌谣与民意》一文所说:"比较最能传达民意的,还是流行民间的歌谣。歌谣可分为两大类:一类是描述民间生活的,一类是美刺时政得失的。"而从传达民意的效果来看"前一类究竟不及后一类"。《五四罢课谣》与时局相关,也是当时民意的体现,从一个侧面揭示出北京大学在学生运动中的地位,非常形象生动。可以说,这一歌谣有力说明了北京大学是五四运动的策源地与排头兵,是北京现代红色民间文艺的重要摇篮之一。

新中国成立后,这首歌谣还在东城一度流传。20世纪80年代由民俗学者赵书再次采录,说明其生命力的长久。[2]

二、《镐头尖来镐头圆》(民谣)

镐头尖来镐头圆

镐头尖来镐头圆,手拍镐把怒火燃。

镐把问我怒什么,阶级仇恨记心间。

矿工生活苦难言,三尺皮鞭身上缠。

病倒井下无人管,死了喂狗拉河滩。

穷人身压三座山,世世代代受熬煎。

受尽富人折磨罪,团结起来报仇冤。

---

[1] 北京大学文科研究所编:《歌谣》周刊第3卷第13期第1页,1937年6月26日。

[2] 中国民间文学集成全国编辑委员会编:《中国歌谣集成·北京卷》,中国ISBN中心2009年版,第108页。

这是反映北洋政府时期门头沟矿工过着苦难生活，以及在革命进步思潮影响下逐步走向团结抗争的民谣。

门头沟地区自元代就有了官府征工开采的煤窑。据邓拓研究，明朝中叶以后，这一带开始出现民间采煤业，它同斋堂、周口店一样，成为供应京畿地区煤炭的主要来源地之一。其中，门头沟出产的煤炭，一开始就直接供应京城，居于最重要的地位。新中国成立初期，他还在门头沟地区发现了100余座民窑遗迹，以及从明代到清代乾隆末年契约文书137张，民窑文约登记本与账单，反映民窑争执的诉状及窑图等历史文献。据此他认为，门头沟地区产生了中国资本主义萌芽。[1]

近代以后，西方资本主义进一步加强对中国的经济侵略。早在清光绪五年（1879），华商段益三在圈门外购地36.5亩（约2.4公顷），建立通兴煤窑。1896年，美国人施穆出资该矿，成立中美合办的通兴煤窑股份有限公司，成为中国近代史上最早的中外合资企业之一，此后该窑产权在外商手中辗转。1913年，比利时商人林阿德和华商何裕端在龙门村北，建立中比合办的裕懋煤矿公司。1920年，成立中英门头沟煤矿公司。煤矿名为合办，实权全部掌握在英国资本家手中。该煤矿生产雇用工人一度达到3000多人，包括童工。[2]

歌谣中提到的"三座大山"，正是矿工受到官府、封建把头与外国资本家压迫的见证。在当时的社会环境下，矿工们生存境遇极其险恶，命如草芥，各种权益都得不到保障。哪里有压迫哪里就有反抗。工人们开始团结起来，奋起抗争。中国共产党诞生后，组织发动矿工开展斗争，很多矿工走上了革命道路。

三、《大劝国民》（鼓词）

京韵大鼓由河北沧州、河间一带流行的木板大鼓发展而来，形成

---

[1] 邓拓：《邓拓文集》（第2卷），北京出版社1986年版，第545—596页。
[2] 北京市门头沟区文物局编：《门头沟文物志》，北京燕山出版社2001年版，第271页。

于京、津两地。河北木板大鼓最初传入天津、北京时，称作"怯大鼓""小口大鼓""清口大鼓"等。之后，木板大鼓为适应城市生活节奏，向雅俗结合方面改进。受五四新文化思潮影响，一些艺人对曲艺进行了改良。1920年前后，又发展出京韵大鼓的一个支脉——滑稽大鼓。其音乐唱腔与京韵大鼓基本相同，但曲目内容全为滑稽可笑和寓意讽刺的故事，表演上结合各种滑稽动作，类似京剧中的丑行，以烘托表演效果。滑稽大鼓的创始人为崔子明，艺名"老倭瓜"，原系北京顺义农民，早年演唱"时调小曲"。此后，票友张云舫对滑稽鼓词进行整理与改编，很多交给崔子明演唱。鼓词《大劝国民》即是其中一首，受到民众广泛欢迎，遂使崔子明一举成名。[①]这首鼓词分两部分。

大劝国民

（第一部分）

老倭瓜先脱帽敬劝诸君，

劝诸君保国本固国根早发一点爱国的心，

快做个爱国的人。（甩板）

……

可这曾记得闹东洋中外头一阵，

恨我国打败仗把台湾让了人。

光绪爷无奈何含冤应允，

赔兵款两万万就做下了病根。

到了后来庚子年义和团就出了些个匪棍，

招惹起英法德俄美还有意奥日本人，

他们八国起了联军，

险一险把中国给分。（甩板）

……

---

① 成善卿：《天桥史话》，生活·读书·新知三联书店1990年版，第244页。

（第二部分）
岂不知爱我们国国乃家之本，
就知道爱我们家家是身的根。
岂不知我们的国因穷受的困，
就知道我们的国是无有能人。
……
无非是此一时财政受点困，
必须要结成团结共同心。
筹办公德票人人有份，
也不论士农工商学报警军。
集腋成裘即为国民就应负责任，
万别说一杯水难救车薪。
到后来我国强强邻亲近，
胜似做亡国奴侍奉外人。
君不见高丽国降顺日本，
君不见惨越南归顺了法国人。
埃及印度全不论，
君不见庚子年遭难在京津。
劝同胞为国亏修身守分，
劝同胞还国债诚结正心。
必须要意诚心正精神振，
才能够强国兴家修自身。

这首鼓词对甲午战争以来的国恨家仇一一盘点，对北洋军阀的历史也如数家珍，寥寥数语勾勒出时局的动荡与形势的严峻。虽然鼓词中把八国联军侵华归咎于义和团，混淆了帝国主义侵略与中国人民抗争的因果关系，但通篇仍然洋溢着爱国激情，号召全体国民努力振作，"强国兴家"，可谓当时救亡图存的时代之音。

四、《中华民国九年半》(歌谣)

北洋政府时期军阀割据混战,社会动荡,民不聊生。1916年袁世凯称帝失败后,北洋军阀集团内部逐渐分裂成几大派系。段祺瑞为首的皖系、曹锟为首的直系、张作霖为首的奉系,不断混战。直、皖两大集团你争我夺,1920年7月爆发直皖战争,这是北洋军阀史上第一次大规模的军阀混战。《中华民国九年半》这首流行于直隶地区的歌谣,正是这场混战的直接反映。

中华民国九年半

中华民国九年半,吴佩孚曹锟打老段,
琉璃河,作前线,一直打到长辛店。
十五师,把心变,马厂、廊坊都遭乱。
安福派,全不见,边防军,全解散。

北洋军阀三大集团中,奉系势力范围主要在关外,因此争夺北京中央政权的主要是皖系与直系。直皖战争爆发之前,双方已经打了一个多月的"舆论战",企图在"道义"上压倒对方。大总统徐世昌的所谓调停失败后,1920年7月1日,直系军阀曹锟、吴佩孚公开发布反皖通电。7月5日,段祺瑞以参战督办的名义紧急动员边防军,其中,边防军第15师刘询部开往长辛店、卢沟桥、高碑店一带,边防军第3师陈文运部开往廊坊,分路进攻直系军队。7月14日,战争爆发。当晚,皖军边防军第1师和陆军第15师率先向直军第3师发起进攻,将吴佩孚驱逐出高碑店。在战局不利的情况下,7月17日,吴佩孚率部突击涿州、高碑店之间的松林店,将位于此处的皖军前敌司令部一锅端。吴佩孚的"斩首行动",使得皖军西路各部群龙无首,斗志全无,从高碑店一带溃退。当日,直系军队进驻涿州,直驱长辛店。7月20日,直系军队占领长辛店,这就是歌谣中所谓的"琉璃河,作前线,一直打到长辛店"。

歌谣中提到的15师"把心变",说的是皖系的第15师原为直系首领冯国璋的卫队,冯国璋去世后被陆军部收编。该师师长刘询并不愿意参战,当直系长驱直入后,第15师不战而退,直接加速了皖军的崩溃,"边防军,全解散",很快土崩瓦解。

五、《奋斗精神永不灭》(歌谣)

北洋政府时期,在封建军阀势力与帝国主义侵略势力的压迫下,工人饥寒交迫,忍无可忍。在中国共产党的领导下,1923年2月,京汉铁路二七大罢工爆发,形成中国工人运动的第一次高潮。其中,长辛店铁路工人罢工是二七大罢工的重要组成部分。

1901年,卢沟桥机车厂迁至长辛店,是为长辛店铁路工厂。1919年,五四运动爆发后,长辛店组织救国十人团各界联合会,声援北京学生爱国运动。1920年,北京共产党小组成立后,非常重视工人工作,除创办《劳动音》《工人周刊》等通俗刊物外,还派邓中夏、张太雷等在工人比较集中的长辛店地区举办劳动补习学校,把提高工人文化水平与传播革命思想有机结合。1921年5月1日,在中共北京支部的领导下,京汉路长辛店铁路工人会成立;10月,改为京汉路长辛店铁路工人俱乐部,成为中国共产党最早建立的工会组织,被誉为"北方劳动界的一颗明星"。

1922年8月,邓中夏领导的长辛店铁路工人大罢工取得胜利。1923年2月1日,原定在河南郑州召开的京汉铁路总工会成立大会,因直系军阀吴佩孚武力干涉被迫中断。当晚,总工会召开秘密会议,决定发动全路总罢工。2月7日,反动军队向手无寸铁的示威工人动武,致使6人被打死、28人负重伤、32人被捕。[①]当天,湖北汉口江岸、河南郑州等地罢工工人也遭到军阀血腥镇压,京汉铁路总工会江岸分会负责人林祥谦、大律师施洋等共产党员被杀害,酿成震惊中外的二七惨案。

---

① 罗章龙编著:《京汉铁路工人流血记》,河南人民出版社1981年版,第212—213页。

奋斗精神永不灭

军阀手中铁，工人颈上血，
颈可折，肢可裂，奋斗精神永不灭！
劳苦的群众们，快团结起来！

长辛店二七大罢工，显示了北方工人阶级坚定的革命性和坚强的战斗力，淬炼出伟大的二七斗争精神。歌谣《奋斗精神永不灭》，正是对长辛店二七大罢工的真实记录。

六、《地道战》（歌谣）

抗日战争时期，在中国共产党领导下，人民群众创造和运用了多种战法，其中地道战就是最有影响的战法之一。流传于顺义地区的歌谣《地道战》，描绘的就是焦庄户人民利用地道战抗击日本侵略者的故事。

地道战

地道好，地道妙，打了敌人钻地道。
明里打，暗里打，消灭敌人最可靠。
鬼子气得干瞪眼，抗日民兵哈哈笑。

地道战中，民兵出奇制胜（1944）（石少华　摄，新华社　提供）

1939年秋，顺义焦庄户村组建青救会、妇救会、民兵自卫队等群众组织。焦庄户人民在实战中不断改造、扩展、完善地道。为了跟敌人长期斗争，村党支部发动群众，把单个隐蔽洞连接起来，并在地道内安装了翻板、单人掩体和暗堡等战斗设施以及数十个休息室和指挥所，供民兵和群众较长时间在地道内战斗和生活。到1946年，全村地道已达十多公里长，和邻村地道相连，形成能打能防的地道网。在抗日战争和解放战争时期，焦庄户人民利用地道同敌人进行英勇斗争。由于战功卓著，1947年10月，焦庄户被东部顺义县政府授予"人民第一堡垒"的称号。

七、《宋哲元大战喜峰口》（鼓词）

1933年1月1日，日军向驻守山海关的中国东北军第9旅发起攻击。在临（榆）永（平）警备区司令何柱国的指挥下，中国守军奋起抵抗，提出"以最后一滴血，为民族争生存；以最后一滴血，为国家争独立；以最后一滴血，为军人争人格"的口号①，长城抗战爆发。

2月23日，日本开始大规模进攻热河。3月4日，日军仅以128名骑兵轻取热河省会承德，10天之内，热河省便全部沦于敌手。热河沦陷，中国军队纷纷向长城各关口撤退，日军随即展开进攻，长城抗战全面展开。此后，中国守军在绵延千余里的100多个长城关口上，与日军展开了长达数月的殊死拼杀。

喜峰口位于唐山市迁西县与宽城县接壤处，是长城的又一道重要关隘，古称卢龙塞，是内地通往东

宋哲元

---

① 方刚营、马春华：《长城亮军刀：长城抗战影像全纪录》，长城出版社2015年版，第57页。

北的咽喉要道。1933年3月9日，日军服部、铃木两旅团联合先遣队进犯喜峰口，驻守此关的中国29军109旅奋起迎战。3月10—11日，赵登禹率领大刀队在喜峰口与日军展开白刃格斗。喜峰口一战，29军累计歼敌5300余人，有力打击了日本侵略者的嚣张气焰。

早在1931年九一八事变后，很多进步知识分子开始积极行动，利用民间文艺宣传抗日，号召民众共同抵御日军。顾颉刚等人在北平成立了通俗读物编刊社，初名"三户书店"。据《顾颉刚年谱（增订本）》记载：1933年5月，"燕京大学二抗日会征求抗日鼓词以来，至四月底已收到四十余篇。此项鼓词，即将印成小册，添加图画，以最低价格，销售民众……为推售方便起见，暂定一书铺之名，以资永久维持，该铺即名'三户'书店，意为'楚虽三户，亡秦必楚'也"。

三户书店很快出版了多种鼓词。《顾颉刚年谱（增订本）》记载："1933年6月5日，唱本第一册《杜泉死守杜家峪》出版。两月中又出版《宋哲元大战喜峰口》《胡阿毛开车入黄浦》《二十九军男儿汉》等十余种。"其中，《宋哲元大战喜峰口》被各书商翻印，"半年之内

29军大刀队在喜峰口战斗中

他们就添印了七万册"[1]。

《宋哲元大战喜峰口》通过鲜活生动的语言，颂扬了喜峰口抗战英雄，鼓舞了全国人民的抗战斗志。正如顾颉刚在《通俗读物编刊社章程》所指出的："本社工作目标有四：（一）唤起民族的意识；（二）鼓励抵抗的精神；（三）激发向上的意志；（四）灌输现代的常识。"[2] 这些抗日鼓词确是起到了这种作用，也是北平抗日文艺的重要内容。

1934年10月，三户书店被迫改为通俗读物编刊社，在北平、天津只准发行普通读物。而少量偷偷印刷的抗日题材图书，只能销往僻远的农村地区。

八、《"劫"收大员真混蛋》（民谣）、《"五子"登科》（民谣）

抗战胜利后，国民党接收大员们抢夺金子、房子、车子、女子……上演"五子"登科的闹剧，老百姓称他们是"三阳（洋）开泰"，就是"捧西洋、爱东洋、要现洋"。这两首民谣，形象地描绘了"劫"收大员的丑态，表达了北平老百姓对他们的憎恶。

"劫"收大员真混蛋

"劫"收大员真混蛋，
　带着耙子把事干，
　七姑八姨一大串，
　弄得工厂破烂烂。

"五子"登科

　投机买卖金子，

---

[1] 顾潮编著：《顾颉刚年谱（增订本）》，中华书局2011年版，第234—235页。
[2] 顾潮编著：《顾颉刚年谱（增订本）》，中华书局2011年版，第237—238页。

抢占好洋房子，
穿漂亮的西服料子，
坐最新型的车子，
天天逛窑子。

九、《做梦没想到有今天》（歌谣）、《新社会大变样》（歌谣）

新中国成立后，人民翻身做了主人，门头沟矿区工人的生活发生翻天覆地的变化，衣食住行各个方面都有明显提高，歌谣《做梦没想到有今天》用朴实的语言，表现了这种变化。

做梦没想到有今天

扔了草帘换了毡，买了枕头扔了砖；
身上穿了整裆裤，说话不用打颤颤；
从小长到这么大，做梦没想到有今天。

新中国成立前，朝阳地区的工人、泥瓦匠与贫困农民，处于社会最底层，生活困苦，连基本的温饱都无法解决。新中国成立后，朝阳大力发展农业生产，建设了纺织工业区，人民生产生活条件迅速得到了改善。

新社会大变样

纺织姑娘无衣裳，编草席的睡土炕，
泥瓦砖匠住草房，当妈妈的卖儿郎。
庄户人家也一样，劳动一年饿肚肠，
吃糠咽菜受尽苦，饥寒交迫度时光。
新社会大变样，穷人住上了新瓦房，
年年增产有余粮，绒衣细布穿身上。

个个齐心搞生产，保家卫国有武装，

幸福生活多亏谁，毛主席呀共产党。

正如曹禺先生观察的，新中国成立时，人们普遍有种翻身的感觉："人和人的关系改变了。过去，从人们的脸上看见的是饥饿，愁苦，惶恐，愤怒，吃人的社会制度，使得每个人时时刻刻都提心吊胆地防备着意外的不幸。然而今天，眼前共同的幸福生活，和对明天更美好的生活的共同理想把人们紧紧团结起来。"他提到："刚解放时，我们之间流行着两个字：'翻身'。这两个字的意思是说被压迫的不受压迫了，在黑暗里的见着光明了，不平等的变成平等了，不幸的变成幸福的了，遭受过各种痛苦压榨的人已经获得了扬眉吐气的自由日子了。对农民说，翻身就是获得了土地；对工人说，翻身就是从奴隶变为主人；对知识分子说，翻身就是摆脱了失业的忧愁和随时因一句话而被捕的危险。从地狱里走到地上，又重新见到阳光的人，或者会懂得这种感情。"[1]

十、《从此没了西霸天》（歌谣）

天桥最初是一座高拱的石桥，建于明代，位于正阳门外北京城中轴线南段，为明清帝王祭告天坛时的必经之路，故名"天桥"[2]。天桥后来多次改建，至1934年全部拆除，桥址不复存在，但是天桥作为地名一直保留了下来。

天桥地域范围大致是桥南东、西两侧和天坛、先农坛北部一带。明清时期天桥属郊野之地，直到清末民初逐渐成为平民市场。尤其是20世纪20年代，随着新市街游艺场和城南游艺园的先后建成，更增添了天桥的热闹程度，大量民间艺人在天桥卖艺，但也是

---

[1] 曹禺：《北京——昨日和今天》，老舍编：《我热爱新北京》，北京出版社1957年版，第8—12页。

[2] 张次溪：《天桥丛谈》，中国人民大学出版社2016年版，第1页。

三教九流混杂之地。封建余孽、地痞流氓等恶势力肆虐横行,到处上演着欺男霸女、草菅人命的悲剧。有戏霸、菜霸、粪霸,还有号称"林家五虎""坐地虎""镇天桥"等一群恶霸。1951年5月,中共北京市委在天坛祈年殿前召开控诉天桥"三霸一虎"罪行的群众大会,到会约3万人,北京人民广播电台全程转播大会实况。根据群众意愿,经市各界人民代表、协商委员联合扩大会议的审议,决定对罪大恶极者执行死刑。歌谣《从此没了西霸天》,反映了这一时期社会的巨大变化。

从此没了西霸天

天桥好,天桥大,
天桥的玩意儿真不差。
自从出了西霸天,
勾结宪兵和汉奸。
又是打,又是罚,
一拳打掉三颗牙。
打掉门牙肚中咽,
因为咱们没有权。
人民政府开大会,
公审恶霸西霸天。
天桥从此无邪气,
幸福生活万万年!

十一、《"三反"运动我知道》(儿歌)

正当全国人民努力增加生产、厉行节约的时候,各地陆续暴露出党政机关内部贪污、浪费和官僚主义问题,有的甚为惊人。根据东北、华北地区所反映的严重情况,1951年12月1日,中共中央做出《关于实行精兵简政、增产节约、反对贪污、反对浪费和反对官僚主义的决定》。1952年元旦,全国范围以反对贪污、反对浪费、反对官僚主义为主要内容的"三反"运动正式开始。

中共北京市委在开展整党整风时发现,市属机关和公营企业的工作人员中存在贪污问题。1951年12月4日,市委向中央和华北局上报《关于北京市工作人员中的贪污现象及今后开展反贪污斗争的意见》,中央当天批转全国。20日,市委市政府等部门召开1500多名党员干部参加的动员大会。21日,成立以刘仁为主任的北京市节约检查委员会,领导全市"三反"运动。28日,市长彭真在市第三届第三次各界人民代表会议上做专题报告:"我们是人民的勤务员,所以我们要廉洁朴素……贪污浪费侵蚀我们,就像细菌一样传染到我们身

1952年2月1日,"三反"运动中北京公审贪污犯的现场

上，如果不加反对，总有一天会变坏！"①各区也分别召开会议，层层部署，发动群众，形成声势。

在此背景下，通过各种形式宣传党的"三反"运动，成为党和政府，以及文学艺术界的共识。儿歌《"三反"运动我知道》由此应运而生。

"三反"运动我知道

猴皮筋，我会跳，
"三反"运动我知道；
反贪污，反浪费，
官僚主义也反对。

十二、《四支枪》（单弦牌子曲）、《纸老虎》（相声）、《一车高粱米》（山东快书）

《四支枪》

1950年6月，朝鲜内战爆发。由于美国出兵朝鲜，并命令第七舰队侵入台湾海峡，严重威胁新中国的安全，10月，中共中央做出抗美援朝、保家卫国的决定。历时近3年的抗美援朝战争中，全市有3697人参军，1357人牺牲。"最可爱的人"的英雄事迹汇成强大的民族凝聚力。抗美援朝时期创作的民间曲艺，是红色民间文艺在新中国初期的具体表现。

单弦牌子曲是在流行于清代乾隆年间的岔曲的基础上逐步加入各种曲牌而产生的。曲艺研究者一般认为，单弦牌子曲是清代光绪年间由旗人子弟司瑞轩开创的，因司瑞轩在茶馆贴出海报"随缘乐一人单弦八角鼓"，并以八角鼓的曲调自编曲词、自弹三弦、自己演唱从而

---

① 彭真：《关于增产节约、反贪污、反浪费、反官僚主义的报告》，北京市档案馆、中共北京市委党史研究室编：《北京市重要文献选编》（1952），中国档案出版社2002年版，第6页。

得名。后来,这种表演形式流行于北京、天津及东北等地。

单弦是平民艺术的代表。新中国成立后,民间曲艺获得了新生。如果说新中国成立前的单弦作品还停留在传统曲艺阶段,那么1951年杜澎[①]创作的单弦《四支枪》,则无疑是新时代曲艺的代表。

杜澎是著名的话剧表演艺术家,也是优秀的单弦作家和演唱家。他创作并演唱单弦《四支枪》,采用拟人化手法,通过三八大盖儿、安都式、勃朗宁、卡宾枪,在一起述说身世闲话,讲述了各自从反动阵营解放过来,决心投身抗美援朝、保家卫国。曲词新颖活泼,大量使用了富有北京方言特色的儿化韵,凸显了浓郁的京味儿,成为新单弦的开山之作。自此,歌颂新社会的单弦曲艺不断涌现,《四支枪》无疑起到了示范与引领作用。

《纸老虎》

相声是老北京曲艺领域中颇受大众欢迎的一种曲艺形式。新中国成立后,北京相声艺术也进入了新的历史时期。1949年冬,相声演员孙玉奎、侯宝林、常宝霆、佟大方、罗荣寿、高德亮等人酝酿发起成立"相声改进小组",将相声艺人团结起来从事相声改革工作。1950年1月19日,相声改进小组正式成立。此后被吸收进来的相声演员逐步增多,成为新中国初期北京重要的曲艺艺人自发组织。[②]相声改进小组的演出从1950年3月2日举办的相声大会开始,演出场所设在能容纳百余名听众的前门外"新华游艺社"。此后相声小组推出的演出活动,受到广大群众的热烈欢迎。

相声改进小组邀请名家协助改编相声作品,老舍亲自将相声《文章会》改编为《贾博士》,将《菜单子》改编为《维生素》,取得了

[①] 杜澎(1921—2010),河北饶阳人,原名王润泉。早年在北平美术学校师从国画大师李苦禅先生学习国画。1949年参加"华北革命大学"文工团,1954年随团并入中国青年艺术剧院。他曾先后荣获文化部颁发的"艺术工作50周年金盾奖章"、中国话剧研究会颁发的"最高终身荣誉金狮奖"等国家级奖项。

[②] 倪钟之:《中国相声史》,武汉大学出版社2015年版,第337页。

初步成功。1950年5月上旬，相声改进小组又邀请爱好相声也愿意协助改进相声的席香远一起参加改进工作，他改编并创作了一系列脍炙人口的相声作品，《纸老虎》即是其中的代表作品之一。

1946年，美国进步记者安娜·路易斯·斯特朗访问延安。8月6日，毛泽东与斯特朗进行了一次重要会谈。谈话中毛泽东提出了"一切所有号称强大的反动派统统不过是纸老虎"的著名论断。斯特朗将毛泽东这一论断及谈话内容寄到美国发表，通过斯特朗的传播，"纸老虎"这一说法传遍了世界。相声《纸老虎》是为了配合当时的抗美援朝运动，通过幽默诙谐的语言，讽刺了美帝国主义只是纸老虎，极大鼓舞了中国军民的信心。

《一车高粱米》

山东快书是土生土长的中国民间艺术，发源于山东临清、济宁一带，长期流传在穷乡僻壤之间，具有浓郁的乡土气息。山东快书表演形式是演员一人吟诵唱词，间以说白，多持鸳鸯板击节。唱词以七字句为主。

新中国成立前，山东快书基本上流传于山东及长江一带的集镇与乡村，虽也进入过城市，但从未登过大雅之堂。新中国成立后，山东快书流传范围遍及大江南北，赢得了群众的喜爱。表演艺术家高元钧[①]正是山东快书历史性变化的见证人。为配合宣传贯彻婚姻法，他编演了《小二黑结婚》《大小姐翻身》等新段子。山东快书另一代表人物杨立德称："高元钧的表演风格刚健，从戏曲里吸收很多内容。动作较大，也显得多，抖包袱多，趋于滑稽，在上海曾获'滑稽快书'之称。"[②]1951年，高元钧首次在北京献艺，自此北京也出现了山东快书这一曲种。

[①] 高元钧（1916—1993），河南宁陵人。14岁拜师学艺，随后在南京、蚌埠、徐州、济宁、青岛等地卖艺，颇受民众欢迎。新中国成立后，高元钧创作了大量反映新时代变化的快书作品，丰富了传统快书的表演形式。

[②] 丁琳主编：《北京曲艺60年》，北京出版社2015年版，第175—176页。

1951年3月，王桂山、刘学智创作的山东快书《一车高粱米》，取材于抗美援朝战争时期中国人民志愿军的战斗故事，描写志愿军汽车司机大老郭在运送高粱米的途中，机智巧妙地用调换手法，俘获了一车美国兵。故事曲折跌宕，细节描写绘声绘色，人物刻画活灵活现，集中塑造了司机大老郭的英雄形象，讴歌了志愿军战士大智大勇、临危不惧的革命英雄主义和国际主义精神。1952年，由总政文工团山东快书演员高元钧首演，表演获得极大成功，成为其代表性曲目之一。①

　　当代诗人石英著《石英红诗选》中有篇《高元钧和〈一车高粱米〉》这样写道：

> 忘不了《一车高粱米》，就忘不了高元钧
> ……
> 当年高派快书的盛况
> 至今仍然历历在目——
> 一副胖墩墩的身躯
> 谢顶的头配以富态的面孔
> 地道的山东中西部的声腔
> 使全场听众都成为"俘虏"
> 一个真实的故事却使
> 一堆不可一世的"救世主"
> 沦落为只值一车高粱价的蠢货
> 也令"山东快书"的知名度
> 伴随高元钧的名字而飙升。
> 但我先不说什么"著名"
> 那年代对此类高帽还不太时兴

---

① 《中国曲艺志·北京卷》编辑委员会编：《中国曲艺志·北京卷》，北京出版社1999年版，第90页。

> 我只称他是个文工团员
> 一位到过朝鲜战场的快书演员
> 还有为战火"考"过的文工团
> 它不亚于一个特种师旅的威力
> 可以说要武装到手指和唇舌
> 有时也拿起冲锋枪与手雷
> 使平时表演中的英雄再现为自己
> 或许英年乃至稚年早逝
> 让余下的青春留给朝鲜的
> 幼林和小溪……①

石英是经历过解放战争与抗美援朝战争的作家，历经几十年仍对当年高元钧的《一车高粱米》表演印象深刻，可见其在人民群众中的影响力经久不衰。

十三、《柳树井》（北京曲剧）

1950年5月1日，新中国第一部法律——《中华人民共和国婚姻法》颁行，宣布废除封建婚姻制度，实行男女婚姻自由、一夫一妻、男女权利平等、保护妇女和子女合法利益，禁止重婚、纳妾、童养媳，禁止干涉寡妇再嫁。此后三年，北京市开展宣传贯彻婚姻法运动，广大妇女社会地位有很大提高，参加生产生活的热情高涨。

为了宣传婚姻法，1951年老舍创作了以婚姻自由为主题的《柳树井》。1952年1月，剧本发表在《说说唱唱》杂志上。《柳树井》描写招弟本是童养媳，年轻守寡，不堪婆母及大姑子虐待，在跳井自杀时被村中青年周强所救。恰逢新婚姻法公布，随即召开公审大会，使婆母和大姑子得到应有的惩处，招弟与周强结为夫妇。

---

① 石英：《石英红诗选》，作家出版社2012年版，第75—76页。

著名曲艺家魏喜奎、关学曾、孙砚琴等人选中了这个剧本，作为探索曲剧的开端，他们以单弦牌子曲的音乐为主要形式，并按照单弦牌子曲的曲牌格式逐句修改唱词。演员们以声情并茂的演唱、生动贴切的表演，将这出用北京语言、北京音乐表现北京人新生活的新戏搬上了舞台，受到了北京群众的热烈欢迎和认可，一个新的剧种伴随着新戏《柳树井》的演出诞生了。正是在老舍的建议下，将曲艺剧定名为曲剧（为区别于河南曲剧，后改称"北京曲剧"），并作为北京地方戏来进行曲剧剧种的艺术建设。[①]

　　1952年7月21日，北京市文化处和北京市文联联合举行曲剧《柳树井》座谈会，老舍在会上做了主题发言。该发言后来以《介绍〈柳树井〉》为名，发表在1952年8月4日的《新民报》上[②]：

　　"为了配合新《婚姻法》的宣传任务，在一九五一年的冬天，我写了《柳树井》小型歌剧，希望给北京的群众春节文艺活动增加一个小节目。

　　"从内容上说：《柳树井》的故事是由耳闻目睹的情形中想象出来的，并非丝毫不假的真人真事。婆婆大姑子欺负'媳妇'，在检查新《婚姻法》执行的状况以前，是相当普遍的事。我就以这为主题，捎带着谈到买卖婚姻、童养媳，和'小女婿'等等的流弊。故事中也有一对青年男女为了婚姻自由，进行斗争。这虽然是一个副笔，却可以说明：要打倒封建的婚姻制度，必须斗争。幸福与自由不是凭空掉下来的。

　　"我要借着这个小故事启发群众，也启发某一些不认真执行《婚姻法》的干部们，所以描写了一位老村长，和一位妇联主任。老村长是个好村长，但是对婚姻问题的看法有点守旧。我很留神地描写他，怕把一个老干部丑化了。我把妇联主任写成正面人物，为的是形容出新社会的妇女怎样有了组织与力量。

[①] 丁琳主编：《北京曲艺60年》，北京出版社2015年版，第169—170页。
[②] 张桂兴编著：《老舍资料考释》（下册），中国国际广播出版社1998年版，第605页。

"从形式方面说：在一动笔的时候，我就决定了：歌剧应以歌唱为主，不应是'话剧加唱'，所以全剧中的话白很少。民间的戏剧和曲艺大半是以歌唱为主，外国的歌剧也是以音乐歌唱为主的。

"虽然我是要写一个通俗的歌剧，可是我把旧戏里的可以删去的场面都删去了。在《柳树井》里，角色们出来就唱，没有念引子、念定场诗、自报姓名、叫板等等不必要的老套子。有了那些老套子，全剧就会枝冗不紧凑，损失些戏剧性。这，或者也可以算作'突破形式'吧。后来，我看到各处的演出，观众们并不因为没有那些老套子就摸不清楚剧情。这个小戏够演一个半钟头的。假若添上那些老套子，就会拉长到两个钟头或两个半钟头。时间拉长了，情节也许就显着很单薄，减少了感染力。文艺作品须精练，不要冗长。

"为了剧中情节紧凑，用人少，容易排演，我把用人多的场面（像招弟在群众面前控诉婆婆大姑子）作为暗场，因为群众的场面是不容易处理的。听说：有的地方出演此剧，把暗场都补充上，使它成为一个较大的歌剧。我没有看见这样的演出，不知效果如何。我想：剧团若是有条件用很多的演员，有办法处理群众场面，这么作或者也无所不可。

"从文字上说：我力求在通俗中还要流畅美丽，以期适用于评剧、快板剧与曲艺剧等形式中。评剧、快板剧等形式中的歌唱，是唱着说，说着唱，说唱密切地结合在一处的。要作到说唱结合，词句必须通俗流利。词句半文半白，生硬堆砌，虽用说唱的形式演唱，也不会有好效果。我虽力求文字通俗，可是通篇没有一个'面前存'，'把话云'之类的字样——这种滥调不是通俗文艺的特殊风格，而是它的疮疤。

"全剧的句法都像鼓词，分上下句，下句押韵，并且注意到每句中音节的安排。这样，每句加减一两个字，就可以适用到各种调子上去。

"北京城郊群众演出此剧，有的用各种流行的歌曲编凑起来；有的用二黄的腔调；有的改编为快板剧；甚至还有改为话剧的。其中以用曲艺形式的为最好，话剧与二黄不大好。用话剧形式的，剧情本就简单，又删去了音乐与歌唱，当然减色。用京戏形式的，因为拉腔过长，字音难免模糊，就失去了说唱的效果；听众听不懂唱的是什么，就对它失去兴趣。用曲艺形式演出的最好，因为用不同的曲牌子可以表现不同的感情，同时每一个都是群众听惯了的说唱曲调，不论换什么牌子，大家都可以听得懂。曲牌子可也有缺点，抑郁或潇洒的比较多，欢快或激壮的比较少。这应当由音乐家们试验，首先改造旧有的牌子，然后再逐渐地创造与曲牌子情调相近地新歌曲，以补旧牌子的不足。不要不给旧牌子加工，就鲁莽地把新的旧的随便掺合起来，那就不会调谐。在北京用曲艺演出的，还有一个缺点，就是在歌唱与歌唱之间，演员们动作的时候，没有找到适当的音乐陪衬。我想这也应当先挖掘老牌子，有好多老牌子已经快失传了！发掘出老牌子，或加工，或照原样，用以陪衬动作，或者是个好办法。因为情调既可一致，又可以保存了不少民间艺术的遗产。这样，曲剧就可以慢慢地成为一种新型的歌剧了。"[1]

曲剧是新生事物，曲调丰富，说唱结合，自然活泼，可以表达人物的丰富感情，其唱腔及音乐等表现形式与剧情达到了和谐的地步。曲剧起到了推动戏曲改革的作用，社会反响良好。

十四、《十大建筑真漂亮》（歌谣）

为庆祝中华人民共和国成立十周年，党中央、国务院决定改扩建天安门广场、建设万人大会堂等十大建筑[2]，由北京市负责组织设计

---

[1] 老舍：《我怎样写小说》，《老舍作品集》卷21，译林出版社2012年版，第276—278页。

[2] 最开始定的是万人大会堂、革命博物馆、历史博物馆、国家大剧院、军事博物馆、科技馆、艺术展览馆、民族文化宫、农业展览馆和苏联展览馆（今北京展览馆）。由于国民经济困难，党中央不愿大兴土木，调整了原有计划，最终定为人民大会堂、中国革命历史博物馆、中国人民革命军事博物馆、民族文化宫、民族饭店、钓鱼台国宾馆、华侨大厦、北京火车站、全国农业展览馆、北京工人体育场。

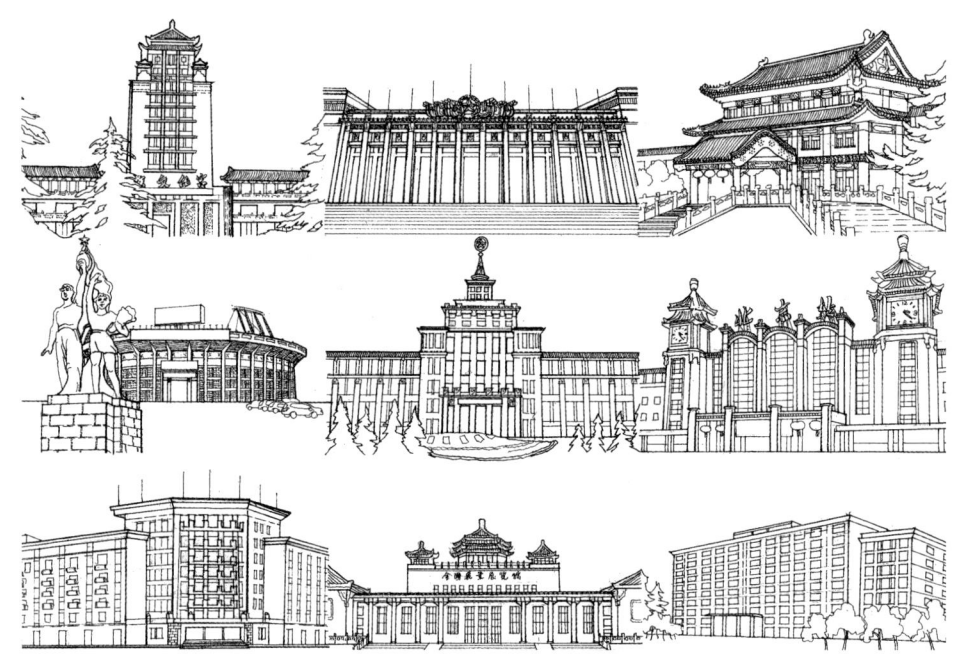

十大建筑中的部分建筑（於俊杰　绘）

和施工。北京市高度重视国庆工程，约请全国专家一起参与设计，精心组织施工队伍，切实保证工程质量。1959年上半年，十大建筑进入施工高潮，当时采取了"集中兵力打歼灭战"的方针，日夜奋战，突击施工，建筑职工队伍猛增到16.9万人，加上兄弟省市临时来支援的几万人，施工队伍达20余万人。①

在党中央和国务院领导下，全国各省市自治区全力支持北京国庆工程。经过建设者的努力，国庆十大建筑如期完工。《十大建筑真漂亮》讴歌了十大建筑的美丽辉煌。

十大建筑真漂亮

北京城，闪金光，

十大建筑真漂亮。

---

①　北京建设史书编辑委员会编辑部：《建国以来的北京城市建设资料》（内部资料）（第6卷），《建筑工程·综合开发》，第19页，1993年。

> 民族宫，农展馆，
> 民族、华侨大饭店；
> 体育场，火车站，
> 还有三个博物馆；
> 大会堂，亮堂堂，
> 人民聚会喜洋洋。

十大建筑的设计背后蕴含的政治意义也是非常明显的。无产阶级专政与社会主义国家，要求人民当家做主。因此，人民大会堂代表了全国人民；工人体育场代表工人阶级；农业展览馆代表农民；军事博物馆则代表了人民解放军。突出工农兵的主题在当时的时代背景下具有特殊的意义，故而工人体育场的入选正象征着工人阶级的领导。此外，民族文化宫和民族饭店代表着民族，寓意新中国是由56个民族共同组成的大家庭；钓鱼台国宾馆则代表了新政府欢迎国际友人的姿态；华侨大厦也代表了海外华侨及其爱国传统；北京火车站的建成则象征着新中国一日千里的建设速度与成就。[1]

国庆十大建筑从设计施工到竣工，坚持质量第一，没有出现任何建筑质量事故，在经历几十年自然侵蚀和邢台、唐山等大地震考验之后，至今仍巍然屹立，成为新中国首都的民族文化标志性建筑。

十五、《人民大会堂颂》（单弦牌子曲）

作为国庆工程重中之重的万人大会堂，这座拥有17万平方米、世界上最大的会堂建筑，从规划、设计到施工，只用了380天，创造了中外建筑史上的奇迹。其精美程度，不但远远超过中国原有同类建筑的水平，在世界上也是一流水平。1959年9月9日，毛泽东视察时，听说

---

[1] 李扬：《新中国建筑文化与城市景观再造——以20世纪50年代的北京为例》，载北京市社会科学界联合会编：《中国梦：协调发展与全面建成小康社会》论文集，北京师范大学出版社2017年版，第150—160页。

万人大会堂只用10个月便建成了,但建筑面积比故宫的建筑面积还大时,他高兴地夸赞北京市领导有方,并将其命名为"人民大会堂"。

人民大会堂(1959)(蒋齐生 摄,新华社 提供)

单弦牌子曲《人民大会堂颂》,由北京市房管局修建公司赵其昌作词,赞美了人民大会堂的庄严雄伟。

【曲头】
首都十月好风光,
群众齐聚大会堂,
看大厦巍峨耸立,
天安门广场之上,
庄严雄伟金碧辉煌。
【罗江怨】
浅红色花岗石基,
杏黄色剁斧石墙,
十米高琉璃屋檐,
三百米壮阔的柱廊,
镶嵌着巨大的国徽高数丈。

穿过了宽敞的中央大厅，
走进了宏伟的万人会堂，
上边看，挑台像两弯新月，
围拱着主席台像初升的太阳，
五百盏明灯似星辰布满在天空上。
正中央红色的五星，
闪放出束束金光，
向日葵描金花瓣环绕四方，
象征着党是人民胜利的保障。
……
【打新春】
……
【怯快书】
天安门前红色广场上，
矗立起人民自己的大会堂。
在这里召开人民代表大会，
国家大事自己担当，
代表着六亿人民把宏图展望，
乘风破浪万里航。
……
在这里万众欢呼高歌颂党，
高举起三面红旗奔向前方，
《东方红》万人齐唱，歌声嘹亮，
祝贺我们伟大的领袖毛主席万寿无疆！①

这首牌子曲描述了修建人民大会堂的艰辛过程，高度评价了人民大会堂的建筑艺术及其象征意义，指出这是劳动人民智慧的结晶。

---

① 北京曲艺团编：《北京曲艺团曲艺选集》，北京出版社1964年版，第38—41页。

结　语

　　辉煌的革命历史孕育了璀璨的红色文艺。北京红色文艺根植于中国波澜壮阔的革命历史，集中反映了北京浴火重生的沧桑巨变，深刻描绘了中国共产党人的精神图谱，成为推进全国文化中心建设不可或缺的宝贵精神财富。

　　北京红色文艺是中华民族觉醒的伟大先声。新文化运动和五四运动的爆发，点燃了北京红色文艺的熊熊火炬，《新青年》《晨钟报》《歌谣》周刊等一批进步刊物应运而生，文学研究会、语丝社、莽原社、未名社等一批文学社团纷纷成立，陈独秀、李大钊、鲁迅等一批思想文化先驱勇立潮头。他们高举民主、科学两面大旗，以文学为强大思想武器，针砭封建主义的痼疾，揭露帝国主义的侵略，抨击当局的腐朽，广泛推动马克思主义的传播，发出"青春中华之创造"的呐喊，不仅宣告了承传几千年的中国旧文学的终结和一个新时代民族文学的开始，而且掀起了一场波及全国的思想大解放浪潮，有力促进了中华民族的伟大觉醒。

　　北京红色文艺是凝聚人民意志的战斗号角。中国革命的烽火硝烟，孕育了多姿多彩、广为流传的红色文艺作品：文学作品《青春之歌》《小英雄雨来》《谁是最可爱的人》，电影《野火春风斗古城》《地道战》《停战以后》，歌剧《长征》《江姐》《红珊瑚》，歌曲《义勇军进行曲》《没有共产党就没有新中国》《红军不怕远征难》，舞蹈《大刀进行曲》《东方红》，摄影《八路军战斗在古长城上》《北平入城式》等等。这些红色文艺作品正是对那个火热年代中国革命历史的生动写照，正是对中国共产党人不畏艰难、勇往直前革命精神的提炼升华，成为团结人民、鼓舞斗志、催人奋进的精神食粮。

北京红色文艺是讴歌崭新中国的华美乐章。新中国的诞生，迎来了红色文艺蓬勃发展的春天，涌现出一大批歌颂新中国、赞美新时代的文艺作品。一幅气势宏大的《开国大典》油画，以特有的艺术审美形式，生动展示了中华民族屹立于世界民族之林的伟岸雄姿；一曲满怀激情的《歌唱祖国》，响彻祖国大江南北，真实反映了新中国成立后举国欢腾的空前盛况；一首《新社会大变样》歌谣，唱出了人民翻身做主人的喜悦，着重描绘出首都北京翻天覆地的巨大变化；一部以市政建设为题材的《龙须沟》电影，通过新旧社会鲜明对比，集中彰显了新中国成立初期党的执政理念和为民情怀……

百花齐放的北京红色文艺，异彩纷呈、璀璨夺目。她铭记着中国革命的光辉历史，她印证着中国共产党人的初心使命，她迸发着实现中华民族伟大复兴的豪情壮志。让我们在新时代的长征路上放声高歌："五星红旗迎风飘扬，胜利歌声多么响亮；歌唱我们亲爱的祖国，从今走向繁荣富强。"

附　录

北京红色文学年表

1915年9月　陈独秀在上海创办《青年杂志》(后改名为《新青年》),吹响了新文化运动的号角。

1916年9月　李大钊在《新青年》发表《青春》。

1917年1月　胡适在《新青年》发表《文学改良刍议》。

1917年2月　陈独秀在《新青年》发表《文学革命论》。

1917年春　《新青年》编辑部由上海迁至北京。

1918年5月　鲁迅在《新青年》发表《狂人日记》。

1921年1月　文学研究会在北京成立。

1924年11月　语丝社在北京成立。

1925年　未名社在北京成立。

1930年7、8月　中国左翼作家联盟北方部在北平成立。

1932年9月　左联北方分盟在北平正式成立。

1937年1月　老舍《骆驼祥子》在《宇宙风》连载,1939年由人间书屋正式发行。

1947年　张志民在《晋察冀日报》发表长篇叙事诗《王九诉苦》。

1948年　管桦在《晋察冀日报》发表《雨来没有死》。

1948年4月　阮章竞发表长篇叙事诗《漳河水》。

1948年7月2日　中华全国文学艺术工作者第一次代表大会在北京开幕。

1950年　北京市文学艺术界联合会成立。

1950年1月　《说说唱唱》创刊。

1950年9月10日　《北京文艺》创刊。

1951年4月　魏巍在《人民日报》发表《谁是最可爱的人》。

1952年11月　邵燕祥在《中国青年报》发表诗歌《到远方去》。

1955年10月　刘绍棠《运河的桨声》一书，由上海新文艺出版社出版。

1956年6月1日　郭小川《闪耀吧，青春的火光》创作发表。

1956年7月　贺敬之在《延河》发表诗歌《回延安》。

1956年9月　王蒙在《人民文学》发表《组织部新来的青年人》。

1958年1月　杨沫《青春之歌》由作家出版社出版。

1961年3月　刘白羽在《人民文学》发表《长江三日》。

1961年7月　杨朔在《人民日报》发表《荔枝蜜》。

1962年3月　汪曾祺在《人民文学》发表《羊舍一夕》。

1964年9月　浩然《艳阳天》（第一卷）由作家出版社出版。

北京红色电影年表

1903年　中国商人林祝三在北京打磨厂天乐茶园公开放映电影，这是中国人放映电影的开始。

1905年　北京丰泰照相馆拍摄中国第一部电影——《定军山》，标志着中国电影正式诞生。

1907年　中国第一家由外商创办的影院"平安电影公司"在北京东长安街落成。

1945年10月　国民党中宣部所属中央电影摄影场（简称中电）在北平设立第三分厂。

1949年1月　北平和平解放，北平市军事管制委员会派田方等为代表，接管原国民党"中电"三厂。4月北京电影制片厂成立（初为"北平电影制片厂"），首任厂长田方、副厂长汪洋。

1950年6月　中央电影局表演艺术研究所（今北京电影学院前身）在北京成立，陈波儿任所长。

1950年7月11日　政务院批准颁布《电影新片颁发上演执照》《电影旧片清理》《国产影片输出》《国外影片输入》《电影业登记》五项暂行办法。

1950年7月11日　文化部电影指导委员会成立，沈雁冰任主任。委员有沈雁冰、周扬、丁燮林、沙可夫、袁牧之、蔡楚生、史东山、陈波儿、李立三、陆定一、钱俊瑞、廖承志、蒋南翔等32人，后增补陈沂、刘白羽、宋之的为委员。

1951年6月　文化部在北京召集全国私营电影公司负责人进行协商，决定逐步将私营电影业转为公有制。

1951年8月　中央电影局表演艺术研究所改建为北京电影学校，设艺术、技术两个系，白大方任校长。

1951年11月　全国文联常委会扩大会议通过《关于调整北京文艺刊物的决定》。根据这一决定，《大众电影》从上海迁至北京，成为全国性电影刊物。

1952年4月　电影局在北京电影制片厂成立科教片组，洪林任组长，许幸之任副组长。

1952年8月1日　中国人民解放军电影制片厂在京成立（后更名为中国人民解放军总政治部八一电影制片厂）。成立之初，八一厂仅拍摄军事教学片和纪录片，1955年起开始摄制故事片。

1953年1月　文化部邀请五位苏联电影专家帮助制订中国电影事业第一个五年计划。

1953年7月　中央新闻纪录电影制片厂在北京成立。高戈任厂长，钱筱璋、彭后嵘、官质斌任副厂长。

1954年6月　以王阑西为团长的中国电影工作者访苏代表团赴苏访问考察，回国后向中共中央呈报《电影工作者赴苏访问工作报告》，提出全面学习苏联电影事业及其体制建设经验的计划和措施。

1955年1月　文化部电影局正式更名为国务院文化部电影事业管理局，王阑西任局长，陈荒煤、蔡楚生、司徒慧敏、王政新任副局长。

1956年9月1日 北京电影学院举行建院开学典礼。该院由北京电影学校改建，暂设导演、演员和摄影三个系。王阑西兼任院长，章泯、钟敬之、吴印咸、卢梦任副院长。

1957年4月11—16日 第二届中国电影工作者代表大会在北京举行。

1960年1月 中国电影艺术研究所在北京成立，袁文殊任所长。

1960年7月 纪录片《为了61个阶级兄弟》上映并在全国引起轰动。

1962年5月 根据周恩来的指示，文化部组织评选出22位受到观众喜爱的"新中国人民演员"，并将他们的照片悬挂于各影院中，取代22位苏联明星。

1965年7月26日—8月11日 文化部召开电影题材规划会议。周恩来到会做关于文艺方针和电影创作问题的讲话，并再次提出要拍摄艺术性纪录片，以便迅速反映社会主义时代，并要求创作人员深入生活、改造世界观。

1965年10月1日 由八一厂、北影厂、新影联合摄制的大型彩色舞台艺术片《东方红》在全国正式上映。

北京红色戏剧年表

1926年 熊佛西旅美时创作三幕剧《一片爱国心》，次年在北京上演。

1928年 熊佛西创作独幕剧《救星》。

1930年 多幕方言话剧《年关斗争》由方志敏自编自导自演。

1933年春节 四幕话剧《庐山之雪》由战士剧社演出，导演是时为红一军团保卫局局长兼军团俱乐部主任罗瑞卿，编剧为红一军团政治部副主任李卓然和宣传部部长张际春。

1937年 街头活报剧《放下你的鞭子》在北京上演。

1937年 《保卫卢沟桥》《卢沟桥》上演。

1943年　由鲁迅艺术学院秧歌队王大化、李波创作的秧歌剧《兄妹开荒》首演。

1944年11月　由杨绍萱、刘芝明、齐燕铭等创作的新编京剧《逼上梁山》于延安首演。

1945年4月　由延安鲁迅艺术学院创作演出的新歌剧《白毛女》首演。

1948年　由战斗剧社集体创作(魏风、刘莲池等执笔)的歌剧《刘胡兰》首演。

1949年　胡可创作完成四幕话剧《战斗里成长》，由北京军区政治部战友文工团演出。

1950年　评剧《刘巧儿》由中国评剧院演出，新凤霞饰演刘巧儿一角。老舍创作三幕话剧《龙须沟》。

1951年　三幕九场歌剧《长征》由李伯钊创作完成，8月北京人民艺术剧院首演。

1951年2月　北京人民艺术剧院首演《龙须沟》。

1954年　曹禺创作完成三幕六场话剧《明朗的天》，由北京人民艺术剧院演出。

1954年6月　六幕话剧《万水千山》由中国人民解放军总政治部文艺工作团话剧团在北京首演，导演陈其通，10月，《万水千山》剧本发表于《解放军文艺》上。

1954年　中央实验歌剧院重新创作演出歌剧《刘胡兰》，由陈紫、茅沅、葛光锐作曲，于村、海啸、卢肃等编剧，郭兰英主演。

1958年　马少波、范宏钧根据歌剧《白毛女》改编创作的京剧《白毛女》，由中国京剧院演出。

20世纪60年代初　九场歌剧《红珊瑚》创作完成，王锡仁、胡士平作曲，赵忠、钟艺兵、林荫梧、单文作词编剧，由中国人民解放军海政歌剧团初演于北京。1961年由八一电影制片厂改编为同名歌剧电影。

1964年　歌剧《江姐》创作完成，阎肃编剧，羊鸣、姜春阳、金砂作曲，由中国人民解放军空军政治部文工团演出。

北京红色音乐年表

1935年 《义勇军进行曲》（歌曲），田汉作词，聂耳作曲。

1943年 《没有共产党就没有新中国》（歌曲），曹火星作词作曲。

1950年 《歌唱祖国》（歌曲），王莘作词作曲。

1955—1956年 《春节序曲》（组曲），李焕之作曲。

1956年 《嘎达梅林》（交响诗），辛沪光作曲。

1957年 《柳堡的故事》（电影音乐），高如星作曲。

1959年 《人民英雄纪念碑》（交响诗），瞿维作曲。

1959年 《第二交响曲》（交响曲），马思聪作曲。

1959年 《第二交响曲——抗日战争》（交响曲），王云阶作曲。

1964年 《红色娘子军》（舞剧音乐），吴祖强、杜鸣心、王燕樵、施万春、戴宏威作曲。

1964年 《江姐》（歌剧音乐），阎肃编剧，羊鸣、姜春阳、金砂作曲，中国歌剧的第二次高潮。

1965年 《长征组歌》（合唱），萧华作词，晨耕、唐轲、生茂、遇秋作曲。

1969年 《黄河》（钢琴协奏曲），殷承宗、刘庄、储望华、盛礼洪、石叔诚、许斐星作曲。

北京红色美术年表

1922年7月 北京艺专本科开设中国画、西画、图案三系，开始招生。

1923年6月 北京美术学校改为北京美术专科学校，始设专科部。

1923年9月 北京大学古物调查会呼吁社会各界反对逊帝溥仪向

外国出卖故宫所藏文物。

1924年4月　北京大学造型美术研究会成立，蔡元培兼任会长。

1924年11月　北京驻军冯玉祥部官兵进入故宫，驱逐溥仪出宫，北京政府宣布将故宫收归国有，开始筹办故宫博物院。

1925年2月　陶元庆在北京举办个人西洋画展览会，鲁迅撰文《当陶元庆君的绘画展览时》，后发表于上海《时事新报》副刊，收录于《而已集》。

1926年7月　北京国立艺专施行专科教室制，时任校长的林风眠聘请齐白石和法国画家克罗多任教。

1926年12月　北京部分中国画家为纪念已故画家金城，成立"湖社"。

1927年1月　北京湖社画会创办《湖社月刊》。

1927年4月28日　北京张作霖政府处死李大钊，同时被处绞刑者还有北京艺专国画系学生方伯务、西画系学生谭祖尧。

1928年10月　原国立艺专由北京大学美术专门部并入北平大学艺术学院，徐悲鸿任院长。12月，徐悲鸿辞职，北平大学副校长李书华兼代院长。

1928年12月　北平"吼虹艺术社"成员李苦禅、侯子步、赵望云、张伯武在中山公园举办作品联展。

1929年8月　国立北平大学艺术学院改为国立北平艺术专科学校。

1930年10月　胡蛮等人在北平创办"普罗画工同盟"。

1931年3月　北平湖社画会举办第一次会员作品展。

1931年11月　国立北平艺专西画系在中山公园举办学生秋实展。

1932年4月　胡蛮、王肇民、梁以俅成立北平左翼美术家联盟。

1933年8月　中国画学研究会在北平中山公园举办第八次成绩展览会。鲁迅、西谛（郑振铎）合编《北平笺谱》出版。

1934年8月　严智开任北平艺专校长，学校设绘画、雕塑、图工、师范四科。

1934年10月　红军在蒋介石的第五次"围剿"下，开始两万五千里长征。

1935年1月　由平津木刻研究会主办的第一次全国木刻展览会在北平太庙展出。

1935年5月　北平艺专举办教师作品展。北平女画家群体组建集芳画会，由胡絜青任会长。

1936年9月　庞薰琹应聘到北平艺专教图案课。黄宾虹被聘为故宫古物鉴定委员。

1937年　卢沟桥事变爆发，北平艺专由北平迁往江西庐山牯岭。

1938年3月　杭州艺专与北平艺专合并为"国立艺术专科学校"，校址在湖南沅陵，由林风眠任校务委员会主任委员。

1939年1月　北平艺术协会在北平史家胡同成立，会长郝萌棠。

1940年　卫天霖、杨凝（左辉）、张振士、穆家麒、刘荣夫等在北平组建中国油画会，每年举办展览至1945年。

1941年1月　京华美术学院举办师生成绩展。于非闇在北平举办筹赈画展。

1941年9月　《蒋兆和画集》在北平出版，作者在自序中称"我当竭诚来烹一碗苦茶，敬献于劳苦大众之前"。

1942年5月　毛泽东在延安文艺座谈会上讲话，《在延安文艺座谈会上的讲话》成为中国共产党文艺工作的纲领性文件。

1942年5月　黄宾虹80岁寿辰，北平友人集会祝贺；主持北平艺专校务的日本人伊东哲在校内组织祝寿会，黄宾虹不到。

1943年9月　北平中国油画会举办三周年纪念展。

1943年10月　蒋兆和《流民图》（展出时改称《群像图》）在北平太庙展出。当日即被日本宪兵勒令停展。

1944年1月　第一次抗战漫画展在北平举行。

1945年12月　张大千、于非闇联合画展在北平中山公园举行。

1946年8月　国立北平艺专正式复课，徐悲鸿任校长。

1946年9月　叶浅予创作《天堂记》在北平《新民报》连载。

1947年　国立北平艺专师生联合画展在中山公园举行。

1948年3月　北平大学、清华大学、燕京大学、中法大学联合主办的全国木刻展览会在北平举行。

1949年2月　天安门城楼开始悬挂毛泽东画像。由江丰带队的解放区美术工作者到达北平，徐悲鸿前往看望。

1949年3月　华北解放区和国统区的文艺工作者在北平聚会，筹办全国文学艺术工作者大会。

1949年7月　中华全国文学艺术工作者大会在北平举行。全国文代会美术作品展在北平艺专举行，展出作品1905件。21日，中华全国美术工作者协会在北平中山公园成立，徐悲鸿任主席，江丰、叶浅予任副主席，叶浅予任秘书长。

1949年8月　由老舍倡议的北平新国画研究会成立，叶浅予任主席。新国画展览会随即在中山公园举办。

1949年10月1日　中华人民共和国开国大典在北京天安门广场举行。

1949年11月　中央人民政府批准华北联大第三部美术系与北京艺专合并，组建"国立艺术学院"。

1950年1月　北京市人民美术工作室在北海公园漪澜堂成立，胡蛮任主任，辛莽任副主任。

1950年2月1日　《人民美术》创刊号出版。

1950年2月　全国年画展览会在北京中山公园开幕，展出各地出版的新年画309幅。

1950年4月1日　中央美术学院在北京成立，徐悲鸿任院长。

1950年6月　首都画家徐悲鸿、王式廓、李桦、蒋兆和、董希文、艾中信、冯法祀等人参加历史画创作座谈会。

1950年7月　《人民画报》月刊在北京创刊。

1950年11月　中华全国美术工作者协会、北京新国画研究会等11个美术单位发表联合宣言，要用画笔"瞄准我们眼前最凶恶的敌人——美帝国主义者"，"用行动为抗美援朝保家卫国的神圣任务而奋斗"。

1951年3月　全国新年画展览会在北京开幕，展出作品400余幅。

1951年5月 《连环画报》半月刊在北京创刊。罗工柳创作历史画《地道战》《整风报告》。

1951年9月 人民美术出版社在北京中山公园举行成立大会，周恩来为出版社题名。

1952年5月 首都人民英雄纪念碑兴建委员会成立，彭真任主任，梁思成任副主任，下设美术工作组于6月组成，刘开渠任组长。

1952年10月 齐白石向"亚洲及太平洋区域和平大会"赠送巨幅作品《百花与和平鸽》。姜燕创作中国画《考考妈妈》。

1953年4月 中央美术学院在中南海为中央领导人举办美术作品展览，毛泽东、刘少奇、周恩来、朱德、董必武等人前往参观。

1953年9月 全国美协主办的第一届全国国画展览会在北海公园漪澜堂举行。

1953年9月 全国文学艺术工作者第二次代表大会在中南海怀仁堂举行。徐悲鸿在会场突发脑溢血，送医院抢救，两天后去世。

1953年9月 全国美协召开委员会扩大会议，会议选出新的美协领导，主席齐白石，副主席江丰、刘开渠、叶浅予、吴作人、蔡若虹，秘书长华君武。董希文的油画《开国大典》完成，得到中央领导的好评。

1954年1月 中国美术家协会主办的《美术》杂志在北京创刊。

1954年10月 徐悲鸿纪念馆在北京东城区受禄街徐悲鸿故居建成开放，馆长吴作人主持开幕式。董希文创作油画《春到西藏》。王式廓创作《血衣》素描稿。

1955年2月 经文化部批准，由中央美术学院举办油画训练班，聘请苏联专家马克西莫夫主持教学。

1955年3月 第二届全国美术展览会在北京举行，展出作品996件。董希文《开国大典》《春到西藏》、罗工柳《地道战》、艾中信《通往乌鲁木齐》、黄胄《出诊图》、吴作人《佛子岭水库》等作品受到好评。

1955年12月 中国美协主办的写生习作展览在中国美协美术展览

馆举办，展出吴作人、王式廓、宗其香、秦仲文、吴镜汀等画家到各地建设工地和农村写生作品100余幅。

1956年3月 文化部在中央美术学院举办雕塑训练班，聘请苏联雕塑家克林杜霍夫主持教学。

1956年5月 中央工艺美术学院在北京成立。

1956年7月 第二届全国国画展览会在北京中国美协展览馆举行。

1956年7月 中国美协举行国画座谈会，座谈会由叶浅予、徐燕孙主持，40余位国画家应邀参会，批判了国画问题上的虚无主义和保守主义倾向。

1956年9月 以北京师范大学美术系、音乐系为基础组建的北京艺术师范学院在北京前海西街恭王府旧址成立，卫天霖任副院长，李瑞年为美术系主任，张安治为副主任，吴冠中由清华大学调入美术系，任油画教研室主任。

1957年3月 由文化部、共青团中央、中国美协共同举办的全国青年美展在北京劳动人民文化宫举行。

1957年5月 北京国画院成立，由齐白石任名誉院长，叶恭绰任院长，陈半丁、于非闇、徐燕孙任副院长。周恩来到会为画院命名并致祝词，建议改"北京国画院"为"北京中国画院"。

1957年5月 由马克西莫夫执教的油画训练班结束，全国人大委员会委员长朱德参观训练班毕业作品展览。

1957年9月16日 齐白石逝世，首都各界于22日举行公祭，周恩来、陈毅等领导人和各界代表400余人参加公祭仪式。

1957年9月16日 为祝贺苏联十月革命40周年，中共中央和中央人民政府委托北京中国画院画家集体创作巨幅中国画《岱宗旭日》《松柏长青》。

1958年4月 人民英雄纪念碑在北京天安门广场落成。

1958年5月1日 举行人民英雄纪念碑揭幕仪式。

1958年5月 北京画院和北京中国画研究会联合召开多次讨论会，围绕中国画的厚今薄古、古为今用、中国画如何为工农兵服务的问题展开大辩论。

1958年6月　北京美术家在参加了建设十三陵水库劳动后，于20天内创作出220件美术作品，在水库工地展出。

1958年8月　中央美术学院、中央工艺美术学院、北京中国画院、北京艺术师范学院、北京市美术公司等单位的500余位美术工作者组织了13个群众文化工作队，到基层开展群众美术工作。

1958年10月　首都中国画家"大跃进"创作展览会在北海公园画舫斋举行，展出152位画家的241件作品。

1959年6月　北京中国画研究会主办的第五届中国画展览会在北海公园举行，展出作品200余件。

1959年9月　傅抱石、关山月为新建成的人民大会堂合作的巨幅毛泽东诗意国画《江山如此多娇》完成，毛泽东为该画题字。

1959年9月　李可染水墨写生画展"江山如此多娇"在北京帅府园美术展览馆举行。

1959年9月　北京市美术展览会在故宫午门举行，展出绘画、雕塑、工艺美术作品400余件。

1960年6月　全国美术作品展览在北京举行，展出作品907件。

1960年7月　中国美协第二次会员代表大会在北京举行，大会选出新一届领导成员，主席何香凝，副主席蔡若虹、刘开渠、叶浅予、吴作人、潘天寿、傅抱石，书记处第一书记蔡若虹，秘书长华君武。

1960年9月　由北京市文联主办的北京市美术作品展览会在北海公园画舫斋举行，以表现三面红旗伟大胜利为主题。

1961年7月　中国历史博物馆和中国革命博物馆同时开放接待观众。文化部任命朱丹为中国美术研究所所长，同年该所划归中央美术学院管理。

1962年5月　中国美术馆在北京落成，文化部、中国美协在新落成的中国美术馆举办纪念毛泽东《在延安文艺座谈会上的讲话》发表20周年全国美术作品展览，展出作品2024件。

1962年5月　李可染创作毛泽东诗意山水画《万山红遍》。

1963年2月　中国美术家协会北京分会筹委会成立，主席吴作人，副主席雷圭元、吴镜汀、赵枫川、溥雪斋。

1963年6月　毛泽东为建成的中国美术馆题写馆名。

1963年7月　由中国美协、中央美术学院合办的中央美术学院油画、雕塑研究班毕业作品展览在中国美术馆举行。以徐悲鸿逝世10周年、齐白石诞辰100周年为主题的纪念展分别在中国美术馆举行。

1964年7月　中国人民解放军第三届全军美术作品展览会在中国美术馆举行，展出作品652件。

1964年9月　第四届全国美展华北地区作品展在中国美术馆举行，展出作品441件。

1964年9月　北京艺术学院停办，教师、学生分别归并到中央美术学院和中央工艺美术学院。

1965年9月　中央美术学院全体师生到邢台参加"四清"运动，部分师生被抽调创作阶级教育展览美术作品。

1965年9月　北京中国画院改名北京画院，一批从事版画、油画、雕塑的创作人员进入画院。

1966年1月　由中国美术家协会以及协会河北、山西、内蒙古、北京分会和北京部队政治部文化部联合举办的华北区1966年年画、版画展览在中国美术馆举行，展出作品359件。

1966年5月　中共中央政治局扩大会议通过《五一六通知》，"文化大革命"在全国展开。

北京红色摄影年表

1919年　中国第一个摄影展览在北京大学举办。

1920年前后　北京大学学生发起、建立了"中央写真通讯社"，是中国第一个正式的新闻摄影机构。

1923年　陈万里、吴郁周、吴辑熙等倡议成立"艺术写真研究会"，后改名为"北京光社"，是中国第一个业余摄影艺术团体。

1923 年 北京平民大学新闻系成立,是中国人自办的第一个正规新闻教育机构,专业课程中包括"照相制版"。

1924 年 燕京大学在文学院内设立新闻系,教授报刊图片编辑和制版知识。

1924 年 邵飘萍创办《京报·图画周刊》,开创了华北地区报纸出版摄影附刊的先例。

1927 年 刘半农所著《半农谈影》问世,是中国第一本摄影艺术理论专著。

1928 年 1 月 1 日 刘半农选编的《北京光社年鉴》第一集和第二集以北京光社名义出版,是中国出版的第一部摄影年鉴。

1935 年 12 月 9 日 北平爆发一二·九运动,随即出现一批反映学生运动的摄影作品。

1936 年 沙飞提出"摄影武器论",认为"摄影是暴露现实的极为有力的武器"。

1937 年 12 月 沙飞在河北阜平参加八路军并成为军队中第一位专职摄影记者。

1938 年 12 月 罗光达抵达晋察冀根据地,成为沙飞的助手。

1939 年 沙飞、罗光达在冀西平山蛟潭庄举办第一次新闻照片展览,反响热烈,引起聂荣臻注意。

1939 年 2 月 华北地区第一个红色摄影组织"晋察冀军区政治部宣传部新闻摄影科"成立,沙飞任科长,罗光达任摄影记者,主要工作是巡回展览和对外发稿。

1939 年 8 月 八路军总部特派新闻记者雷烨在冀东地区开展摄影工作。

1939 年 10 月 石少华从延安来到华北,开展冀中抗日根据地摄影工作。

1939 年底 晋察冀军区下属第一、二、四军分区先后建立摄影组,配备专职摄影人员,晋察冀抗日根据地摄影工作初具规模。

1940 年 平西军区成立摄影科,陈静任科长,张绍柯任摄影干事,敌工科科长萧芳兼开展摄影工作。

1940年 晋察冀各分区陆续成立摄影组。

1940—1942年 石少华在冀中军区连续开办了4期摄影训练队，培养了100名摄影人员。

1942年2月 北平艺专图案美术专业讲师何重生等7名技术人员从平西调到晋察冀军区。

1942年5月 晋察冀画报社成立，沙飞任主任，石少华任副主任，赵烈任政治指导员。

1942年7月7日 第1期《晋察冀画报》1000本正式问世。

1943年 晋察冀画报社在平山曹家庄遭日军奔袭，雷烨在与日军搏斗中牺牲。晋察冀画报社在阜平柏崖村被日军包围，赵烈、何重生、张梦华、史振才、李文治、陆续、孙谦、李明、韩拴仓9人在突围中牺牲，4人受伤，6人被俘。

1944—1945年 石少华等连续举办3期摄影训练队。

1945年 罗光达出版《新闻摄影常识》一书，初步建立解放区红色摄影美学理论。

1945年9月 "北平摄影学会"在北平城内成立，张印泉为主席、蒋汉澄为副主席，并举办影展。

1946年12月 第1期《晋察冀画刊》问世。

1948年底 晋察冀画报社与人民画报社合并，成立华北画报社，沙飞任主任，石少华任副主任。石少华主持工作。

1949年1月30日 北平和平解放，华北画报社随军进入北平，摄影工作者拍摄北平入城式等。

1949年7月 石少华、高帆、吴群作为摄影家代表出席了第一届文化艺术工作者代表大会，三人联名正式提出创办全军、全国性大画报的提议，提议受到周恩来重视。

1949年10月1日 中华人民共和国宣告成立，吴群、陈正青、侯波、林杨、杨振亚、孟昭瑞等摄影家参加开国大典拍摄工作。

1950年1月 中央人民政府新闻总署成立新闻摄影局，下专设新闻摄影处,石少华任新闻摄影局副秘书长兼新闻摄影处处长。新闻摄影局的《人民画报》创刊。

1950年9月1日 华北画报社建制正式撤销,中国人民解放军画报社正式宣告成立,后改称"解放军画报社"。

1950年10月1日 "中国人民解放军战绩展览会"在故宫开幕。该展览是反映革命战争历史的最大规模展览,共展出各类图片2000余幅,展期一个多月,是解放区摄影精华的一次集中汇总。

1951年2月 《解放军画报》创刊号问世。

1952年 新闻摄影局分解,石少华带领全体人员归属新华总社,更名为新华社摄影部。

1956年 在石少华、吴印咸、张印泉、田野、高帆、吴群、陈勃等摄影家的推动下,中国摄影学会成立。这是中国摄影家协会的前身。

北京红色舞蹈年表

1949年9月21—30日 华北大学三部文艺演出队创作和演出《人民胜利万岁》。

1950年10月 中央戏剧学院舞蹈团创作和演出中国第一部舞剧《和平鸽》。

1951年5月 文化部举行"红五月会演",演出的舞蹈节目有舞剧《乘风破浪解放海南》,舞蹈《炮兵舞》《码头工人舞》《陆军腰鼓》《红绸舞》《哑子背疯》等。

1952年8月1日 中国人民解放军在北京举行第一届全军文艺会演,规定文艺评奖的主要标准是面向连队,富有群众性、战斗性等,涌现了《坑道舞》《炮兵舞》《筑路舞》《轮机兵舞》《藏民骑兵队》等优秀舞蹈。

1958年 中国人民志愿军政治部文艺工作团演出歌舞活报剧《志愿军战歌》。

1959年 中国人民解放军在北京举行第二届全军文艺会演,演出了北京部队代表队的舞剧《雁翎队》，演出的舞蹈作品有《飞夺泸定桥》《不朽的战士》《打靶》《出征》《战歌》等，歌舞作品有《志愿军战歌》《劳动之歌》等。

1960年　中央歌舞团在国庆节期间演出了包括15个舞蹈新作的晚会，其中有《红军哥哥回来了》《绣红旗》等作品。

1960年　中国人民解放军海军政治部文工团创作舞蹈《两个电话兵》，北京军区政治部战友文工团创作舞蹈《调教军马》，中国人民解放军总政治部文工团创作舞蹈《雪莲》《解放》《刺杀舞》《送信路上》《快乐的轮机兵》等。

1961年　中国人民解放军总政治部文工团编排了反映革命历史斗争题材的大型舞剧《星火燎原》。

1962年　中国人民解放军总政治部文工团创作了独幕舞剧《狼牙山》，中央歌舞团创作演出了《大刀进行曲》。

1962年10月6—26日　文化部艺术局和中国舞协联合举办了"北京歌舞团体舞蹈联合演出活动"，演出了中国人民解放军总政治部文工团《湘江北去》、独幕舞剧《狼牙山》；中国人民解放军战友歌舞团的舞剧《雁翎队》；中央歌舞团的《葵花向太阳》《红军哥哥回来了》等。

1963年　北京群众艺术馆、北京市少年宫联合举办儿童舞蹈创作专场演出，作品有《小民兵》《哈达献给解放军》等。

1964年　中国音乐舞蹈界音乐舞蹈史诗《东方红》。

1964年　《红嫂》被改编成现代京剧。

1964年9月21日　中国舞剧团创作演出了中国芭蕾舞剧《红色娘子军》。

1964年10月1日　大型音乐舞蹈史诗《东方红》在人民大会堂正式演出。

1964年　中国歌剧舞剧院演出了《八女颂》。

1964年　中国人民解放军总政治部调演，两批战士业余演出队在北京汇报演出，有歌舞节目《练！练！练！》《刺刀颂》《该谁换岗》《团长给我们来理发》。

1964 年 中国人民解放军在北京举行第三届全军文艺会演，演出了北京部队代表队的《野营路上》《我们的侦察兵》，中国人民解放军总政治部文工团的《比武》《保丰收》等。

1965 年 北京芭蕾舞蹈学校根据同名京剧改编、演出了芭蕾舞剧《红嫂》。

1973 年 欢庆十一国庆节歌舞演出活动，演出了北京军区空军政治部宣传队编排的《补靶袋》，总后政治部宣传队编排的《高原炊事兵》《我是一个兵》《延边人民热爱毛主席》。

1973 年 中国剧团编演芭蕾舞剧《沂蒙颂》。

1973 年 中国舞剧团创作革命现代芭蕾舞剧《草原儿女》。

1974 年 中国舞剧团根据芭蕾舞剧《红嫂》改编上演了四场舞剧《沂蒙颂》。

1974 年 总政治部宣传队举办歌舞晚会，表演了舞蹈《战马嘶鸣》《练兵场上》《大刀进行曲》。

北京红色民间文艺年表

1918 年 2 月 1 日 以刘半农在《北京大学日刊》发布《北京大学征集全国近世歌谣简章》为起点，标志着中国现代民俗学的开端。1918 年为北京红色民间文艺的开端。

1919 年 五四运动爆发，《五四罢课谣》等民谣出现。

1920 年 北洋时期的直皖战争，产生了《中华民国九年半》等民谣。

1922 年 北洋时期的第一次直奉战争，诞生了《洋枪队》等民谣。

1923 年 二七工人大罢工事件，北京长辛店铁路工人罢工，诞生了《奋斗精神永不灭》等民谣。

1924 年 北洋时期的第二次直奉战争，诞生了讽刺军阀混战的民谣作品。

1931 年 九一八事变爆发，抗日战争拉开序幕，诞生了抗战民谣与曲艺。

1933 年　喜峰口大捷，诞生了《大战喜峰口》等鼓词。

1937 年　卢沟桥事变爆发，出现了《卢沟桥的炮火响连天》等歌谣。

1949 年 7 月 2—19 日　北平召开第一届全国文学艺术工作者代表大会。

1949 年 7 月　北京市大众文艺创作研究会成立，倡导大众文艺包括新曲艺的创作，并设有专门的研究部。

1949 年 7 月　北京大众游艺社成立。

1950 年　中国民间文艺研究会成立，指导北京的民间文艺活动，红色民间文艺进入了新的时代。

1950 年　抗美援朝运动开始，出现了反映该运动的民谣和曲艺作品。

1951 年　"三反"运动开始，诞生了《"三反"运动我知道》等儿歌；抗美援朝曲艺《四支枪》《一车高粱米》诞生。

1952 年　老舍创作的宣传新婚姻法的剧本《柳树井》发表，后被改编为曲剧上演，标志着北京曲剧的诞生。

1958 年 4 月 14 日　《人民日报》发表《大规模搜集全国民歌》的社论。

1958 年 4 月　北京文联主编的《北京民歌民谣》一书由北京出版社出版。

1959 年　国庆十周年，北京诞生了"十大建筑"，成为新中国的地标。赞颂北京城市景观的《十大建筑真漂亮》等歌谣诞生。

后　记

根据全国文化中心建设领导小组总体部署，在中共北京市委宣传部统筹指导下，市委党史研究室组织编写了"红色文化丛书"。丛书由原中央党史研究室副主任李忠杰担任主编，市委党史研究室主任李良及副巡视员刘岳担任执行主编，副主任陈志楣、张恒彬及原副巡视员范登生、副巡视员运子微担任执行副主编。

为打造精品力作，邀请邵维正、柳建辉、关海庭、杨凤城、王树荫、黄如军、包国俊等著名党史军史专家学者组成丛书编委会，并下设刘岳及曹楠、宋传信、方东杰、黄迎风、高俊良、王桂环、祁霄等人组成的办公室。编委会负责制定方案、确定书目、遴选主编、审订大纲及书稿。办公室负责组织联络督办工作，出台书写规范、组织作者培训等。曹楠负责丛书协调工作，宋传信负责丛书图片统筹工作，骆洪刚负责部分图片修版工作。

《北京红色文艺》是"红色文化丛书"之一。该书由北京市文学艺术界联合会，北京市委党史研究室具体组织编写。北京文艺评论家协会主席孟繁华任主编，并设计全书结构，制定具体写作章节，最后统稿。全书由文艺报李云雷（第一章）、北京市文联卢曦（第二章）、北京市文联柴莹（第三章）、中央音乐学院项筱刚（第四章）、中央美术学院于洋（第五章）、北京市文联於俊杰（第六章）、首都师范大学胡伟（第七章）、北京联合大学李扬（第八章）共同撰写，全书共8章16节，曹楠负责本书联络工作。胡澄、徐支燕阅改第二稿，范登生审改第二稿。刘岳（第六、八章及大事年表）、宋传信（第一、四章)、曹楠(第三、七章)、方东杰(第二、五章)对涉及中国共产党历史的相关内容及部分文字进行了核实、修改。邹小艳润色全书,范登生改写导语、结语。原中央党校副校长李君如,中央党校(国家行政学院)分管日常工作的副校(院)长何毅亭、副校长谢春涛,原中央党史研究室副主任龙新民等老领导、专家学者对本书提出了宝贵意见。北京出版社编辑对全书进行严谨细致编辑,北京市文联研究部做了大量工作,主任赖洪波参与指导,相关人员多次参加审改会、评审会,在此一并表示衷心感谢。

由于时间仓促和水平有限,书中难免存在疏漏和不足之处,敬请广大读者批评指正。

中共北京市委党史研究室

2019年8月